Charmed & Dangerous
by Lori Wilde

世界の果てまで　きみと一緒に

ローリ・ワイルド
平林 祥［訳］

ライムブックス

世界の果てまで　きみと一緒に

主要登場人物

マディー・クーパー……………スポーツジムの経営者
デイヴィッド・マーシャル………FBI特別捜査官
キャシー・クーパー………………マディーの双子の妹。キンベル美術館の広報担当
ペイトン・シュライバー…………世界に名を馳せる美術品窃盗犯
アンリ・ゴールト…………………インターポールの捜査官
ジョッコ・ブランコ………………電話帳並みの厚さの犯罪記録を持つ凶悪犯
ジェローム・レヴィ………………美術品仲買人
コーリー・フィルポット…………美術品仲買人
イザベラ・バスケス………………プラド美術館のキュレーター。キャシーの友人
キャロライン………………………デイヴィッドの伯母
ジム・バーンズ……………………デイヴィッドの上司

プロローグ

テキサス州中北部
一八年前のクリスマス

その日は、マディー・クーパーの九年間の人生で最低の一日となった。

第一の理由は、プレゼントにほしかった紫と白の最高にかっこいいナイキをもらえなかったから。代わりにもらったのは、一卵性双生児の妹キャシーとおそろいの、ダサいハートの片割れのネックレスだった。どうしてママはいつも、キャシーみたいにちゃらちゃらした女の子っぽいかっこうをさせたがるんだろう。

そして第二の理由は、おじいちゃんの牧場に妹も一緒に連れていってやりなさいとママに言われたから。広々とした牧草地で思う存分に走りまわって、イライラを吹き飛ばしたかったのに。

一緒に行ったって、どうせノロマのキャシーは走れやしない。ひとりで黙々と練習しなければオリンピックの陸上選手にはなれないのに、どうしてママはわかってくれないんだろう。

そんなことを考えていると、当のキャシーがやってきた。

「マディー、ちゃんと妹の面倒を見てあげてね」というママの声が聞こえてくる。バックポーチに立つママは、シースルーのレースのブラウスに黒い革のミニスカート、ピンヒールのブーツというかっこうで、寒さにぶるぶる震えている。これからパパと一緒にパーティーに行くのだ。

「どうしていつも、わたしがキャシーの面倒を見なくちゃいけないの？　あの子はわたしの面倒なんかちっとも見てくれないのに」

「わかってるでしょ」ママはたしなめる口調で言った。

もちろん、わかってる。妹をひとりにしたら、くじゃくの羽を腕にテープで貼り、屋根の上からジャンプして飛べるかどうか試す……なんてばかなまねをしかねないからだ。

マディーは牧草地をずんずん歩いていった。冷たい空気に、吐く息が真っ白になる。キャシーは後ろから、『セサミストリート』のくだらない歌をハミングしながらついてくる。ふたりとも、おばあちゃんに着せられたおそろいのふわふわのダウンコートに、毛糸のマフラーを首に巻いている。唯一の違いは足元だけ。キャシーはゴム長靴だが、マディーははき古したプーマだ。

「見て！」キャシーが言う。「池が凍ってる」

「近づいちゃだめだよ」マディーは樫の木のかたわらで足を止め、コートを脱ぐと、木の幹に片手のひらをつけてバランスを保ちながらストレッチを始めた。「おばあちゃんがいつも言ってるでしょ。この世にテキサスの凍った池ほど危ないものはないって。氷が薄くて、体重を支えられないんだからね」

「ふーんだ」キャシーは生意気に言いかえして手を振ると、つるつるすべる氷の表面に恐る恐る足を踏み出した。「ねえ見てよ！　スケートしてるみたい！」

マディーはあきれ顔で、妹のほうを見もしない。屈伸運動でそれどころではないし、腹を立ててもいるからだ。「キャシー、氷から下りなさい」

「いばらないでよ」

「ママから妹のお守りをよろしくねって言われたの。だからいばってるのよ」

「べーッだ」キャシーは舌を出した。

「氷から下りなさいったら」

「命令しないで。ほら見て、アイスショーよ！」

「見たくない」マディーは腕組みをして妹に背を向けた。

「いいもん、別に。もう絶対に見ないでよね」

「見ないって言ってるでしょ」

「もう、マディーってつまんない！　こんなお姉ちゃんいらなかったのに！」

「わたしだって、こんな妹いらなかったよ！」

マディーはスニーカーの音をたてて走りだした。怒りで心臓がどきどきするし、胸で弾むダサいネックレスがあごに当たって不愉快だ。ネックレスのチェーンを握り、首から外すと、リュウゼツランの茂みめがけて投げつけた。

やがて脇腹の痛みを覚え、ようやく足をゆるめた。だいぶ走ったのですでに牧草地の端まで来ていた。そのとき、なにかが割れる恐ろしい音が聞こえてきた。おじいちゃんが猟銃でハトを撃つときみたいに大きな音だ。

「マディー！」と叫ぶ妹の声。つづけて、激しく水がはねる音。

「キャシー？」あわてて振り返り、遠くに見える池にじっと目を凝らした。自分の心臓の音が耳に響く。

妹の姿はどこにもない。

「キャシー！」無我夢中で呼んでも、返ってくるのは自分の声のこだまだけ。

そのあとのことを、マディーはあまりよく覚えていない。彼女は急いで池のほとりに駆け戻り、氷の真ん中にぽっかりと空いた穴を見つめた。妹は見えなかった。どうすればいいのかわからず、すぐさま家に走って帰り、おじいちゃんとおばあちゃんに助けを求めた。

そしておじいちゃんが、妹を池から助け出してくれた。妹は唇は真っ青、顔は雪みたいに白く、息をしていなかった。おじいちゃんが人工呼吸をし、やがて救急車がやってきた。

数時間後、マディーはぴくりとも動かずに病院のベッドに横たわる妹と再会した。酸素マスクをつけられ、不気味な管を何本もつながれていた。

ベッドのかたわらの椅子にママが座って、妹の手を握りしめ泣いていた。パパはビールの匂いがして、目が真っ赤だった。病室内を行ったり来たりしながら、両手で髪をかきむしっていた。ふたりとも口もきいてくれなかった。マディーは、なにもかも自分がいけないんだと思った。

どうしてキャシーは起きないんだろう?

病室に医師があらわれた。医師は、最悪の場合、お嬢さんの意識は戻らない可能性もありますと言った。ママとパパは病院に泊まることになった。マディーはおじいちゃんとおばあちゃんに家まで送ってもらった。

ふたりはマディーを寝かせると、ぎゅっと抱きしめてキスをしてくれた。おまえのせいじゃないよ、と言ってくれたけど、そんなの信じられなかった。全部、わたしがいけないんだ。ママに妹の面倒をちゃんと見てねと言われたのに、いいつけを守らなかった。キャシーが氷から下りるまで、辛抱強く注意しなくちゃいけなかったんだ。どなったりしちゃいけなかったんだ。走って逃げたりしちゃいけなかったんだ。

もしも、このまま目を覚まさなかったらどうしよう? もしも、このまま死んでしまったら?

マディーはすすり泣き、ハートの片割れのネックレスに手を伸ばした。それに触れれば、自分が双子の片割れだってことがよくわかると思ったのに、ネックレスはなかった。自分で捨てたからだ。

マディーは怖くなった。あまりの怖さに気持ちが悪くなり、吐きそうになった。ネックレスを探さなくちゃ——彼女はベッドを這い出た。コートをはおり、裏口のいつもの場所に置いてあるおじいちゃんの懐中電灯をつかむと、真っ暗闇に包まれた凍てつく寒さの中に忍び出た。

何時間にも思えるくらい長い間、延々と牧草地を探しつづけた。リュウゼツランの茂みを見つけるたびにその周辺を探しまわった。鋭い葉先が、手袋をしていても肌に突き刺さった。あまりの寒さに歯ががちがち鳴った。足のつま先の感覚すらなくなった。でも、そんなことはどうでもよかった。ついにネックレスを見つけたときには、安堵のため息を漏らし、わんわんと泣いた。

そして霜の下りた地面にひざまずき、顔を上げ、真夜中の空に向かって懇願した。

「神さま、お願い！」マディーは胸にネックレスを抱き、懸命に祈った。「キャシーにいじわるを言ったけど、あれは本気じゃありません。本当はあの子が大好きなんです。お願いだから、妹の目を覚ましてあげて。そうしたら、これからは二度と妹が傷つかないように、わたしがあの子を守ります！」

1

ＦＢＩ特別捜査官のデイヴィッド・マーシャルは闘争心のかたまりだ。そして彼は、闘えば必ず勝利を手に入れる。

どんなときも。

ためらったら負け――彼はそう信じている。負けることがなによりも嫌いなのだ。いまがチャンスだと思ったら、すぐに主導権を握り、あとははったりで最後まで乗り切る。そして常に勝利をものにする。彼は若くして、人生は生きるか死ぬかの闘いだと知った。目的のためには、ときには多少のルールを破らざるをえないこともあると学んだ。

だがときどき、よく考えもせずルールを破ったために後でひどい泣きを見ることもある。

たとえばいまみたいに。

キャシー・クーパーはどこにいる？

デイヴィッドは腕時計を確認した。この一〇分間ですでに一〇回目だ。いらだたしげに鼻を鳴らし、こぶしを腰に当てて、待ち合わせ場所の周囲に視線を走らせた。トリニティーリバー沿い、フォレストパーク、ジョギングコースの〈一〇キロ地点〉の看板から四つ目のピクニックベンチに午前八時ジャスト。

時刻はすでに八時一三分。

ひょっとして彼女が待ち合わせ場所を間違えたのか？　大いにありうる。なにしろキャシー・クーパーは、「オツムの弱い金髪美人」そのものだ。

だからこそ美術品窃盗事件の特別捜査班は、彼女を情報提供者にする案を認めなかったのだ。彼女がキンベル美術館の広報担当者で、ペイトン・シュライバーの次の犠牲者として狙われているとの情報をつかんでいたにもかかわらず、である。

だが、何年間もシュライバーを追いつづけているデイヴィッドにとって、キャシーこそはシュライバー逮捕の糸口になるはずだった。そこで彼は自分で事を運ぶことにした。上司に隠れて、彼女を情報提供者として雇ったのである。彼女が捜査にかかわっている事実は、デイヴィッドと当のキャシーしか知らない。デイヴィッドの指示でキャシーの尾行を担当している者たちですら、彼女をシュライバーの新しいガールフレンドだと信じている。そういう事情があるので、最初に一度だけ顔をあわせたあと、接触手段は電話かEメールに限っていた。今回の異例とも言える捜査手段については、シュライバーに確実に手錠を掛けてから、なんらかの後始末をつけなければならないだろう。とはいえ上司のジム・バーンズは、同意を得るよりも許しを得るほうが容易な相手だ。

この一〇年間、デイヴィッドはシュライバーを粘り強く追いつづけてきた。長きにわたった意志と意志との闘いの、決着をつけるときがついにやってきたのだ。キャシーの協力があれば勝利を手中にできると、彼は確信していた。

なにがあろうと、絶対に正義を貫こうと決心していた。

だがゆうべ、尾行チームから悪い知らせを聞いた。シュライバーが、全世界にその名をとどろかせる凶悪犯、ジョッコ・ブランコと接触したというのだ。ジョッコはスキンヘッドにあばた面で、手にいれずみをほどこしている。その犯罪記録は電話帳ほどの厚みがあり、暴力行為の前歴も数知れない。

シュライバーは最低の下衆《げす》野郎で、後悔の「こ」の字も知らない盗っ人だが、被害者を肉体的に傷つけたことは一度もない。むしろ、礼儀正しい言動で知られるほどだ。だがジョッコは、たき火の脇に置かれたダイナマイト並みに危険な男。

ふたりが接触したと知らされたとき、デイヴィッドの胸に最初に浮かんだのは「しめた！」という言葉だった。これで一度にふたりの悪党を逮捕できる。これならバーンズも、キャシー・クーパーをこっそり雇ったデイヴィッドの判断を認めてくれるはず。

ところがそこへ、あのいまいましい良心の声が聞こえてきた――「これ以上、彼女を巻きこむのは危険だ」

シュライバーの捜査では、キャシーは嬉々として協力してくれている。だがあの足りないオツムで、ジョッコのような凶悪犯に太刀打ちするのはさすがに無理だ。

残念だがキャシーの任務はここまでにするしかない。刑務所にぶちこまれるシュライバーを見たいのはやまやまだが、そのために彼女の生命を危険にさらすわけにはいかない。

デイヴィッドは髪をかきあげ、ジョギングコースを横切ってトリニティーリバーの堤防のほうに足を運んだ。数十メートル下を流れる一筋の細い川をじっと眺め、人気《ひとけ》のない園内をさっと見渡した。

風が吹きすさぶ、じめじめした二月の朝っぱらなので、ほとんど人はいない。遠くのほうでジョギングをしている人がふたりと、公園の入口付近のくずかごの脇で犬に小便をさせている老人がひとり。それ以外は誰も見当たらない。

そのとき、デイヴィッドはあることに思い至って心臓が止まりそうになった。もしもシュライバーが、キャシーの正体に気づいたら？ もしもやつが、彼女を消すためにジョッコを雇ったとしたら？

背筋を冷たいものが走る。

「くそっ」デイヴィッドは心底自分がいやになり顔をしかめた。

キャシーと会う約束などするのではなかった。そんなことをせずに、電話で一言、役目は終わったと告げればよかったのだ。でも彼女は、シュライバーが過去の「偉業」を自慢するのをテープに録音したと言っていた。デイヴィッドはどうしてもそれがほしかった。それに、解雇の件は直接伝えるほうがフェアだと思ったのだ。

それにしても、彼女はいったいどこにいるのだろう。

デイヴィッドはもう一度、手首に視線を落とした。八時一五分。

無意識にロンドンフォグのトレンチコートの胸ポケットに手を伸ばし、タバコを出そうとしてから、もうそこにないのだと思い出す。

　禁煙したのは一年ほど前だ。だがいらいらするといまだに、ついニコチンが恋しくなる。タバコをやめたのは、元婚約者のキーリーに捨てられて間もなくだった。彼女にまだ未練があって、禁煙すればよりを戻せるなんて期待したわけではない。もう完全に終わったことだ。そもそも彼女は、デイヴィッドと別れて二カ月と経たないうちに歯科矯正医と結婚した。タバコをやめたのは、彼女の間違いを証明したかったからにすぎない。

「素直に認めたらどうなの、デイヴィッド」キーリーは言いながら、芝居がかったしぐさで婚約指輪をはずし、彼の顔に投げつけた。「あなたときたら、ばかみたいに無謀なまねばかりして、勝つまでは絶対にあきらめやしない。あなたそのうち死ぬわよ。そんなあなたと一緒にいて、死に様を見せられるのはまっぴらごめんだわ」

「無謀なまねなんかしてない」

「よく言うわね。わたしとこうして話す間ですら、ずっとタバコを吸いっぱなしじゃない」

キーリーは得意になって言った。「がんの素を吸うのが、無謀以外のなんだって言うわけ？」

　その一言がタバコをやめるきっかけとなった。これで少なくとも、キーリーとの口論には勝ったことになる。

　とはいえ、認めたくはないが彼女の言い分にも一理ある。ひそかにキャシーを雇ったために捜査が失敗に終わったら、間違いなくバーンズに首を切られるだろう。

　デイヴィッドはＦＢＩ特別捜査官としての人生を終える。

シュライバーは逃げ、デイヴィッドはすべてを失う。

なんてことだ。

そのとき、鉄道橋の下から女性がひとりこちらに走ってくるのが目に入った。遠くて顔はよく見えないが、デイヴィッドのさもしい男の本能は、リズミカルに駆けてくる女性のばつぐんのスタイルにくぎ付けになった。スポーツブラに包まれて上下に揺れる胸、風を切る金髪のポニーテール、そしてなめらかな腰の動き。

素晴らしい！

女性が近づいてきて、デイヴィッドはようやく誰だか気づいた。

なんだ、キャシーじゃないか。ああ、よかった。彼は安堵感に包まれた。

キャシーをじっと見つめた。

だが彼女は、こちらをちらりとも見ずにかたわらを走り去っていった。

デイヴィッドは口をあんぐりと開け、去っていく彼女の背中を目で追った。

なんのつもりだ……？

彼女が走ってきた方角にすぐさま向き直り、誰かに追われているのかどうかたしかめた。

誰も追ってこない。では、ここに立っている彼に気づかなかったのだろうか。

わけがわからず、デイヴィッドは小走りに彼女を追った。「待ってくれ」と背後から声をかける。

彼女はさっと振り返り、追いかけられているのに気づくと、スピードを上げた。

いったいなんのまねだ？

「待てよ」デイヴィッドは言い、徐々に広がりつつある距離を縮めようと、自分もスピードを上げた。それにしても彼女の脚は速かった。まあそんなことはどうでもいいのだが。

全速力で走り、ようやく追いついた。肘をつかんで自分のほうに振り向かせる。ふたりは堤防の端で、ぜえぜえと息を切らし、にらみあいながら立ちつくした。

デイヴィッドが口を開こうとして大きく息を吸いこんだとき、彼女がスエットのポケットから護身用の催涙スプレーを取り出した。

素早い動きだったが、デイヴィッドのほうが一瞬だけ速かった。

「よせ」デイヴィッドは言い、彼女がスプレーを噴射する直前にその手を押さえつけた。

「いったいどうしたっていうんだ？」

「放してよ」彼女は力いっぱい手を引きながら後ずさった。

だが勢いあまって堤防の端で体のバランスを崩し、ぎょっとした表情になった。

「た、助けて！　きゃー！」と叫びながら、闇雲に両腕を振りまわす。

デイヴィッドはあわてて手を伸ばし、なんでもいいから手近なところをつかもうとした。つかんだのはトレーニングパンツの前だった。釣り針にかかって暴れる魚よろしく、そのまま引き寄せようとした。

彼女がもがき、ストレッチ素材のパンツが伸びて、その下に隠されていた素肌があらわになる。デイヴィッドは瞬時に、ショーツがピンク色のサテンのGストリングであること、そして、みごとな金髪が生まれつきのものであることを見てとった。

デイヴィッドは目をしばたたいた。驚きの光景に、一瞬、頭の中が真っ白になる。

「変態！」彼女は大声をあげ、デイヴィッドの股間を蹴ろうとした。

彼はすんでのところでその足をかわした。だがそのせいで、自分までバランスを崩した。

重力には勝てず、ふたりは川に向かって土手を転げ落ちていった。

「そうか、くそっ」悪態をつきながら、相手がキャシーではないことにデイヴィッドはやっと気づいた。この威勢のいい女は、キャシーの双子の姉、マディーに違いない。

男は、その大きな体に似つかわしい大きな銃を隠し持っていた。

マディーは湿った岩だらけの斜面を転がり落ちながら、男のコートの下に隠された硬いものが体に当たる感触におののいた。心臓が猛烈に鼓動を打つ。この場で強姦するつもりに違いない。銃で撃ち殺し、川に投げこんで魚のえさにするつもりなのだ。マディーはそう直感した。

フォレストパークで走るようになって何年も経つが、危険な目に遭ったことは一度もない。でもマディーは用心深いたちなので、もしもの場合に常に備えるべきだと考え、非常事態への対応もシミュレーション済みだった。

相手の顔に催涙スプレーを吹きつけ、股間を蹴り、すぐさま逃げるのだ。

なのに、いったいどこでしくじったのだろう。

そもそもこの男は、自分よりも優に四〇キロは重い。しかも、その体格に似合わずコブラ並みに動きが俊敏だった。

なんとかしなくちゃ。応戦するのよ。こんなところで死んで、キャシーをひとり残すわけにはいかない。

斜面を転がりながら、マディーは獣のように低く唸《うな》り、男の顔をつめで引っかいた。こんなことなら、もっとつめを伸ばしておくんだった。よし、次は隙を見て、パンツのポケットから車のキーを取り出し、目玉をえぐってやろう。

「うわっ、痛いじゃないか。やめてくれ」男はわめいた。

ふたりは水際ぎりぎりのところで止まった。土があらわになった川岸で、マディーは男の下敷きになった。

「どいてよ、この変態！　強姦魔！」マディーは男の胸をたたいた。手が男のショルダーホルスターに当たり、一瞬、パニックに陥りそうになる。

男は苦しげに胸を上下させながら、マディーの両の手首をつかんで頭上で押さえつけ、腹の上にまたがった。彼女は懸命に抵抗したが、大きな体はびくとも動かない。

「マディー、おとなしくしてくれ！」男は大声をあげた。

マディーは凍りつき、男の射るような灰色の瞳をじっとのぞきこんだ。その瞬間、激しく渦巻く欲望が不意にふたりを包み、彼女はすっかり圧倒されてしまった。

「ど、どうして……どうして、わたしの名前を知ってるの？」

「キャシーと間違えた」

「なんですって」目をしばたたき、男の言葉を頭の中で何度も反芻《はんすう》した。「わかったわ、さてはあなたたち、公園でおかしなプレーにふけっていたんでしょう？　それがここまでエスカレートしてしまった、そうじゃない？」

「は？」男は眉間にしわを寄せた。

「キャシーはそういう変わった一面があるから。あなた、妹の新しいボーイフレンドなんでしょう？」

「いや、違う」

ふたりは胸と胸を突き合わせており、いまにも唇が触れそうだ。男の唇は非常に個性的だった。輪郭はとてもはっきりしていて、金物屋の工具に似た頑強さを感じさせるのに、唇そのものはなめらかなやわらかみを帯び、妙に気持ちをそそられる。唇にまで人格があるみたい、とマディーは思った。

「じゃあ、あなたいったい誰？」彼女は自分にも男にもいらだちを覚え、詰問口調になって言った。

「FBI特別捜査官のデイヴィッド・マーシャルだ」

FBI？　なるほど、これで少なくとも銃を持っている理由はわかった。妹が今度はいったいどんなトラブルに巻きこまれたというのだろう。

キャシーからは、ビッグニュースがあるから八時一五分に公園で会おうと言われている。だから今朝は、約束に合わせてジョギングの時間を調整した。それなのに当の妹は待ち合わせ場所に姿を見せず、代わりにこの熊並みの大男があらわれて、自分はＦＢＩ捜査官だと言い張っている。なにもかもが、トリニティーリバーよりよっぽど臭う。

「身分を証明できるものを見せて」マディーは要求した。

「手を放しても股間を蹴らないと約束してくれたら見せよう」

「わかったわ」慎重にうなずいたが、ほんのわずかでも危険を感じたらそんな口約束はすぐに破るつもりだ。

デイヴィッドはマディーの両手を放し、ひざをついて身を起こした。マディーは仰向けのまま頭をもたげ、彼が銃を取り出しやしないかと、一挙手一投足を凝視しつづけた。ＦＢＩ捜査官を名乗ったからといって、それが「自称」でない保証はどこにもない。

よくよく見てみると、粗野であか抜けないところはあるものの、デイヴィッドはなかなかハンサムだった。背が高く筋肉質で、頑丈そうなあごに、くっきりした頬骨。そのこけた頬が、表情に繊細さを加えている。灰色がかった茶色の髪は短くカットしてあり、つんつんと立っている。どことなくヤマセミを思わせる風貌に、マディーは自分でも気づかぬうちにちょっと惹《ひ》かれていた。鼻は大きからず小さからず。ただし、あたかも誰かの怒りの鉄拳を一、二度受け止めたかのように、鼻梁《びりょう》のところからわずかに左に曲がっている。

デイヴィッドは立ち上がると手を差し伸べてきた。

　マディーはためらった。

　彼は突っ立ったまま、いつまでも手を差し伸べている。

　マディーはしぶしぶその手を借りて勢いよく身を起こした。立ち上がると、すぐに彼に背を向けた。

「待てよ」彼はマディーの手を放さずに言った。

「なに？」

「服が泥だらけだ」

　彼はそう言うなり、さっと手を伸ばして彼女のお尻についた泥を払った。

　ストレッチ素材のパンツの表面を撫でられた瞬間、マディーは背筋にぞくぞくするものを感じた。全身に広がる甘いうずきに、大きく息をのんだ。

　なんてこと……。

「これでいい」彼はマディーの手を放した。「きれいになったよ」

　マディーはごくりと唾をのんだ。彼の手がお尻から離れたあとも、胃がひっくり返った感覚が消えない。「バッジを見せてよ」取り乱しそうになるのを、そう言ってごまかした。

「いま見せるよ」デイヴィッドは言いながらコートのポケットからそれを取り出すと、彼女の目の前に突きつけた。

　マディーは手のひらを差し出した。

「渡せってこと？」

「そうよ」

デイヴィッドはあきれ顔をしたが、おとなしくバッジを渡した。マディーは指先でバッジの表面をなぞった。雲間からかすかに漏れた陽射しが、金色のバッジを輝かせる。いかにも本物らしく見えるが、これだけで信じるのは危険だ。世の中には警官を自称して犯罪をおかす、いかれた連中もいる。

「FBIの支局に電話して、確認してもいい？」

「いいかげんにしてくれ」デイヴィッドは彼女の手から素早くバッジを取り返した。「本人がFBIだって言ってるんだ」

「逆切れするのはよして。人のことを襲ったくせに」

「なんだって？」彼は声を荒らげ、マディーをにらみつけた。「催涙スプレーを掲げて、おれの大切なところを蹴ろうとしたのは誰だ？」

「人のことを追いかけたりするからでしょう？」

「何度も呼びとめたのに、知らん顔するからだ」

「こんな時間に公園にひとりでいるから、変態だと思ったの」

「変態？　いま、おれのことを変態って言ったのか？」彼は親指で自分を指さした。

「そうよ」

まじまじと見つめるマディーを、デイヴィッドも負けないくらい一心に見つめてくる。その燃えるようなまなざしに、彼女は唇に穴が開くのではないかと思った。唇ばかりじろじろ見て、いったいなんなの？　唇に惹かれてるのは、わたしだけじゃないってこと？　彼女は心臓が猛烈に早鐘を打ち、おなかに妙なうずきが広がるのを覚えた。

これってなに？　どうしてこんな気持ちになるの？

デイヴィッドは唇を舐《な》め、ごくりと唾をのんだ。「妹に負けず劣らずの変わり者だな」

「キャシーは変わり者じゃないわ」マディーは妹をかばった。たしかにキャシーには衝動的なところがある。無責任なこともときどきする。非現実的な性格なのも否めない。でも、目の前の男に変わり者呼ばわりされる筋合いはない。

「いや、正真正銘の変わり者の遅刻魔だ。今日だって、八時にここで会う約束をしていたのに……」デイヴィッドは腕時計に視線を落とした。「八時二五分になってもまだあらわれない」

「なんの用で会う約束をしたの？」

彼はためらいを見せた。

答えたくないのね……マディーは思い、「言ってよ」と促した。

「キャシーはおれの下で働いていた。ペイトン・シュライバーという世界的に有名な美術品窃盗犯を捕まえようとしていた」

「人をからかわないで」

「本当の話だ」

「キャシーが？　ＦＢＩの捜査に協力？」

デイヴィッドの顔に、なんだかよくわからないが動揺したような表情が浮かんだ。「ああ、非公式なかたちだが」

「それ、いったいどういう意味？」マディーは眉をひそめた。なんだかいやな予感がする。猛烈に。

「そんなことより――」デイヴィッドが話をそらし、不信感がますます深まる。「今朝、キャシーから連絡はなかったか？　もう何度も電話をしたんだが、彼女がいまどこにいるか知らないか？」

「いったいどうやって、妹が美術品窃盗犯の逮捕を手伝っていたわけ？」マディーは問いただし、話を元に戻した。そう簡単にごまかされてたまるものですか。

「シュライバーは、次のヤマの協力者としてキャシーに白羽の矢を立て、彼女にしつこく言い寄っていた」

マディーは首を振った。「言ってる意味がさっぱりわからないんだけど。その男の正体も居場所もわかっているのなら、どうしてさっさと逮捕しないの？」

「物的証拠がない。現行犯で逮捕するしかないんだ。しかもシュライバーは、大物の美術品仲買人と手を組んでいるらしい。われわれは、その仲買人も一緒に逮捕しようと考えている。キャシーはその手伝いをしてくれているんだ。さあ、彼女の居場所を教えてくれ」

「手伝うって、具体的にどうやって？」

デイヴィッドはため息をついた。「キャシーの居場所が知りたかったらなにもかも正直に言え、そういうことか？」

「そういうことよ」

デイヴィッドは小さくうなった。その声が電流のようにマディーの全身をしびれさせる。思いがけない歓喜に彼女は身を震わせまいとがんばった。この男に嫌悪感を覚えているはずなのに、その一方で惹かれてしまうのはなぜ？

「わかったよ、交渉成立だ」

デイヴィッドが仕方なくそう答えたのが、マディーにはわかった。でも当然でしょ？　わたしから情報を聞き出しておいて、自分はなにも教えないなんて、ありえない。

冷たい突風が吹いて、マディーはスエットの下で乳首が硬くなるのを覚えた。デイヴィッドの視線を感じる。でも彼は見て見ないふりをしている。

「車の中で話そうか？」彼は土手を上った先の駐車場を指さした。短い髪が風に吹かれて、やんちゃな少年みたいに見える。

マディーは首を振り、腕を組んだ。

「かみついたりしないからさ」

用心に越したことはない。寒さなんか我慢すればいい。「大丈夫よ。早く話して」

「おれは、もう何年も前からシュライバーを追っている。でもあいつは本当にずる賢いやつで——」

「あなたに比べたら賢いでしょうね」デイヴィッドが腹を立てるとわかっていても、ちゃちゃを入れずにはいられなかった。彼の粗野な魅力に思いがけず心をかき乱されたことへの、ちょっとした仕返しみたいなものだ。

デイヴィッドはマディーをにらみつけた。「話を聞きたくないのか?」

「つづけて」

「シュライバーは三八歳で、イギリスのリバプール出身だ。父親はちんぴらで、悪い仲間に入り、武装強盗をやって終身刑を食らった。母親はアル中。やつが一〇歳のとき、酒屋からの帰り道にトラックに轢《ひ》かれて死んだ」

「かわいそうに」

「同情は禁物だ。やつはおばのジョセフィーヌに引き取られた。ジョセフィーヌは大金持ちと結婚してニューヨークに住んでいた。子どもができなかったので、かわいい甥を溺愛《できあい》した。だが彼女が亡くなると、夫はビタ一文くれてやらずにやつを屋敷から追い出した。それまでの裕福な暮らしをなんとしてもつづけるために、やつは何人もの女性を甘い言葉で騙《だま》してきた。それも、年のいった女性ばかりを狙って」

「それとうちの妹とどういう関係があるのかしら?」

「黙って聞けよ。じきにわかる。やつの犠牲になったある女性がいた。彼女の家もかつてはたいそう裕福だったが、長い年月の間に財産を食いつぶしてしまった。ただ、最後に残された家宝だけは、老後のために大切にとっておくことにした。時価一〇〇万ドルと言われたレンブラントの作品だ。そこへやつがあらわれ、彼女に求愛し、レンブラントとともに消えた」

デイヴィッドの表情。話している間中こわばっていた彼の体。その一件は、彼にとっては単なる事件以上のものだったのだろう。その証拠に、これからけんかに臨むかのように唇をぎゅっと引き結び、こぶしを握って肩をいからせている。

その女性と知りあいだったのだろうか。シュライバーを追っているのは、単なる義務感ではなく復讐のためなのでは？

「その後数年間、やつは表舞台に出てこなかった」

「レンブラントを売ったお金で暮らしていたのね」

デイヴィッドはうなずいた。「だが数カ月前から、ヨーロッパ各地で美術品の窃盗事件が立てつづけに起きている。犯人はやつによく似たハンサムな男らしい。以前と違うのは、美術品を個人所有している裕福な女性ではなく、美術館の職員をターゲットに選んでいることだ。ＦＢＩはインターポールと協力して捜査を進め、ようやくやつがフォートワースにいることを突き止めた。やつはキンベル美術館に狙いを定め、キャシーに近づいた」

「妹を利用しているわけね」マディーは抑揚のない声で言った。

「そうだ」

「でも、あなたも妹を利用してる」

「ああ」デイヴィッドは素直に認めた。「でもそれは、やつが危険人物ではないとわかっているからだ。やつはこれまで、騙した相手を肉体的に傷つけたことは一度もない」

「でもどうして？　いままでの被害者にＦＢＩが協力を求めたことはないのでしょう？　どうしてキャシーにだけ？」

「ほかの被害者はやつに不利な証言をしたがらなかった。キャシーは自分の意思で、是非とも手伝いたいと言ってくれたんだ」

「あの子らしいわね」マディーは小さくつぶやいた。

「キャシーのおかげで、やつの計画を阻み、ついに逮捕できるはずだった」

「はずだった？」デイヴィッドの口調にマディーは不安を覚えた。

彼は咳払いをしてからつづけた。「昨日、やつの古い仲間がこの街にあらわれたとの情報を手に入れた」

「それで？」

「男の名前はジョッコ・ブランコ。盗みと、それ以外にもいろいろやっている」

「いろいろってなんなの？」答えを聞くのが怖かったが、たずねずにいられなかった。

「武装強盗、銃の密輸、薬物密売。ありとあらゆる悪事をね」

「人に危害も？」マディーは声を潜めた。

デイヴィッドは一瞬の間ののち、「ああ、おそらく」と答えた。

マディーは顔から血の気が引いていくのを覚えた。ひどいめまいがする。

「落ち着け。今日、キャシーと会う約束をしたのは、もう協力してもらうわけにはいかないこと、警察に身辺警備をさせることを伝えるためだったんだ」

「でも、あの子はあらわれなかった」マディーは人気《ひとけ》のない公園を手で示した。慣れ親しんだ恐れが、全身に広がっていくのがわかる。

「ああ、彼女はあらわれなかった」

マディーは息をのんだ。なんてこと。なんてことなの。

そのとき、デイヴィッドの携帯電話から軽快なメロディーが流れてきた。古い刑事ドラマ『ドラグネット』のテーマソングだ。

「もしかしてキャシーから？　あの子、あなたの携帯の番号を知ってるの？」

「ああ」デイヴィッドはコートのポケットから携帯を取り出し、小さな画面を見つめた。

「でも彼女からじゃない」彼は携帯をぱちんと開いた。「マーシャルだ」

相手の言葉に耳を傾けるデイヴィッドを、マディーはひたすら凝視した。彼の顔が、危険な匂いを漂わせる粗野な男の表情から、凄腕捜査官のそれへと変わっていく。唇は妥協はいっさい許さないというふうに固く引き結ばれ、灰色の瞳は頭上に垂れこめる分厚い雲よりもいっそう暗くなる。彼は口汚くののしり、岩を蹴った。

マディーはぎくりとして後ずさった。

「すぐに行く」デイヴィッドは吠《ほ》えるように言うと、携帯を切り、ポケットに押しこんだ。

「なにがあったの？」マディーはたずねた。でも心の奥底では、なにか恐ろしいことが起きたのだとわかっていた。さまざまな憶測が次から次へと浮かんでくる。ひとつの憶測が消えると、よりいっそう恐ろしい想像があらわれる。そのどれもが、キャシーの生命を脅かすシナリオだった。マディーはつめが食いこむくらい、デイヴィッドの腕をきつくつかんだ。

「本当のことを言って。いったいなにが起きたの？」

デイヴィッドはキッと彼女を見返した。「今朝早く、やつがキャシーのセキュリティ番号を使ってキンベル美術館に忍びこんだ。警報装置は作動せず、時価四〇〇万ドルのセザンヌが盗まれた」

2

デイヴィッドはマディーにくるりと背を向け、堤防をよじ上り車に向かった。またしても、やつにしてやられるとは。

「でも、ゲームはまだ終わっちゃいない」彼は小さくつぶやいた。「まだまだこれからだ」

怒りで首筋が燃えるように熱い。早く美術館に行って、なにがどうなったのか確認しなければ。本来なら、やつになんらかの動きが見られた時点でキャシーから知らせが入るはずだった。だが連絡はなかった。

なぜだ？

脳裏に浮かんだ可能性のどちらも気に入らなかった。考えられる答えは、ふたつしかない。キャシーの身にとんでもない危険が迫っているか、あるいは、彼女がシュライバーの側についたか。彼女なら世間の注目を集めるために、映画『トーマス・クラウン・アフェアー』よろしく、美術品窃盗犯に恋をしても不思議ではない。なにしろやつはすこぶる女受けがいい。いずれにしても厄介なことになる。

「待ってよ、どこに行くの？」マディーがあわててついてくる。

「キンベル美術館だ」デイヴィッドは彼女を見もせずに答えた。こんな強情っぱりの相手をしていたら、どんな面倒に巻きこまれるかわかったものではない。そんなのはごめんだ。

「妹は？」

「妹は、って？」良心の呵責《かしやく》を感じたが、すぐにそれをはねのけた。後悔したって始まらない。自分でこうと決めて走りだしたら、それがもたらす結末も受け入れなければならない。後からとやかく言うのは弱い人間のすることだ。

「妹はどこにいるの？」

「知るか」

「わたしも一緒に行くわ」

「仕事があるんじゃないのか？」

「スポーツジムを経営しているの。マネージャーに電話して、わたしのクラスのインストラクターは代役を立ててもらうわ」

「来るな」

「どうして？」

「きみの相手をしている暇はない」

「わたしに借りがあるはずよ」マディーは息を切らせながら、一歩も遅れずについてくる。

「なんの借りだ？」

デイヴィッドは一瞬、彼女をにらみつけ、そうしたことをすぐに悔やんだ。きつく歯を食いしばった彼女のあごを見た途端、いまの状況にまったくふさわしくない思いがわいてきたからだ。その頑固そうな小さなあごに指をかけて上を向かせ、激しく唇を重ねたら、いったいどんな反応を示すだろう……?

きっと腹を思いっきり蹴られるはずだ。間違いない。

「あなたのせいで堤防から落ちたわ」

「あれは事故だ」

「あなたのせいでキャシーは事件に巻きこまれたわ」

「それがどうしてきみへの借りになる?」

「わたしたちは双子だから」

「双子だからなに?」

マディーは首を振った。ポニーテールが挑発するように、肩の上で左右に揺れた。「双子の絆の強さを知らないみたいね。わたしたち、一心同体なのよ」

「そんなに仲がいいなら、どうしてキャシーはおれの下で働いているってきみに言わなかったのかな?」

マディーは目をしばたたいた。「あなたが口止めしていたんじゃないの?」

「いいや」と答えると、彼女は眉根を寄せた。妹に隠し事をされて、さぞかし怒っているのだろう。「だが、キャシーについてひとつわかったことがある」

「なによ?」彼女はいぶかしむ顔になった。

「彼女は誰かに自分という人間を認めてもらいたがっていた。こうしてきみと会ってみて、その誰かはきみだとわかったよ」

「いったいどういう意味?」マディーのエメラルドグリーンの瞳が警告するように光った。

「こんな話をしてる暇はないんだ」デイヴィッドは愛車のシボレー・インパラのほうに歩を進めた。「きみの妹なんだから、答えは自分で考えたらどうだ?」

「ちょ、ちょっと待って」マディーは引き留めようと彼の肩をつかんだ。

「なに?」その手を払いのけたかったが、触れたが最後、激しい欲望を抑えられなくなりそうで怖かった。まごつき、後ずさると、彼女のほうから手をどけてくれた。

「ごめんなさい。妹が心配で。言いすぎたわ、許して」

「気にすることはない」デイヴィッドはイモビライザーのキーパッドを押した。警告音が二回鳴って、ロックが解除された。

「よかった」マディーは言うなり、助手席のほうにまわった。

「おい、おい」彼女がドアハンドルに手を伸ばすのを見て、デイヴィッドはあわててもう一度ロックを作動させた。

「まだ一緒に行ったらだめだって言うの?」

「そうだ」デイヴィッドはキーで運転席側のドアだけを開け、車内に体をすべりこませた。ところがドアを閉めてエンジンをかけようとしたところへ、マディーがすっ飛んできてドアとの間に体を押しこんできた。ハンドルにしがみついて、絶対に離れようとしない。

「機敏なんだな」

「そうよ、よく覚えておいて」

「運動神経がいいのは結構だが、きみを一緒に連れていくことはできないんだ」デイヴィッドはイグニションにキーを差し入れた。エンジンがぶるんと音をたてる。

「乱暴な人ね」

「まあね。轢かれたくなかったら、さっさとどけよ」

「ふうん、そういうことを言うの。汚い手は使いたくないけど、こうなったら仕方がないわね」

「おれを脅すつもりか？」デイヴィッドはマディーをきっとにらみつけた。彼はひどく興奮していた。こういう手ごたえのある女は大好きだ。

「そうよ」

「やれるもんならやってみな」

「ええ」

「どうせはったりだろう？」

「はったりじゃないわ」

デイヴィッドはしばらく彼女をにらみつけていた。「じゃあ、どうするつもりか聞かせてもらおうか？」

「マスコミに言うわ。あなたが一般市民をくだらない捜査に巻きこんだ、おかげで妹は行方不明になったって」

「行方不明じゃないぞ」マディーは誰もいない公園を手で示した。「じゃあ、あの子がここにいるとでも?」

「気まぐれな女だからな。約束を忘れたんじゃないか?」

「とぼけないで」マディーはぴしゃりと言い放った。「あなたはヘマをしたのよ、デイヴィッド・マーシャル。あなたは自分の追っている美術品窃盗犯のスパイ役にあの子を雇った。そうして妹の生命を危険にさらしたのよ」

彼女の言うとおりだった。悔しいが図星だ。彼女をマスコミのところに行かせるわけにはいかない。連中は彼女の話に飛びつくに違いない。

そんなことになったら、バーンズになにを言われるだろう。

それに、シュライバーに負けるわけにはいかない。絶対に、なにがあろうと。この数年間の捜査を無駄にするくらいなら、この口の達者な威勢のいい女に我慢するほうがましだ。

「一緒に連れていってくれないなら、テレビ局に行くわよ」

「どうせ口だけなんだろう?」デイヴィッドはあえてもう一度抵抗し、彼女の真意をたしかめた。

「妹のこととなると、口だけは絶対にないの」と応じる彼女の表情から、本気だとわかった。

妹に対する彼女の深い愛情に感心すると同時に、腹が立った。

「そういうやり方じゃ、おれとうまくいくとはとうてい思えないな」彼女を少しでもおとなしくさせようと、凄みを利かせてにらみつけた。

「あなたとうまくいくかどうかなんて、知ったこっちゃないわ」彼女は挑むように胸を突きだして言った。そうすると、胸はちょうどデイヴィッドの目線の高さになった。

彼女の胸を見るな。スポーツブラを外したらどんなふうなのか、胸元のぐっと開いたドレスを着たらどんなふうなのか、そんなことは絶対に想像するな。彼はキッと口を結び、助手席側のロックを解除した。

「乗れよ」

「ありがとう」マディーはさっと身を起こし、意気揚揚と助手席側にまわると、隣に乗りこんだ。デイヴィッドは勢いよくインパラをバックさせ、タイヤをキキーッときしませながら駐車場をあとにした。

くそっ！　まったく気に食わない。朝から二度も負けるなんて。

マディーは大いに不満だった。部下たちと現場検証をする間、キンベル美術館の職員用休憩室で待っていろとデイヴィッドに命じられたのだ。

車を降りる前には、指示に従わなかったら手錠を掛けてハンドルにつなぐからなと警告された。「もう我慢の限界だからそれ以上なにもするな」という彼の表情に、本気なのが見てとれた。

さらに本気度を思い知らせるように、デイヴィッドは美術館の警備員をひとり戸口に立たせ、マディーがそのへんをうろついたり、勝手に嗅ぎまわったりできないようにした。人をてんで信じていないのだ。

身動きが取れない状況で、彼女はアシスタントに電話をかけ、今週はジムに行けないから代わりのインストラクターを用意してほしいと伝えた。事件解決までにいったいどのくらいかかるのか見当もつかないが、万が一の場合に備えておくに越したことはない。

残りの時間は、キャシーの友だちに片っ端から電話をかけ、妹がどこにいるか知らないか訊いて過ごした。誰も妹の行方を知らないとわかって、最悪のシナリオを想像し、室内を行ったり来たりした。もしもシュライバーが妹を人質にとっていたらどうしよう？　ジョッコとかいうやつに痛い目に遭わされていたら？　なす術もなく床に倒れて、わたしに助けを求めていたら？

マディーは肌身離さずつけているハートの片割れのネックレスに手を伸ばした。がんばるのよ、キャシー。怖がらなくていいんだからね。わたしが、絶対に見つけてあげるから。

「マディー」

顔を上げると、デイヴィッドが険しい表情で戸口に立っていた。マディーはすぐさまかたわらに駆け寄った。「どうしたの？」

「部下をひとり、キャシーのアパートにやった」

「妹が見つかったの？」マディーは唇をぎゅっとかんだ。大丈夫、落ち着くのよ。まだなにも聞いていないんだから。

デイヴィッドは首を振った。「室内はひどいありさまだったそうだ」

「誰かに荒らされたってこと？」

「いいや。キャシーがあわてて荷造りをしたんだろう」

「どういう意味？」

「覚悟しておいたほうがいい。彼女はやつの共犯者になった可能性がある」

マディーはかぶりを振った。「まさか」

「これから彼女のロッカーを調べる。きみも一緒にいたほうがいいだろう」デイヴィッドは穏やかに言った。

そのとき初めて、マディーは彼の瞳に同情の色が浮かぶのを見た。でも、けんか腰で言われるよりも同情されるほうがよほど恐ろしい。やけに優しすぎる。なぜ？

「行きましょう」

デイヴィッドと並んで廊下に足を踏み入れると、事の重大さが身に染みた。そこにはフォートワースの警察官が五、六人、私服の刑事がふたり、市長、警察署長、美術館のキュレーター、そしてデイヴィッドの同僚がふたりいた。

ああ……！

モノクロのピカソの絵が描かれたピンク色のビニールの手提げ袋を、キュレーターから手渡された。「どうぞ、キャシーの所持品を入れるのに使ってください」と、まるで妹がすでに故人であるかのように言われながら。

それまで静かだった心臓が、徐々に激しく、規則的に鼓動を打ち始める。警備員がキャシーのロッカーの鍵を外す。警官が扉を開け、指紋採取用の粉をふりかけ、脇にどいてあとをデイヴィッドに任せる。

マディーは手提げ袋の口を広げて持ち、デイヴィッドが妹のロッカーの中身を取り出すのを見つめた。彼はひとつずつじっくりと検分しては、袋の中に入れていった。

エクストラハード・タイプのヘアスプレー。ビューラー。マスカラ。ランコムの真っ赤なマニキュア。ヘアアイロン。シナモンフレーバーのアルトイズ・ミントキャンディー。ブルーのカシミアのカーディガン。えび味のインスタントヌードルが一袋。ゴディバのチョコレートの空き箱。

マディーはカーディガンを顔に押しつけ、妹の匂いを嗅いでから、手提げ袋にしぶしぶ落とした。あの子はトラブルに巻きこまれたのよ。それも、とんでもないトラブルに。どこにいるにせよ、わたしの助けを必要としているに違いないわ。

デイヴィッドが写真を一枚差し出した。キャシーと、四〇歳くらいのとてもハンサムな黒髪の男性が並んで、ロデオショーが評判の有名ナイトクラブ〈ビリーボブズ〉の前に立っている写真だ。キャシーは男性の肩に腕をまわしている。機械仕掛けの牛を背に、手に瓶ビールを握り、ほろ酔い気分でカメラに向かってポーズを取っている。

マディーは息をのみ、顔を上げ、デイヴィッドを見つめた。「これが、ペイトン・シュライバー？」

デイヴィッドはうなずいた。「まるで恋人同士だな」

「目に見えるものがすべてじゃないわ。それに、彼と親しくしろと妹に命じたのはあなたでしょう？」

「本気になれとは言っていない」

「どこが本気なのよ」マディーは彼をにらみつけた。「あなたが妹を巻きこんだくせに。よくもそんなひどいことが言えるわね」

「ひどいことなんて言ってないさ。事実をありのままに受け止めているだけ」

「もしも、もしもよ、なにかの間違いでキャシーが彼を本気で好きになったとしても、なにもかもあなたの責任ですからね。あの子を巻きこんだ責任をちゃんと取ってもらうわ」

デイヴィッドはくるりと彼女に背を向けた。彼女はわからず屋の尻を蹴ってやりたい衝動を必死に抑えた。ふたたび、ロッカー内の捜索が始まる。

『ヴォーグ』が一冊。ヘアクリップが二個。ボールペンが四本。

「これは、これは」

マディーは彼の肩越しにロッカーの中をのぞきこんだ。いったいなにが「これは、これは」なのだろう……それは、西インド諸島グランドケイマン島のツアーパンフレットだった。

「なによ？」マディーはデイヴィッドの満足げな顔が気に食わなかった。まったく男という生き物ときたら。顔を見れば、なにを考えているかすぐにわかる。自分が正しいと思うと、必ずこうやってほくそえむのだ。

「動かぬ証拠だな」

「ツアーパンフレットのどこが動かぬ証拠なの」

「盗品専門の美術品仲買人として世界中に名を馳せている男が、グランドケイマン島に住んでいるんだよ。しかもその男は、シュライバーとは大の仲よしだ」

「いいかげんにしてよ、そんなこじつけ」マディーは一笑に付しながら、内心では恐れを感じていた。「ロッカーにグランドケイマン島のツアーパンフレットをしまってる人なんて、この世にごまんといるわ」

「でもその人たちは、セザンヌが盗まれたばかりの美術館で働いていないし、美術品窃盗犯とつきあってもいない」

彼の言い分が正しいのはわかっている。でもマディーにはまだ、妹が自ら犯罪者に手を貸したという事実を受け入れられない。

デイヴィッドが腕にそっと触れてきた。「気持ちはわかる。真実を認めるのはときに難しいものだ」

マディーは歯ぎしりした。同情なんていらない。必要としてもいない。いったい彼になにがわかるの。シュライバーを捕まえることしか頭にないくせに。

「あなた、それでも警察官？　ツアーパンフレットなんて、なんの証拠にもならないわ」

「裏切りの第一歩にはなる」

背後で捜査班の声が聞こえる。どうやらデイヴィッドの推理について話し合っているらしい。だが彼らのことはどうでもいい。いまは左に立っている男のことしか頭にない。射るような灰色の瞳の男のことしか。

味方だったら、その瞳はきっと安心感を与えてくれるだろう。おれを信じろ——そうまなざしで訴えてくれるだろう。でも敵だったら、水銀を思わせる灰色の瞳は、正反対のメッセージを伝えるはずだ——下手なまねをすれば、その償いはしてもらうぞ、と。

マディーは身震いした。彼ならそのどちらだってありうる。まさに暗い裏通りでけんかをしたくないタイプの男。

ううん、明るい表通りでもごめんだわ。

マディーは片足から片足へ体重をずらした。一秒ごとに不安が募っていく。

そのとき、デイヴィッドの携帯電話から『ドラグネット』のメロディーが聴こえてきた。

彼はぶっきらぼうに「マーシャルだ」と応じた。

緊張の面持ちで身を乗り出し、マディーは携帯の向こうから聞こえる声に必死に耳を澄ませた。なにを話しているのかよくわからなかったが、妹の名前だけは聞きとれた。

「ごくろうだった」デイヴィッドは言い、携帯を切った。

マディーは顔を上げた。デイヴィッドは新たな展開に瞳をぎらつかせている。根っからの警官《ブラッドハウンド》なのだ。なにかを嗅ぎつけたら、次の瞬間には走りだしている。

「今度はなに？」

デイヴィッドが深呼吸をする。彼女に気を使って、はやる思いを抑えようとしているのだ。「シュライバーとキャシーは六時五分発のデルタ航空アトランタ行きに乗った。そこから乗り継ぎ便でグランドケイマン島に向かったらしい」

マディーは心臓が止まるかと思った。「あの子が進んでついていったとは限らないわ」

デイヴィッドは両手の指先を合わせた。「気持ちはわかるよ。でも、キャシーが逃亡している可能性は認めないと。ショックなのはわかる。信じたくないのもね。だが、やつにかかったら普通の女性はいちころだ。やつのためならなんだってする気になる」

「そこまでシュライバーを知ってて、どうして妹にスパイなんかさせたの？」

「やつのほうが先に彼女に目をつけていたんだよ。おれが協力を要請する前から、彼女はやつとデートを重ねていたんだ」

「だったら警告できたでしょう。シュライバーと縁を切れと言ってくれてもよかったじゃない」マディーは、いっさい妥協はしないと言いたげなデイヴィッドの険しい顔を見つめた。「でもあなたは、絶対にそんなふうには言わなかったでしょうね。そりゃそうだわ。彼を捕まえることで頭がいっぱいなんだもの。そのために誰がどんな犠牲を払うことになっても、どうでもいいのよ」

デイヴィッドは肩をすくめた。彼女の非難の言葉を否定もしなかった。なによ、わからず屋。

「とにかく、キャシーは絶対にシュライバーに本気になんかなっていないわ」マディーは断固として言った。「妹をろくに知りもしないくせに」

たしかにキャシーには浮ついたところがある。でも、根は正直者だ。生まれてから風船ガム一個盗んだことがないし、相手の男がどんなに魅力的でも、言いなりになって罪を犯したりするわけがない。

「もうひとつ、きみに覚悟しておいてもらいたいことがある。心の準備はいいか？」

マディーはキッとあごを上げ、挑む目つきで彼を見つめた。「なに？」

「万が一キャシーがセザンヌ盗難事件にかかわっていたら、たとえそれがどんなかたちであろうと、彼女を捕まえたらすぐ、やつと一緒に司法の手に引き渡す。言い訳は無用。特例もなし。わかったか？」

3

まったく女ってやつは。

ダラス・フォートワース国際空港のデルタ航空のチェックインカウンター前で、数人のビジネス旅行者の列の後ろにつきながらデイヴィッドは思った。どうして女ってやつは、見た目が命のダメ男ばかり好きになるのだろう。そういうダメ男を、永遠の愛でまともな人間に変えられると本気で思っているのだろうか。それとも、危険な香りに酔っているだけなのだろうか。いったいどうしてキャシーは、あんなやつのために人生を棒に振る気になったのだろう。

そのきっかけを作ったのはほかならぬデイヴィッドだ。その事実と向きあうのがいやで、彼はひたすら自問自答している。後悔したって始まらない。

「デイヴィッド！」

呼ばれて顔を上げると、マディーがフロアを突っ切ってこちらに駆けてくるのが見えた。まさか見送りに来たわけではあるまい。

デニムのミニスカートに花柄のアロハブラウス、つば広の赤い麦わら帽子、それに合わせた赤いハイヒールのストラップサンダルというでたちは、妙にちゃらちゃらしてまるでキャシーだ。片手でキャリー付きの小型スーツケースを引き、もう一方の腕にデニムのジャケットを掛けている。ミス・ハワイみたいなかっこうをして、いったいどうしたのだろう。おもての気温は一〇度だというのに。

気づいたときには、デイヴィッドはミニスカートの下からのぞくほっそりとした筋肉質な長い脚を、太ももから、鮮やかなピンク色のペディキュアが塗られたつま先までじろじろと眺めまわしていた。

こいつはまずい。非常にまずい事態だ。

「デイヴィッド、待って！」

彼は少し脇にどき、後ろの客を先に行かせた。まずはマディーを追い払わなければ。いますぐここで。予約した便はあと二〇分で離陸する。必ずそれに乗らなければならない。

「ああ、よかった」全速力で走った直後なのに、彼女の息は少しも上がっていない。「わたしたちの飛行機に乗り遅れたらどうしようって、もう焦ったのなんの」

「わたしたち？」

「ええ、わたしも一緒にグランドケイマン島に行くわ」彼女は明るく言った。「このかっこうどう？　観光客っぽい服装のほうが、目立たなくていいかなと思ったの」

デイヴィッドは彼女を凝視した。勝手に捜査に首を突っこもうとするなんて、信じられない。こんなずうずうしい女は見たことがない。決意のかたまりみたいな彼女の瞳をじっとのぞきこみ、こんな目をした人間はほかにひとりしか知らないなと思った。

鏡に映った自分だ。

「一緒に来る必要はない」

「いいえ、あるわ。妹が彼と手を組んだと勘違いしているようだけど、あの子はそんな子じゃないの。そりゃ、ドジなところがあるし、ときには衝動的な行動に走ったり、見当違いのことをしたり、分別をなくしたりもするけど、心根は優しい子なのよ。だから、あの子を刑務所に入れるなんてできっこないわ。わたしが許さないもの」

「きみが、許さない?」おかしくなって、デイヴィッドは思わず笑った。彼女の怒った顔は妙にかわいかった。

「あなたを責めているわけじゃないのよ。でも、はっきり言わないと通じないみたいだから。こうでも言わないと、まともに話を聞いてくれないんでしょう?　とにかく、キャシーは彼とぐるじゃないわ」

「これっぽっちも疑っていないってわけか」

「妹の性格は知っているから」

「うるわしい兄弟愛だが、どうやらきみは、妹さんのこととなると理性を失ってしまうようだね。現実と向き合えよ。キャシーはやつに恋をしたんだ。いまごろは、アウトロー映画のヒロインを気取って男と逃避行を楽しんでいるだろうね」

たしかに、情報提供者に雇ったことは申し訳なく思っている。だからといってマディーに、妹の容疑を晴らしたい一心の、事実を無視した非現実的な話をでっち上げさせるわけにはいかない。ここで後悔しているところを見せて、彼女につけいる隙を与えてはいけない。

彼女は首を振った。「そんなのありえない。彼が妹を誘拐したに決まってるわ。直感でわかるの」

「とにかく、おれは正義を守りたいだけだから。やつがキャシーを誘拐したのだとわかったら、そのときは真っ先にきみに謝るよ。でもいまは勘弁してくれ、飛行機に乗り遅れる。じゃ、失礼」デイヴィッドはそう言うと、彼女に背を向けてセキュリティゲートに向かった。

彼女がすぐ後ろについてくる気配がする。歩を止めると、背中にどしんとぶつかってきた。デイヴィッドは彼女の手首をつかみ、自分のほうに向かせた。

「きみはおれと一緒にグランドケイマンに行くことはできない。わかったか？　話しあう余地すらない」

「あら、ここは自由の国アメリカでしょ。行きたいところがあれば、どこにでも行けるわ」

「公務執行妨害で逮捕も可能なんだからな」

「やれるものならやってみれば」マディーは手首をぐいっと引き抜き、両手を腰に置いた。頑固そうな瞳が、挑むようににらみつけてくる。

くそっ。いったいなんだって、彼女の気骨や、男に堂々と歯向かう強さにうっとりしなくちゃならないんだ。きっと彼女の前では、隠れてなにかをするなんてできないに違いない。

ベッドの中でもこの威勢のよさがほとんど変わらないとしたら、大変なことだ。

けれどもよく見ると、彼女は唇をかすかに震わせていた。強い女に見せようと必死だが、本当はそんなに強くないのかもしれない。

「マディー」デイヴィッドは優しい声になって言った。「妹が心配なのはよくわかるよ。逮捕しても、証拠不十分で釈放すると約束するから」

「わたしも一緒に行くわ」マディーは繰り返した。特別ぼんやりした子どもに話しかけるみたいに、一語一語を区切ってはっきりと。

「だめだ」

「行くわ」

「頼むよ。おれだって、警備員のところに行ってあの女性を拘束してくれなんて言いたくないんだ。おれたちふたりとも、こんなところで面倒はごめんだろう?」

マディーはしばらく無言だった。やがて大きく息をついたと思うと、ささやき声で言った。

「わかったわ。もういい。勝手にして」

彼女はくるりと背を向けた。だが、ハイヒールがなにかに引っかかったらしい。バランスを崩してよたよたとデイヴィッドのほうに倒れこみ、転ぶまいと伸ばした両手で彼の上着の襟をつかんだ。

麦わら帽子のつばが、あごを撫でる。引き締まった豊かな胸が、腕をかすめる。

胸板に手のひらが置かれた瞬間、デイヴィッドは下半身がカッと熱くなるのを覚えた。ちょっと触れただけでそんなふうに反応してしまう自分にいらだち、懸命に欲望を抑えつけた。双子の妹にはなにも感じなかったのに、妙な話だ。いったいなにがどうしてしまったのだろう。

「ごめんなさい」マディーはつぶやくように言うとすぐに体を離し、無言で背を向け、さっさと歩み去った。

その後ろ姿を見つめながら、デイヴィッドはがっかりしている自分に気づいて当惑した。一、二分考えて、やっとその理由がわかった。彼女があまりにもあっさりあきらめたからだ。もっとけんかをしていたかったからだ。

デイヴィッドはまごつき、手荷物を肩に掛けると、あらためてセキュリティゲートに向かった。彼女と言い争っている間に列が長くなっていた。いらいらと腕時計に視線を落とす。離陸まであと一〇分しかない。

彼は片足から片足へと体重を移動させながら、金ぴかの装身具をじゃらじゃらつけた女性が何度もセキュリティゲートに引っかかるのを見てあきれ顔をした。やがて、自分の番がきた。

ショルダーホルスターから銃を外そうとしたところへ、武装した警備員がやってきて肩をたたかれた。「失礼、ちょっとこちらへ」

今度はなんだ？

デイヴィッドは警備員について、壁に仕切られた一角に向かった。ダラス警察の制服警官がふたり、銃を構えて待っていた。

いったい何事だ？

「両手を頭の後ろへ」警官のひとりが言う。

「おれはＦＢＩだ」デイヴィッドは両腕を上げながら言った。連中は仕事をしているだけだ。落ち着け。「容疑者を追跡中だから乗り遅れるわけにいかない」

「あなたが銃を隠し持っていると通報してくれた女性が言ってましたよ。あなたが、ＦＢＩを自称するはずだとね」もうひとりの警官が、デイヴィッドの体を探り、銃を奪いながら告げた。

「通報した女性だって？　いったいなんの話だ？」

「あなたがちょっかいを出していた女性です」

「なに？」

「動かないでください」最初の警官がたしなめる。

「身分証なら持ってるぞ」デイヴィッドはバッジに手を伸ばそうとした。「ＦＢＩだって証明してやる」

「動くなと言っただろう！」最初の警官が声を震わせてどなり、デイヴィッドの頭に銃口を向ける。

「どこにあるんだ？」ふたり目の警官がたずねる。

「右の胸ポケットだ」

警官は手のひらでポケットの上からたたいた。「なにもないぞ」

「じゃあ、反対のポケットだろう」自分がばかみたいに思えてくる。こんなところに突っ立って、肘を突き出し両手を頭の後ろにまわして、仕事熱心な警官に身体検査されるなんて。

それにしても、どうしてバッジがないのだろう。ひょっとして車に置いてきたか？　まさか。彼にとってバッジは、腕や脚と同じ、まさに体の一部だ。どこかに置き忘れることも、なくすこともありえない。

「こっちにもないぞ」

「絶対にある」デイヴィッドは歯を食いしばって言った。「もう一回見てみろ」

「アトランタ行き、二三四便の最終ご案内です」というアナウンスの声が、スピーカーから聞こえてくる。

なんてこった。乗り遅れる。

そのとき、不意にデイヴィッドはなにが起きたのかを悟った。

マディーのしわざだ。

自分の体の反応にあんなに動揺していなければ、あの場で気づいたのに。彼女がみっともなく転びそうになったのは、偶然じゃなかった。

あの恥知らずが、ポケットからバッジをかすめ取ったのだ。

そのころキャシー・クーパーは、グランドケイマン島のハイアット・リージェンシーの前に広がるセブンマイルビーチで、ビーチチェアに寝そべっていた。ピナコラーダをすすりながら、午後の陽射しと、ビキニに包まれた体を撫でる潮風を満喫する。二月のフォートワースの雨交じりの陰鬱な空とは、本当に大違いだ。

一メートルも離れていない小屋《カバナ》のマッサージ台の上では、シュライバーが褐色の肌をした島の女の子にスウェーデン式マッサージをほどこしてもらっている。

ストローでピナコラーダを大きく一口飲んでから、キャシーはグラスにささったピンク色の紙パラソルを指先でくるくると回し、周囲のゴージャスな雰囲気に胸の内で感嘆の声をあげた。シュライバーをその気にさせることができたのが、いまだに信じられない。

彼女は内心で、「よくやった!」と自分を褒めた。わたしの演技力もまんざらじゃないわね。

ゆうべデイヴィッド・マーシャルからの電話を受け、フォレストパークで会おうと言われたとき、平然をよそおった彼の声にキャシーはなにかを直感した。

その理由のひとつは、この数週間で集めた「証拠」をすべて持ってこいと言われたから。

そしてもうひとつの理由は、すっかりおなじみになったあの熱を感じたから。子どものころ、溺死しそうになって三カ月間も昏睡状態に陥って以来、ときどき、頭の芯がカッと熱くなる奇妙な感覚に襲われるようになった。その感覚に襲われると、必ずと言っていいほど、直後に思いがけない出来事が起きる。デイヴィッドと電話で話しながら、キャシーは頭の芯が熱くなるのを覚えていた。

そして彼女は悟った。理由はわからないが、デイヴィッドは彼女に役目は終わったと告げるつもりなのだ。

だが首になるわけにはいかなかった。いまはまだ。これまで必死に情報提供者の役目を果たしてきたのだから。デイヴィッドとの会話をつづけるキャシーの脳裏に、ある計画が浮かんだ。美術業界から喝采を浴び、FBIの秘蔵っ子になるための計画だ。

これでマディーに、自分の面倒くらい自分で見ることができるのだと、しかもその過程で手柄だってたてられるのだと証明できる。これでみんなに、双子の姉と同じくらい強く賢くデキる女だとわかってもらえる。

計画遂行中のデイヴィッドの「お荷物」役にもってこいの人物も思いついた。だから姉に電話をして、フォレストパークで朝の八時一五分に会おうと言った。デイヴィッドはマディーを見て、キャシーと勘違いするはずだ。そしてマディーは、デイヴィッドをとんでもない目に遭わせるはずだ。妹をFBIの情報提供者に雇ったと聞いて、マディーが彼をただで置くわけがない。

ふたりが激しく口論する様子を想像して、キャシーはにやにやしながら両手のひらをこすり合わせた。マディーがトラブルに巻きこまれ、彼に助けを求めることにでもなればもう最高だ。ふたりの間の緊張はますます高まり、相当おもしろいことになるだろう。

その手はずを整えると、キャシーは本格的に計画に着手した。なにもかも、自分の思い描くとおりになるはずだと確信していた。

まずはシュライバーにすべてを打ち明けた。彼を捕まえるためにFBIに協力していたこと、彼女のセキュリティ番号を使ってキンベル美術館に忍びこみ、作品を盗む計画だと知っていること。

最初のうち、シュライバーは否定した。そこでキャシーは、あなたが泥棒でも、わたしを利用していたとしてもかまわないとまことしやかに嘘をついた。

あなたの過去がどんなものだろうと、あなたを愛しているの。あなたの恋人になりたい。一緒に連れていってくれたら、マドリードのプラド美術館にキュレーターの友だちがいるから、そこで仕事をするのを手伝ってあげる。大胆な窃盗計画をこと細かに説明してみせると、シュライバーはすぐに食いついてきた。

最終的に、彼は欲に目がくらんで同行を認めた。彼女の嘘にまんまと引っかかったのだ。というわけで、いま彼女はここ、グランドケイマン島にいる。FBIのスパイとして、逃げ足の速さで知られる美術品窃盗犯を捕まえるために。

もちろん、厳密に言えば彼女はもうFBIのスパイではない。デイヴィッドは彼女を首にすると決めたのだから。でも、シュライバーの気を引くために彼女がどれだけの犠牲を払ったか知ったら、デイヴィッドもきみの能力を疑って悪かったと謝罪してくれるだろう。

「気分はどう、スイートハート？」シュライバーがマッサージ台の上から訊いてくる。

「怖いくらい幸せよ」

実はキャシーは、クイーンズ・イングリッシュを話す男に弱い。彼女は頬をゆるめ、ちくりと胸が痛むのを無視した。

シュライバーは悪名高い犯罪者で、何人もの不幸な女性たちを甘い言葉で騙してきたのよ――キャシーは繰り返し自分にそう言い聞かせねばならなかった。常にそのことを念頭に置いておかないと、彼の美しい青い瞳や、南国の風に漆黒の髪が乱れて少年のように見えるハンサムな顔にうっとりしてしまうからだ。

彼女はため息をつき、タキシードを着たウエーターが差し出した銀のトレーからキャビアのカナッペをひとつ取った。高価な美術品を盗むなどという悪癖さえなければ、シュライバーは完璧なのに。素晴らしい人生を送れただろうに。

計画を忘れちゃだめ。自立した人間だってことを証明できるせっかくのチャンスじゃないの。マディーに、もうお節介は必要ないってわかってほしいんでしょう?

でも、やっぱりシュライバーのことは残念で仕方がない。

キャシーは伸びをし、足のつま先をもぞもぞと動かした。夕焼けを思わせるオレンジ色のペディキュアを塗ったばかりだ。

残念ながら、彼女の計画には小さな穴がひとつある。シュライバーに怪しまれることなく、デイヴィッドにこの計画を知らせる方法が見つからないのだ。

電話で話すわけにもいかない。それに、急いで準備をしたので財布も忘れてしまった。荷物は着替えとパスポートだけ。いまの彼女は、シュライバーの気前のよさに甘えて生きているのだ。ホテルの電話からかけるわけにもいかない。明細でわかってしまう。

かといって、あのなかなか魅力的なFBI捜査官に、シュライバーの毒牙に引っかかり犯罪者の仲間になったと勘違いされてはたまらない。なんとかして、デイヴィッドにヒントを与える方法を考えなければ。

「ねえ、ペイトン」キャシーはシュライバーを呼びながら、おでこに上げていたサングラスを鼻梁に戻し、どんな答えが返ってくるかなんて全然気にしていない、というふうにさめた口調でつづけた。「セザンヌの絵はこれからどうするの?」

シュライバーはにやりとして応じた。「きみが心配する必要はないよ。なにもかも計画どおりだから」

「そうね、あなたはプロだもの」むくむくとわいてくる好奇心をキャシーは懸命に抑えた。あまりしつこくせっつくと、空手形をつかまされる恐れがある。スパイたるもの、そのへんは慎重にやらなければならない。

「プレゼントがあるんだ」彼は言い、マッサージ嬢に肩甲骨を強く押されて顔をしかめた。

「なにかしら?」キャシーはにっこりと笑った。思いがけない贈り物は大好きだ。

シュライバーはマッサージ嬢を追い払い、身を起こすと、台の端から勢いよく足を下ろした。砂の上に下り、黒のゴムサンダルをつっかけて、片手をキャシーに差し出す。

「歩こう」

ビーチチェアの脇の小さなテーブルにピナコラーダを置き、キャシーはシュライバーを見上げた。太陽とコテージを背にして顔が陰になっているために、不穏なものを感じさせる。

風に吹かれて腕の毛が逆立ち、不意に心臓が激しく鼓動を打つのを覚えた。

「キャシー？」シュライバーは手を差し伸べたままだ。

「ああ、ええ」キャシーはめまいを覚えた。陽射しのせいなのか、彼のせいなのかよくわからない。たぶん両方だろう。なぜか急に不安になってくる。

シュライバーはビーチのほうをあごで示した。「少し歩こう」

「そうね」キャシーは明るい笑顔を作った。

グラスを持っていたせいで湿って冷たくなった手を、シュライバーの硬く熱い手に預ける。握りしめる力が妙に強い気がして、彼女はぎくりとした。

怪しまれているのだろうか。もしかして、バレているのだろうか。

考えすぎよ。最悪のケースばかり考えちゃだめ。そういうのは、マディーに任せておけばいいんだから。

いまの自分をマディーに見せてやりたい。きっと、びっくりしてひきつけを起こすに違いない。

いずれは、なんらかの方法でマディーにも連絡しなければいけない。

でも、いまは面倒なことは忘れよう。キャシーは歩きながら、熱い砂をはだしのつま先でつかんだ。シュライバーは彼女の手を引きながら海のほうへと進んでいる。

ほら、気をつけて、キャシー！　なにかされるかもしれないわよ。海の中に引きずりこまれて、沈められるかもしれない。超がつく心配屋のマディーの声が聞こえるようだ。

うるさいわね。キャシーはいまいましい声を頭の中から追い払った。

日光浴中の旅行客から離れ、海辺のほうへと数メートル進んだところで、シュライバーは歩みを止めた。キャシーの両手を取り、じっと瞳をのぞきこむ。

「きみみたいな女性は初めてだよ」シュライバーはささやいた。

キャシーは思わず頬を染めた。「まあ、ありがとう」

「信じていいのかな」

「もちろんよ」キャシーの口からすらすらと嘘が出る。

主演女優賞はキャシー・クーパーです！　美術館の広報担当者がFBIのスパイに変身する役をみごとに演じきり、観客を魅了してくれました！

「じゃあ、ぼくへの愛の深さを証明してくれる？」とたずねる彼の瞳が、深みと濃さを増していく。

キャシーはごくりと唾をのんだ。ゆうべ、フォートワースにいたときには完璧に思えた計画。それが、こうしてセブンマイルビーチの白い砂浜にいるとほころびだらけに思えてくる。

「どういう意味？」

「本当にきみを信じていいのかどうか知りたいんだ」

「もちろん、信じていいわ」

「言葉以外のもので証明してほしいんだよ」

「たとえばどんなふうに？」

「そう訊かれるのを待ってたよ」シュライバーは彼女の左手を放し、海水パンツのポケットをまさぐった。

黒いベルベットの小箱が差し出された途端、キャシーは自分がその場で卒倒するか、嘔吐《おうと》するか、ばかみたいに笑いだすのではないかと思った。生まれて初めてのプロポーズでもないのに、本当にいま思った反応を示しそうになった。

シュライバーがぱちりと小箱を開け、みごとなマーキスカットがほどこされた二カラットのダイヤモンドの婚約指輪があらわれる。

キャシーの膝が震える。彼の腕につかまっていなければいまにも倒れそうだ。

「ぼくと結婚して、キャシー」

「け、結婚？」キャシーは声まで震わせた。

「突然でごめん。でも、きみの気持ちに負けないくらい、ぼくもきみに夢中なんだ」シュライバーは甘い声を出した。「ぼくたち、最高のタッグを組めるよ。世界中を飛びまわってお宝を盗み、ゴージャスな生活を楽しもう」

「え、ええ」キャシーは喘《あえ》いだ。

「それに……」シュライバーの顔によこしまな笑みが浮かぶ。「妻には、夫に不利な証言を強いることはできないからね」

なるほど。突然のプロポーズの真の理由はそれだろう。ダイヤモンドがきらりと輝き、計画を遂行するためにすべてを賭けなさいとキャシーを誘惑する。

どうしたっていうのよ。イエスって言えばいいじゃない。結婚して愛を証明する前に、彼のすてきなお尻が鉄格子の向こうに消えていくのを見送ればいいだけの話。

ますます残念だけどね。

「イエス、ペイトン」キャシーは真正面から彼を見つめ返した。「あなたと結婚するわ」

シュライバーは彼女の左の薬指に指輪をはめ、抱き寄せると、時間をかけて深く口づけた。

やっと唇を離したと思ったら、今度は耳元に唇を寄せてきた。

「ただし、結婚式は今夜だからね。準備はすべて整えておいた。本当にぼくの味方なら、〈死者の入り江〉にある友人の屋敷で、夕闇に包まれて結婚するんだ」

4

「お客さま」客室乗務員は不機嫌な顔で言った。「機内をうろうろするのはおやめください。ほかのお客さまのご迷惑です」

「ごめんなさい」マディーはつぶやいて、後方の狭苦しいシートに戻った。隣席の赤ら顔の巨漢はまたか、というふうに天を仰ぎ、三杯目のブラディマリーを飲み干してから太い脚をのろのろとどけて彼女を窓側の席に通した。

マディーは飛行機が大嫌いだ。いや、それを言うなら旅行も大嫌いだ。快適さを追求するたちだし、旅先では普段の習慣を守れないのがつらい。だからオリンピック選手として暮らした短い期間、バスや飛行機や列車で競技会から競技会へと移動しなければならないのは、まさに地獄だった。

それでもなんとかやっていけたのは、オリンピック選手としての自信が彼女を自制心あふれる強い人間にしてくれたからだ。当時の彼女には、トラブルメーカーのキャシーの面倒を見るためにも、そうした強さがどうしても必要だった。

そしていま、マディーはあのころの二倍の強さを必要としている。

デイヴィッドがキャシーへの態度を軟化させることはまずない。マディーはそう直感した。だからあのとき、第二の案をとっさに採用した。デイヴィッドのバッジを盗み、銃を持った危険人物がいると警備員をけしかけたのだ。

ばかみたいなハイヒールや、とっぴな麦わら帽子を妹のクローゼットから拝借してきたのも、このためだった。ハイヒールをはいていれば、突然こけそうになってもおかしくない。麦わら帽子をかぶっていれば、バッジを盗む手を隠すことができる。

おかげでうまくいった。

狙いは、デイヴィッドに足止めを食らわせ、その間に自分だけ飛行機に乗ること。警備員に通報後、マディーは急いでチェックインを済ませ飛行機に乗りこんだ。

もちろんデイヴィッドは、はめられたことにすぐに気づくだろう。だが一歩リードできればそれで十分だった。彼よりも先にグランドケイマンに着けば、その間にキャシーを捜せる。シュライバーから妹を救いだし、あの頑固なFBI捜査官に捕まる前に家へ連れ帰るのだ。デイヴィッドに追いつかれるころには、マディーは有り金をはたいて最高の弁護士を雇っているはずだ。必要とあらば、コンドミニアムを二重抵当に入れたってかまわない。妹を守るためなら、なんだってする。

飛行機の翼の下に広がる真っ白な雲のじゅうたんが陽射しを照り返し、マディーは目をしばたたいた。延々と響きつづける不快なエンジン音に、なぜか寂しさを覚える。ドラッグストアで買ったサングラスをショルダーバッグから取り出して掛け、デイヴィッドはもう次の便に乗ったかしらと思った。

デイヴィッド・マーシャル。信じられない。あの石頭ときたら。だいたい、自分の妹を捜しに行こうとするのを「だめだ」なんて、いったいどういうつもりなんだろう。ＦＢＩごときが、このわたしを止められるとでも思っているのかしら。

警備員にバッジを見せようとして、それがなくなっているのに気づいたときのデイヴィッドの驚愕の顔――その場面をこっそり見るためなら、一カ月分の給料を払ってもよかったくらいだ。マディーは想像してにやにやした。だが、他人の不幸を笑った自分をすぐに恥じた。マディーはいじわるな人間ではない。ほかに方法がなかったから、仕方なく彼のバッジを盗んで逃げただけだ。彼女の同行を許可する気になれるよう、ちゃんとチャンスをあげたのに、彼がそれを拒否したのがいけない。

マディーはぼんやりとデイヴィッドのことを考えた。結婚はしているのだろうか。たしか、指輪はしていなかった。でもそんなことはどうでもいい。彼に興味があるわけじゃなし。あんな小うるさい、偉そうな口のきき方をするわからず屋。まるで暴君だ。しかも口論を楽しんでいるみたいだった。

あんなしゃくに障る男、まっぴらごめんだ。トラブルメーカーはキャシーだけでたくさん。

「ご搭乗のみなさま、当機は間もなくジョージタウンに到着いたします。シートベルト着用のサインが点灯しております。着陸まで、そのままご着席をお願いいたします」という客室乗務員のアナウンスが聞こえてくる。

それから一五分後、飛行機は着陸した。やっと地面を踏めると安堵しながら、マディーは頭上の棚から小型のスーツケースを取り出した。手荷物受取所で待たなくて済むのはありがたい。

荷物は最少限しか持ってこなかった。記録的早さでキャシーを家に連れ帰るという淡い期待を抱いているせいもあるが、空港職員の手荷物の扱いを信用していないせいもある。以前ニュース番組で、手癖の悪い職員がスーツケースを開けて中身を物色するのを隠しカメラで撮影したものを見たことがある。女性客のショーツを盗む悪趣味な男までいた。ぞっとするとしか言いようがない。

だが空港ターミナルに足を踏み入れた瞬間、マディーは困惑して立ち止まってしまった。次になにをすべきかわからない。ホテルの予約もしていないし、旅程表もなくて心細い。いままで旅に出るときには必ず、あらゆる不測の事態に備えていたのに。

地上交通への案内板を見つけ、矢印に沿って歩いた。ここまではよしと。でも、あとはいったいどうすれば？

ええと……。

マディーはとっさの判断が苦手だ。こういうときこそキャシーが必要なのに。

さわやかな風が肌を撫でる。あたりには海とココナッツとサトウキビの香りが濃厚に漂っている。彼女はその場に立ちつくし、名案が浮かぶのを待った。

そのとき、彼の姿が目に入った。

わずか五メートル先で、デイヴィッド・マーシャルがタクシーを呼び止めている。嘘でしょう！　どうしてわたしよりも先にグランドケイマンに？　つまりあの計画は失敗に終わったのだ。でも大丈夫。次の手がある。接着剤みたいに、彼にぴったりとはりつくのだ。

「デイヴィッド！」マディーは大声で呼び、手を振った。だがタクシーのドアがばたんと閉まる音で、その声はかき消されてしまったらしい。あるいは、彼がわざと聞こえないふりをした可能性もあるが。

もちろん、彼が怒っても責める気はない。でも、絶対にここでまかれてはならない。

デイヴィッドの乗ったタクシーが走りだす。

タクシー乗り場に急ぎ、次の車にあわてて乗りこんだ。褐色の肌にあごの割れた運転手が満面の笑みで振り返る。

「どちらへ行きましょ？」運転手は英国なまりと島の方言が混ざった奇妙な発音で訊いてきた。

「あの車を追って！」マディーは猛スピードで遠ざかっていくデイヴィッドの乗ったタクシーを指さした。

デイヴィッドはセブンマイルビーチから数本奥まった通りに建つ、安いモーテルにチェックインした。ＦＢＩは、捜査官が高級ビーチリゾートで経費を湯水のごとく使うのを嫌う。

またFBIは、捜査官が上司の指示を無視して一般市民を情報提供者として雇うのを嫌う。とりわけ、その情報提供者が捜査官を裏切り、容疑者の側についたときにはいい顔をしない。そしてFBIは、容疑者の一卵性双生児の姉になにかをすられる捜査官を評価してくれない。

マディーのことを考えて、デイヴィッドは大きく息を吐いた。彼はいまだに、空港での彼女の離れ業に猛烈に腹を立てていた。いくら彼女が魅力的だからといって、バッジを盗まれるのにも気づかなかったなんて、信じられない。

自分の愚かしさにぎりぎりと歯をかむ。あの一件以来、歯ぎしりするのはこれで九九回目だ。

任務で一緒になったことがある連邦空港警察官が、囚人護送中でターミナルを通りがかったのは幸いだった。デイヴィッドがダラス警察の警官に身体検査されているのを見かけ、身元を保証してくれたのだ。

間違ってFBI捜査官を拘束してしまった警備員は、謝罪のつもりか、デルタ航空の便の三〇分後に離陸予定のアメリカン航空の便を取ってくれた。おかげでむしろ好都合な結果になった。デルタ航空はアトランタ経由だが、アメリカン航空は直行便だったからだ。

こんなふうに自らの失態をくよくよ考えていても、シュライバー逮捕に役立つわけでもない。それに、マディーのことを思えば思うほど、いらだちは募るばかりだ。いまは仕事に集中して、彼女のことは忘れなければ。

デイヴィッドはフロント係から部屋のキーを受け取り、クレジットカードを財布に戻し、荷物を持とうと身をかがめた。そのときだった。見覚えのあるしゃれた真っ赤なサンダルが視界に入った。

なんてこった。

彼は胸の内でののしった。いまはそんな気分じゃないのに。

小さな足から、ほっそりとした足首、素晴らしい曲線を描くふくらはぎへと視線を上げていく。日に焼けたひざ、引き締まった太もも、ほどよく丸みを帯びた腰。ぜい肉のないおなか、みごとにくびれたウエスト、豊かな胸。そこからさらに視線をしぶしぶ上げていき、マディー・クーパーと真正面から向きあった。

「堪能した？」マディーは両手を腰に当ててデイヴィッドをにらみつけた。

なんてあつかましい女なんだ。

本来なら、おれがにらむべきなのに。デイヴィッドは肩をすくめた。まあいい、こっちは生身の男、あっちはセクシーでスリムないい女。だったら見たって別にかまわないはず。それに、そんなに見られたくないなら、スノーパーカーでも羽織ればいいのだ。

「知っておくべきだったな」デイヴィッドは言った。

「なにを？」

「きみが、おとなしく引き下がるタイプじゃないって」

気づいたときには、マディーを賞賛する気持ちがわずかに大きくなっていた。彼女はここまでデイヴィッドを追ってきた。デイヴィッドは追われていることに気づきもしなかった。

彼は内心で、今後は彼女を見くびるのはよそうと誓った。

「ここに泊まるの？」マディーは簡素なロビーを見渡した。

「しがない公務員だからね」デイヴィッドは肩をすくめた。

「わたしもそんなに景気がいいわけじゃないから、ここに泊まることにするわ」

「シュライバーとキャシーは、たぶんハイアットあたりだろうな」

途端に彼女はむっとした顔になった。鮮やかなエメラルドグリーンの瞳が光り、背筋がしゃんと伸び、肩がそびやかされて、かなり腹を立てているのだとわかる。この身長とみごとなプロポーションなら、水着のモデルにだってなれるだろうに。

「勝手に想像するといいわ、マーシャル捜査官。でも、わたしは妹を知ってる。だからこうしてここにいるの。濡れ衣《ぎぬ》で妹を逮捕されたら困るもの」

まったく彼女ときたら、男を怒らせることにかけては天才的だ。

やがてマディーは、堂々と盗み聞きをしているフロント係に向き直った。「一泊するわ、チェックインをお願い」

フロント係の痩せっぽちの若い男は、真っ白な歯をむき出しにしてにっこり笑い、彼女のクレジットカードを受け取った。デイヴィッドはもう十分だと思った。これ以上なにか言えば後悔するだけだ。さっさと部屋に退散したほうがいい。彼は荷物を手に歩きだした。

「待って」マディーの声が追ってくる。「ちょっと待ってったら」

デイヴィッドは無視した。

それから五分後、彼の部屋のドアをどんどんとたたく者がいた。彼は上着を脱いでネクタイを取り、シャツのボタンを外そうとしているところだった。

「なんだ?」ドアを勢いよく開けながら、二番目のボタンを外す。

「失礼な人ね。待ってって言ったのに、知らん顔で行っちゃうなんて」

「おれが失礼な男だってことくらい、とっくにご存じだと思ったけどね」

マディーは笑顔を作ってみせた。「知ってたけど、いいかげんにあなたも反省したんじゃないかなと思ったの。楽観的すぎたわ」

「なあ、まだわからないのか? きみと一緒に行動するつもりはないんだよ」

「あなたがどういうつもりだろうと関係ないわ」マディーはずかずかと部屋に足を踏み入れた。「重要なのは、これからの実際の展開」

「なんだって?」デイヴィッドは大声をあげた。

彼の部屋にずかずかと入り、彼の捜査を仕切ろうとする——彼はマディーのそのやり方に、心底腹を立てていた。彼女はきっと懲罰マニアに違いない。まったく、どうかしているんじゃないだろうか。ひょっとして、お尻をたたかれると興奮するタイプか?

ここまできたら、もう黙ってはいられない。デイヴィッドは威嚇するように彼女に歩み寄り、もうひとつボタンを外した。彼女がどこまで我慢できるか、いつ部屋から逃げ出すか、いますぐに試してやる。

もうひとつボタンを外し、つづけてもうひとつ。

だが作戦は失敗に終わった。

マディーは彼の企《たくら》みなどそ知らぬ顔で、スライド式の窓に歩み寄った。カーテンを開け、夕暮れ前の明るい陽射しを部屋いっぱいに迎え入れる。

それからくるりと振り返って、デイヴィッドの顔を見た。「この捜査で、あなたのパートナーにしてもらうわ」

デイヴィッドは鼻を鳴らして笑った。

「なにがおかしいの？」

「女子高生じゃあるまいし、いったいなにを妄想しているんだか。悪いけど、これはジェームズ・ボンドの映画とは違うんだよ、お嬢ちゃん」言いながら最後からふたつ目のボタンを外し、さらに一歩、彼女のほうに歩を進めた。「きみを、ＦＢＩの誉《ほま》れ高き一員にすることはできない」

「キャシーは雇ったくせに。どうしてわたしはだめなの？」

「それとこれとは話が別だ」

「どう別なの？」

「そうか、なるほど。兄弟間の確執が激しくなったパターンだな。きみは妹に嫉妬しているんだ」

「嫉妬なんかしてないわ」マディーが声を荒らげる。どうやら彼女の弱点をばっちり突いたらしい。「どうしてわたしが、妹に嫉妬するの？」

「キャシーは肝のすわったところがある。でもきみはそうじゃない」最後のボタンを外した。マディーとの距離はわずか十数センチだ。

彼女はまごつき、唇をぎゅっとかんだ。

不安げな、でもどこかセクシーなその表情に、デイヴィッドは下腹部に妙なしびれが広がっていくのを覚えた。

「わたしだって。全然平気よ。今日もその場で飛行機に乗ってここに来ることを決めたんだから」

「そう、そのせいできみは完全にテンパってる」

「テンパってなんかいないわ」

「じゃあどうして、親指のつめをそんなになるまでかんだのかな。それに、バッグから胃薬がのぞいているよ」

マディーは眉をひそめて、バッグから飛び出た胃薬を奥に押しこみ、深づめになった親指をさっと隠した。

「そんなことはどうでもいいわ。あなたはシュライバーを追っている。わたしは妹を追っている。だから最後には必ず同じ場所で出会ってしまう。だったら最初から、捜査状況をわたしに教えてくれたほうが話は簡単じゃない?」

彼女ははだけた胸元を必死に見まいとしている。でも、シャツの下からのぞく厚い胸板に、つい目がいってしまうらしい。彼女が頬に手を当てる。その頬がピンク色に染まる。

作戦成功！

「おれを脅すつもりか？」デイヴィッドは言いながらシャツを脱ぎ、ベッドの上に投げた。

「そっちこそ、わたしを脅そうとしているじゃない」

「おれが？」

「違うっていうの？」

「じゃあ訊くけど、きみはそういうのがお好みなんだろう？」

室内が耐えがたいくらい暑くなってくる。部屋に入ってすぐに、エアコンの設定を強にしておいたのに。でも暑いのは、血管の中を駆け巡る血のせいかもしれない。

「脅されるのが好きな人なんて、いるわけがないでしょう？」

「そいつはどうかな。マゾっ気のある人も世の中にはいるしね」

「わたしはマゾじゃないわ。そんな気は全然ないの」

「本当に？　でもきみ、着替え中の男の部屋に自ら入ってきたよね？」

「だからってマゾっ気があることにはならないでしょう。むしろ、サドって言ったほうがいいくらいだもの」

「じゃあ、おれを征服したいわけ？」あまりにもとっぴな発想に、デイヴィッドはげらげらと笑いだした。

嘲笑されて怒り心頭に発したマディーは、人差指でデイヴィッドを指さしながら言った。

「そうよ、あなたのほうこそマゾっ気があるんじゃないの？」

「どうだろうね？」すかさずデイヴィッドは、ふたりの間の距離を一気に縮めた。

マディーはあわてて後ずさった。背中が壁にぶつかる。デイヴィッドは彼女の両の手首をつかんで頭上に上げさせ、片膝を彼女の脚の間にさっと割りこませて、完璧に身動きが取れない状態にした。

「これでもまだそう思うか？」デイヴィッドは低い声でささやいた。

ふたりとも息を弾ませ、いまにも唇と唇が触れそうだ。

「言っておくけど、わたし空手をやってるの。黒帯の三段よ」

「かかってこい。おれは五段だ」

「あなたなんかちっとも怖くないわ」マディーは強がりを言ったが、思わずごくりと唾をのんでしまった。

デイヴィッドは彼女の喉が大きく上下するのに気づいた。彼女は怖がっている。でもこの程度ではまだだめだ。このくらいでは、プライドが邪魔して逃げ出せないだろう。

それにしても、怯《おび》えながらも勇気を振り絞る彼女を見て、どうしてこんなに興奮しなければならないのだろう。まったくどうかしている。

デイヴィッドは彼女の瞳をじっと見つめた。

彼女があごを上げる。接近しているので、彼女の体の熱が伝わってきて、思わず自分まで体がカッと熱くなる。

ふたりは長い間そうやって立ちつくしていた。どちらもまばたきひとつしなかった。どちらも、先に引き下がろうとはしなかった。デイヴィッドは彼女から漂う甘い香りに惑わされまいと必死だった。自分の荒い息とともに彼女の胸が上下するさまを思い浮かべまいとした。いまこの場で彼女にキスしたらどうなるだろうなんてことは、考えまいとした。

考えたが最後、一瞬にして股間が岩みたいに硬くなってしまうに違いない。そもそも、すでに半分そうなりかけているのだから。

「わかったわ。ひとりで妹を助けに行くわよ。誰にも守られず、銃も持たず、女ひとりでね。身を守る手立てなんてなくても平気よ」

「ああ、ヤマアラシ並みに無防備だからな」

彼女の弱さを口で否定しながら、デイヴィッドは内心、保護欲がむくむくとわいてくるのを感じていた。そう、彼は弱い者を守りたいという保護欲をいつも抱えているのだ。それこそが警察官になった理由のひとつだ。信じがたいことだが、マディーは彼のそういう一面を見抜いたらしい。

窮地に陥った女性を前にするとだめとは言えない、そんな彼の弱点に、どうしてマディーは気づいたのだろう。彼女は女を武器にするタイプには見えなかった。でも目の前の彼女は、不意に大きく目を見開くなり、すっかり途方に暮れた表情になってしまった。その手に乗ってはいけない。だがいまいましいことに、もう手遅れだった。

「一緒に来ていいと言うまで、そうやっておれを困らせるつもりなんだろう?」

「そうよ」マディーはうなずいた。

デイヴィッドはため息をついて彼女の手を放し、後ずさった。「おれはきみを信用できない」

「どうして?」

「空港の一件みたいに、また先を越されたらかなわない。そういえば、早くバッジを返してくれ」片手を差し出した。

マディーはバッグに手を入れてバッジを探しだし、彼に手渡した。「二度と先を越そうとしないわ。約束する」

「どういう風の吹きまわしだか」デイヴィッドは皮肉っぽく言った。

「神に誓うわ」マディーは左手を上げ、右手を胸に当てた。「聖書はない? ナイトテーブルに聖書があるはずよ。国際ギデオン協会が必ず寄贈しているはずだから」

「そういうわかったような口のきき方はよせ。それにここは裁判所じゃないんだから、聖書に誓う必要はない」

「じゃあどうやって、わたしが信用できる人間かどうか確認するつもり?」

「聖書に誓ったからって、信用できるとは限らない」

「わたし、厳粛な誓いを破る人間じゃないわ」

瞳に浮かぶ表情から、彼女が本気で言っているのだとわかった。デイヴィッドは降参することにした。ここで降参せず、いつまでも口論しつづけていたら、シュライバーとキャシーを追う時間がなくなってしまうからだ。だが理由はそれだけではない。彼女が真剣で、ちょっぴり自暴自棄になっているように見えたからだ。

それに、彼女をそばに置いておけば、とりあえずは行動を監視できる。野放しにしたらなにをしでかすかわかったものではない。勝手な行動で捜査を台無しにされたら困る。

「わかったよ」デイヴィッドは長い沈黙ののちに言った。「一緒に来い」

ようやく手に入れた勝利の喜びに、マディーの肩から一気に力が抜ける。彼女はかわいらしく、ほうっと息を吐いた。たちまちデイヴィッドは、胸の中がぽっと温かくなるのを覚え、守ってやりたい衝動に駆られた。悔しいけれど彼女を好きになり始めていた。

「ありがとう」マディーは言い、部屋の隅にあるソファに歩み寄った。腰を下ろすとき、その手がかすかに震えているのがわかった。座った途端に、ソファからほこりが舞い上がった。

「じゃあ、基本的なルールを決めましょう」

「基本的なルール？」

本当に、なんて生意気な女なんだろう。ここまで来てもまだ、ふたりのおかしな関係の主導権を握れると思ってるなんて。信じられない。少しでも甘い顔を見せたら、彼女はきっとそのまま突っ走るに違いない。

「わたしがあなたの先を越さないって約束したんだから、あなたにも約束してほしいわ」

「なにを？」

「男を武器にしないで」マディーは言い、ベッドの上に広がったシャツから、彼のはだかの胸に視線を移動させた。熱を帯びた視線に、デイヴィッドは素肌を焼かれるような気持ちになった。

「なんだって？」

「聞こえたでしょう？」

「ちょっと待てよ。シャツを脱いだだけで、男を武器にしたって言うのか？」

「そのあと人をマゾ呼ばわりして、壁に押しつけたじゃない。忘れたとは言わせないわ」

「忘れるもんか」デイヴィッドは思わせぶりに眉をつりあげた。

「ほら、また」マディーは彼の顔を指さした。「またやってるじゃない」

「眉をつりあげるのが、どうしていけない？」

「なんとなくいやらしいわ」

「そんなことはない」

「もういいかげんにして。自分でもわかってやっているんでしょう？　わたしだって子どもじゃないの。パートナーとしてやっていくからには、そうやって男を武器にされるのはいっさいごめんなのよ。わかった？」

まったく、これじゃまるで小生意気なガキと一緒だ。他人の牧場に勝手に入っていって、草を食《は》む雄牛に真っ赤な旗を振ってみせるようなもの。

彼女にあれこれ言い返し、立場をはっきりわからせてやるのは簡単だ。でもデイヴィッドは口をつぐんだままでいた。

マディーは妹を心の底から心配しているのだ。どれだけ罪悪感を覚えまいとしても、やはり責任を感じずにはいられない。女性を手玉に取ることにかけてはシュライバーは一流だと、忘れてはいけなかったのだ。キャシーが騙されやすいたちなのもわかっていたのに、彼女を情報提供者にしてしまった。刺激を求めていた彼女を利用して、自らの義務を果たそうとしたのだ。

自分本位な判断でしっぺ返しを食らうのはつらい。

「二度と男を武器にしないよ」デイヴィッドはうなずいた。

マディーは驚いた表情を見せ、「ありがとう。じゃあ、ええと、それを隠してくれる？」と言いながらはだかの胸を指さした。

デイヴィッドはにやりとして身をかがめた。筋肉がよく見えるようさりげなくポーズを決めつつ、ベッドからシャツを拾い上げた。

「ほかにもまだルールとやらがあるのかな？」先にルールを聞いておいて、それらを徐々に破っていくのがデイヴィッドの狙いだ。

「いまのところはひとつだけだけど。今後に備えておいたほうがいいわよ」

デイヴィッドはシャツを羽織ったが、ボタンは掛けずにいた。彼女が胸板を見たい衝動と闘っているのがわかる。これはもう否定できない事実だ。ふたりの間には、たしかにある種の化学反応が起きている。たとえそれが、お互いにとってどんなに望ましくないものであろうと。

「おれはきみになにも約束することはできない。フェアに接するよう努力はするが、それ以上は無理だ。どうする？　あとはきみ次第」

「受け入れるしかないでしょう？」マディーは勢いよくソファから立ち上がり、デイヴィッドとの距離を十分に保ちながらドアに歩み寄った。

よかった。ようやく退散してくれるらしい。

「ああ、ちょっと待って」デイヴィッドは彼女の肘をつかんだ。彼女の口からハッと息が漏れる。

「なに？」彼女の声はやわらかだった。でも、肌のほうがもっとやわらかかった。

「おれの基本的ルールも聞いてくれ」

「なんなの？」

「実際の捜査では、いちいち疑問を挟まずにおれに従うこと」

「それは同意しかねるわ」

「じゃあ、きみを同行させるのも無理だな」

「だって、キャシーやわたしに不利益になることを指示されたら、どうすればいいの？」

「きみはただ、おれを信用してくれればいい」デイヴィッドは言いながら、彼女の腕がこわばるのを感じていた。

「他人を簡単に信じるタイプじゃないの」

「おれもそうだよ」デイヴィッドはズボンのポケットに両手を深く突っこんだ。「でもしばらくの間は、お互いを信じるしかなさそうだ」

5

「どこに行くの？」一時間後、マディーはデイヴィッドがレンタカーショップで選んだなんの変哲もない小型車の助手席に座り、大声で叫んでいた。

格安のレンタカーはエアコンすらついておらず、四つのウインドーをすべて全開にしてある。長い髪が一〇〇本の細いムチの束のようにマディーの顔をなぶる。顔がちくちくして、NASAの風洞試験装置の中にでもいる気分だった。

「シュライバーの盗品仲買人に会いに行く」

「名前は？」マディーは暴れる髪と果敢に闘いながらたずねた。

「コーリー・フィルポット。ニューヨークの上流社会の出だ。フィルポットとシュライバーは、何年も前から手を組んでいる」デイヴィッドは大声で答えた。

マディーはいまだに、モーテルでの一件のせいで落ち着かないものを感じていた。彼女を怖《お》じ気《け》づかせようとして、あらわにされたデイヴィッドの厚い胸板。彼女を壁に押しつけながら、脚の間に割って入ってきた膝。頭上に手首を押さえつけた大きな手。

それらを思い出して、マディーはまたもや胸を震わせた。

あのときの彼は、実際よりもずっと大きく見えた。決して毛深いほうではないのに、熊みたいに思えた。きっと、あの広い肩幅か厚い胸板のせいだろう。あるいは、彼が荒々しさと、抱きしめたくなるほどのかわいらしさを同時に感じさせるタイプだからかもしれない。

いや、ひょっとすると、人間離れした腕力と、身の程知らずな自信と、頑固なまでの決断力と、混じり気のない野性的な魅力が絶妙にミックスしているせいかもしれない。激情に駆られたかと思えば、急に皮肉屋になったり、軽薄になったりもする。彼のそういう意外性に惹かれるものを感じるが、理由はよくわからない。

普段のマディーは、物静かで知的な男性、自分と同じように、ありとあらゆる問題をとことん分析する男性が好きだ。これまでに本気で人を好きになったのは一度だけ。それも高校三年生のときの話だ。

ランスは気が荒く向こう見ずなタイプで、慎重すぎる女はつまらないと言ってマディーを捨てた。あつかましさも天下一品で、どうしてキャシーみたいになれないんだとまで言った。ありえない！　以来、マディーは二度とああいう男を好きになってはいけないと自分に言い聞かせている。いま隣に座っているような危険なタイプの男とも、常に距離を置いてきた。

太陽はまだ、くすぶるオレンジ色の巨大なボールみたいに水平線の上に浮かんでいる。鼻をつく魚の臭いと、プルメリアの甘い香り、南国の果物の香りが渾然《こんぜん》一体となった、グランドケイマン特有の匂いがあたりに漂っている。ふたりを乗せた車は、海岸沿いの通りを走っていた。風情のあるレストランや土産物屋を除けば、あとはひたすら銀行ばかりが並んでいる。

「どうしてこんなに銀行ばかりあるのかしら?」マディーは髪を押さえるのをあきらめて訊いた。

「国外口座《オフショア》の開設、黒い金の洗浄、税金逃れ、そんなところかな。ケイマン諸島は、人に知られずに金を隠すには絶好の場所だからね」

「なるほどね」

シートにもたれたデイヴィッドは、くつろいでいるが、どこか警戒心を漂わせている。まるで群れを守る雄ライオンだ。片腕をハンドルに乗せ、反対の腕の肘をウインドーの枠に掛けている。マディーはわずかに首をかしげ、その横顔を盗み見た。

風がデイヴィッドの金色にきらめく短い茶色の髪を乱す。乱れた髪のせいで表情が和らいで無邪気に見え、マディーの中で不意に欲望がわきかえる。彼女はそれを、食欲だと思うことにした。なにしろ今日は、機内でローストアーモンドをふたつかみ食べただけだ。

無意識のうちに彼女は妄想していた。あの豊かなくしゃくしゃの髪を指ですいてみたらどんな感じかしら。あの熱い素肌を舐めたらどんな味がするのかしら……。

とりとめもない妄想は止まらなかった。マディーはぼんやりと、彼の熱い体が腰の上にまたがり、そこで巧みに動き、純粋に肉体的な喜びに包まれるところを想像した。

すると体の芯がぽっと熱くなってきて、激しくうずき始めた。デイヴィッドのなにか、なんだかよくわからないけれど男臭いなにかが、本能に訴えてくる。でも彼女は、その謎の声を無視しようと心に決めた。

マディーはそう簡単にホルモンに影響されるタイプではない。奔放な妹と違って、欲望や衝動に身を任せたためしがない。それなのになぜ、こんなときに限って彼女の脳は、性的欲望を満たせというおかしなメッセージばかり送ってくるのだろう。

らしくないことばかり考えている自分に気づき、マディーはあわててデイヴィッドの顔から目をそらした。だが、彼が視線に気づくのが一瞬早かった。

どうしよう、ずっと見とれていたんだわ。

デイヴィッドは目を細めた。濃いまつげが頬に影を落とし、まなざしが彼女の膝のほうに移動する。マディーも視線を落とした。デニムのミニスカートがずり上がって、太ももが丸見えになっていた。

まったくもう！

デイヴィッドは片方の眉をつり上げて、よからぬ秘密を抱いているかのようににやりと笑った。目の横の笑いじわが深くなって、そのせいでなぜか、ますますいい男に見えてくる。

マディーはスカートを目いっぱい引き下げた。でもそれだけでは、頬の熱さは消えてくれなかった。

それはデイヴィッドも同じだった。

「前を向いて」

「その言葉をそのままお返しするよ」デイヴィッドはくすくす笑った。「おれを見ていたんだろう？」

始末に負えないホルモンの活動にいらだちを覚えて、マディーはくるりと横を向くと、助手席側のウインドーから外をじっと眺め、どうしてまともに息もできないのと憤った。

太陽は水平線の向こうに隠れ始めている。海岸沿いの通りを照らしだす華やかな照明。浜辺ではかがり火がたかれ、ディナークルーズに出るヨットが港に浮いている。鮮やかな色合いのカジュアルウェアに身を包んだ人びとが、歩道をのんびりと歩いている。グランドケイマンはいいところだ。遊びで来られなかったのが残念でならない。

「ここはどこなの？」

「死者の入り江。ノースショアの端に位置している」

「変わった名前ね」マディーはそっけなく返した。

「ケイマン諸島の住民には、海賊の血がちょっとだけ流れているからね」

「だと思った。それで、フィルポットのところに行って、どうするつもり？」

「わからない」

「わからないってどういう意味？」

「とりあえず行ってみるって意味」

「シュライバーがそこにいると思うから？　キャシーと一緒に？　セザンヌの売買交渉をしているってこと？」

キャシーは無事かしら。シュライバーにひどい目に遭わされていないかしら。ちゃんと食べ物は与えられているかしら。

デイヴィッドは肩をすくめた。「まあ、そんなところだね」

「さすが、情報の宝庫ね」

「捜査は精密科学と違うからな」

「確実な情報も少しは持っているんでしょうね？」

「ああ、きみがお節介な頭痛の種だってこととかね」デイヴィッドはマディーをにらみつけた。

「前を向いてったら」マディーは反射的に両手でダッシュボードにつかまった。

マディーは脇見運転をする人が大嫌いだ。妹はその最たるものだ。脇見どころか、時速一一〇キロで高速道路を飛ばしながら、携帯電話でしゃべったり、ベーグルを食べたり、マスカラを塗ったりする。マディーは想像するだけで震え上がってしまう。

「ボス面すんな」とかなんとかいうデイヴィッドのつぶやきが聞こえた。だが聞き間違ったのかもしれない。実際にはたぶん、もっと失礼なことを言ったのだろう。男という生き物は、まったくなにを考えているのかわからない。

沈黙が流れる。ときおり聞こえてくるのは、マディーのおなかがぎゅるぎゅる鳴る音だけだ。

「腹が減ってるのか？」

「そうよ」

「レストランに寄る時間はないな。車の中でファストフードでもいいか?」

「なんでもいいわ」マディーはうなずいた。多くのアスリート同様、彼女も油っぽいフライドポテトやハンバーガーはあまり食べないようにしている。でもいまの状況では、食べられるときになんでもいいから食べたほうがよさそうだ。

「ハンバーガーのチェーン店ならどこにでもあるしな」デイヴィッドは言いながら、ドライブスルーに入っていった。「なにがいい?」

「サラダをお願い。ノンオイルのイタリアンドレッシングに、クルトン抜きで」

「車の中でサラダを食べるのは無理だろ。ハンバーガーにしろよ」デイヴィッドはオーダーボックスに車を寄せた。「チーズバーガーをふたつ、フライドポテトをふたつ、チョコレートシェイクをふたつ、それからアップルパイ――」インターコムに向かってそこまで言ってから、マディーにたずねる。「アップルパイはどうする?」

「サラダが食べたいんだけど」

「アップルパイはひとつね」デイヴィッドは顔の見えない女性店員に向かって明るく告げた。

「全部で一二ドル五八セントになります。そのまま前にお進みください」

マディーは財布から二〇ドルを取り出し、デイヴィッドに差し出した。

彼はそれを押しやって「おれのおごり」と言った。

「勝手に注文するなら、どうしてなにがいいなんて訊いたの?」

「きみについて、ちょっと気づいたことがあったから」デイヴィッドは代金を払い、ハンバーガーの袋をマディーに手渡した。

袋からいい匂いが漂い、マディーは思わずよだれを垂らしそうになった。デイヴィッドがチョコレートシェイクを受け取り、ドリンクホルダーに置く。

「へえ、そう？」

「そう」

「で、なにに気づいたわけ？」

「きみは、自分にとっていいと思ったことしかしない。それを好むと好まざるとにかかわらずね。絶対に羽目を外さず、みんなの面倒を見ようといつも必死。でも本当は、重たい鎧《よろい》を脱いで、奔放な妹みたいにはちゃめちゃなことをしてみたいと思ってる」

「なにからなにまでお見通しってわけ？」マディーはいいかげんにしてというふうに両手を振った。「そうよ、わたしに無理やりジャンクフードを食べさせてくれる男性があらわれないかしらって、ずっと夢に見ていたの。でも、それ以上、羽目を外すのは不可能ね」

「ローマは一日にして成らず、だよ」

デイヴィッドがくすくす笑う。その低い声に、マディーは優しく抱きしめられているような気がした。からかわれているのに、嬉しい気持ちになるなんて。どうして彼にうっとりしてしまうのだろう。いらだち、腹を立てるのが当然なのに、体中が温かくなってくるなんて。

こんなの絶対にありえない。

「どういう意味？」マディーはけんか腰で問いただした。必要とあらばけんかを吹っかけるくらいなんでもない。見つめられるたびに胸の中にわいてくる温かな、優しい気持ちを吹き消すためなら、どんなことだってする。

「小さなことから始めようって意味」

「なるほどね。今日はハンバーガーで、明日は世界ってわけ？」

「まあ、そんなところ」

「あなたって本当に知ったかぶりね。妹とわたしを混同してるんじゃないの？　キャシーじゃあるまいし、いつか強くて立派な男性があらわれて正しい道に導いてくれるなんて、わたしは思ってないから」

「おやおや。実の妹をけなすのはよくないな。たとえ自らトラブルに巻きこまれたんだとしても、彼女だってダメ人間じゃない。悪い男につかまってしまっただけの話だ。兄弟は大切にしたほうがいいと思うよ」

デイヴィッドが笑い、真っ白な歯がネオンに照らされてきらめいた。やわらかなネオンのおかげでいかつい表情が和らぎ、瞳に驚くほど優しい色が浮かんで見える。結局のところ、彼だって最低な男というわけではないのかもしれない。もしかしたらこのタフガイも、食べると意外においしいウチワサボテンの実みたいなものなのかも。見た目はとげとげしくても、中身は甘くてやわらかいサボテンの実だ。マディーは鼓動が不規則に速くなるのを感じた。

だとしても、なぜそんな鎧をかぶっているのだろう。いったいなにをそんなに恐れているのかしら。マディーがそこまで考えたとき、彼が袋を指さして言った。「ハンバーガーを一個取ってくれる？」

マディーは袋を彼の手の届かない、自分の右側に置いた。「いやよ」

「は？」

「わたしにも、あなたって人がわかってきたわ」

デイヴィッドは満面の笑みになった。「どんなふうに？」

「あなたは勝つことしか頭にない人よ。だから自分の優しさを隠そうとして、どんなときも突き進むことにエネルギーを注ぐ」

「そんなふうに振る舞う理由は？」

「勝てば主導権を握れるからじゃないの？　他人に指図していないと出し抜かれるとでも思っているんでしょ。あなたは、優しさは弱さだと勘違いしている。弱い人間だと思われるのがなによりも怖いんだわ」

「と、きみは思うわけだ？」デイヴィッドは素っ気なくたずねた。でもその顔からは、からかうような笑みが消えていた。図星なんだわ。他人の自我に関する限り、通俗心理学も案外ばかにできない。

「そうよ」

「じゃあ、おれが思うところも聞かせようか。きみは自分の欠点を指摘されるのを嫌うタイプだ。欠点と正面から向きあうのがいやだから、その欠点を指摘した人間にやたらとかみつきたがる」

「いまのもそうだって言いたいの？」

「そういうこと」

「わたし、かみついたことなんてないけど」

「かみつきの意味を取り違えてるんじゃないのか？　口でかみつくのと、言葉でかみつくのはまるで別物だからな」

「またそういういやらしいことを言う」

「きみをからかうのが楽しくてね」

「からかいたくなる理由をまずは考えてみたほうがいいんじゃないの？　本当に、ただからかっているだけならの話だけど」

「いやむしろ、そろそろ精神分析は専門家に任せたほうがいいんじゃないか？」

「それもそうね」

「じゃあ、おれの夕飯を取ってくれるかな？」

マディーは折れることにした。デイヴィッドが礼儀正しく訊いてくれたからだ。彼女はハンバーガーの袋をひとつ開け、彼に手渡した。

それから数分間はエネルギー補給に集中し、静かに時が過ぎていった。北に進めば進むほど、地形は荒々しさを増していった。なだらかな砂浜はやがて見えなくなり、岩だらけの大地に広がる雑木林と、スゲのはびこる湿地ばかりが延々とつづく。本当は行くあてなんかないんじゃないのとマディーが疑い始めたそのとき、ふたたび浜辺が見えてきた。

食事を終えたマディーはナプキンで手をふき、油の染みた包み紙とともに、汚れたナプキンを紙袋に戻した。

手入れの行き届いたバンガローが建ち並ぶ一帯をすぎると、そこは贅《ぜい》をつくした邸宅や豪華なコンドミニアムばかりが並ぶ高級別荘地ケイマンカイだ。デイヴィッドは死者の入り江に向かって行列をなす車の最後尾についた。

「誰かがつまらないパーティーでも開いてるの？」マディーは言いながら、ジャガーやポルシェ、ベンツといった高級車ばかりが並ぶ光景に目を丸くした。

車列の進みが徐々にゆっくりになっていく。ココナッツ林に囲まれた、ひときわ豪勢な荘園屋敷風の邸宅の私道に入ったためだ。制服姿の警備員が立っていて、どの車もいったんそこで止められている。

デイヴィッドがいきなり車をバックさせ、危うくうしろの車にぶつかりそうになる。彼は格安レンタカーを公道に戻し、パーティーが開かれている邸宅から離れた。

「どうしたのよ？」

「予定変更だ」

「玄関まで歩いていって、ベルを押し、やあ、シュライバーと盗んだセザンヌの売買交渉中かいって訊くのはやめたってこと？」

「最初からそのつもりはない」デイヴィッドはいらだった声を出した。

「じゃあどんなつもりだったの？」

「同行してもいいと言ったのは、そのほうがきみに捜査の邪魔をされずに済むと思ったからだ。二〇個も質問をしていいとは言っていない。黙ってろ」彼は言うと、浜辺に視線を走らせた。

「なにを探してるの？」

「あれこれ質問するなって言ったばかりだろう？　聞いてなかったのか？　それとも単に、指図されるのがいやなだけか？」

「後者よ。で、いったいなにを探してるの？」

「車を隠しておける場所だ。わかったか？」

「ふうん。それだけ」

「そろそろおれも本気で怒るぞ」デイヴィッドは唸り、乱暴に髪をかきあげた。殺人的に忙しい日の航空管制官並みにいらだっている。

その表情を見てマディーは、彼にとって自分は単なるお荷物なのだと悟った。途端に、悔しさと怒りがないまぜになった気分になる。

彼にどう思われようと関係ないでしょう？　大切なのは、キャシーを見つけだして無事に連れて帰ることなんだから。

デイヴィッドがヘッドライトを消し、フィルポットの屋敷に程近いパブリックビーチへとつづく未舗装の細い道へと車を進めた。道路脇に車を停め、エンジンを切る。

「ここで待ってろ」彼は言い、車を降りた。

「冗談でしょ。一緒に行くわ」

マディーは助手席側から勢いよく跳び降りた。途端に足首まで細かい白砂に埋まってしまった。ハイヒールのサンダルが、一歩足を踏み出すごとに砂にめりこむ。こんな役立たずの靴、どうしてキャシーは平気ではいていられるのだろう。

「言わんこっちゃない」デイヴィッドがつぶやいた。

マディーはサンダルを脱ぎ、ストラップの部分を指にかけると、急いで彼のあとを追った。砂の上を懸命に進み、フィルポットの屋敷を目指す。音楽が聴こえてきた。結婚式でよくかかるカーペンターズの感傷的なメロディーだ。

「パーティー向きとは言えないわね」

デイヴィッドはマディーの言うことなど聞いていない。まるでアライグマを追う犬だ。目を細め、全身に緊張感をみなぎらせて、どこかにフィルポットの姿が見えないかと全神経を集中させている。だがココナッツ林に囲まれているため、そこから浜辺の様子はあまりよく見えない。

徐々に近づいていくにつれて、間に合わせの祭壇が設けられているのが見えてきた。祭壇の前にはいくつもの折り畳み椅子と、たいまつが並んでいる。

「結婚式じゃない？」マディーはささやいた。

「おかげで準備に忙しくて、誰もおれたちには気づかないはずだ。ひょっとすると、シュライバーも招待されているかもしれない」

「それにキャシーも」一心不乱状態のＦＢＩ捜査官が忘れているといけないので、マディーはつけ加えた。

「伏せろ！」デイヴィッドが乱暴に言ってしゃがみこむ。その手はマディーのスカートの裾をつかんでいた。

彼のこぶしがかすかに太ももに触れる。ほんのちょっと触れただけなのに、マディーは激しく胸が高鳴るのを覚えた。彼を意識しまいと懸命に自分を抑えつつ、そのかたわらにしゃがみこんだ。

「どうしたの？」

木の幹の間から、ガウンに身を包んだ牧師が祭壇の脇に立ち、その前におそらく新郎と付添い人だろう、男性がふたり立っているのが見える。だが距離があるため、顔はよくわからない。

「行くぞ」

「ココナッツの木の間を？」宵闇《よいやみ》が迫る中、ココナッツの実がたわわに実る木をマディーは不安な面持ちで見上げた。

「もちろん。ほら、行くぞ」デイヴィッドが言って歩きだす。

「ちょ、ちょっと待って」マディーは彼のズボンのベルト通しに指をかけた。

「なんだよ？」彼は振り返ってマディーをにらみつけた。

「あなたって、いつもそんなに短気なの？」

「口うるさい女にあれこれ言われたときだけだ。なんだよ?」

「飛行機の中でこの島のガイドブックを読んだんだけど」

「それで……?」

「ココナッツの実が落ちてくることがあるから、気をつけましょうって書いてあった」

「なあ、頼むよ。これから五分間で、ココナッツが頭に落ちてくる確率がいったいどれだけあると思う?」

「ガイドブックでわざわざ注意するくらいの確率でしょ?」

「いいか、ずっとそんな想像ばかりしていて、本当に頭に実が命中しても知らないからな。心配ばかりしていると、それが現実になるんだ」

「ほらね、やっぱり。だからこそ注意しなくちゃいけないんじゃない」

「だからこそ、ココナッツが落ちてくるかもなんて考えるなって言ってるんだろう?」

「でも、考えちゃうんだもの」マディーは不安になり、ネックレスに指で触れた。

「じゃあ、きみは来なくていい」デイヴィッドはひとりでさっさとココナッツ林の中へ向かってしまった。

彼女はためらった。頭上にぶらさがるココナッツと、木の間を縫っていくデイヴィッドを交互に見やる。生まれつきの用心深さが、妹を思う気持ちと闘っている。

行くべきか、行かざるべきか。

このまま待つべきか。それとも、思いきって進むべきか。

自分の頭とキャシーの命とどっちが大切なのか。

時間は刻々と過ぎていく。

ついに妹への愛情が用心深さを負かしたとき、デイヴィッドはすでに林の真ん中あたりまで進んでいた。

「わかったわ、わたしも行くから、ちょっと待って」マディーは彼に聞こえる程度の声でささやいた。

「シーッ。おい、結婚行進曲じゃないか？」デイヴィッドは歩を止めて音楽に耳を傾けている。

マディーはぎゅっと口を閉じ、腰を低くしてそろそろと歩を進めながら、早く彼に追いつかなくちゃと焦った。だがその姿勢で、湿った砂に足を取られながらココナッツの木の間を進むのは容易ではない。

すぐ左脇に実が落ちるどすんという恐ろしい音に、マディーは危うく漏らしそうになった。

ひっ！

つづけて二個目が、さらに近くにどすんと落ちる。胃がきゅっと収縮して、心臓が信じられないぐらい早鐘を打ち始める。子どものころによくキャシーと一緒に遊んだ、コンピューターゲームのフロッガーの主人公になった気分だ。

彼女は小走りになった。ようやくデイヴィッドに追いついたときには、恐れと興奮のあまり吐き気すら覚えた。彼のかたわらで縮こまり、両腕で頭を覆い隠し、ぎゅっと目をつぶる。

呼吸が浅くなり、速さを増していく。

デイヴィッドの腕が伸びてきて、肩にまわされる。「心の準備はいいか？」彼はつぶやいた。

「ココナッツに頭を割られる心の準備？」マディーは首をすくめて頭上を見上げ、どうか怒れる島の神々がわたしの頭に熟した木の実を落としたりしませんように、と祈った。

デイヴィッドが指先で彼女のあごを取り、浜辺のほうを向かせる。「花嫁をよく見ろ」

「ええ、ちゃんと見てるわよ」

バージンロード代わりに浜辺に敷かれた人工芝の上をどこかぎこちなく歩く純白のドレス姿の女性に、マディーは目を凝らした。近視気味なのだが、めがねは仕事の邪魔になるし、コンタクトレンズはどうしてもうまく目に入れられない。

「誰だかわからないのか？」

「知ってる人？」

「きみの双子の妹だろう？　それに花婿は、おれの見間違いじゃなければシュライバーだ」

「なんですって？」と叫ぶ前に、マディーはデイヴィッドの手に口をふさがれていた。もう一方の手が腰にまわされ、温かい体にぐいっと引き寄せられる。

「だからおれが、キャシーは自分の意志でシュライバーと逃げたんだって言ったろう？」と彼がささやきかける。

マディーは身を硬くし、力強い腕の中から逃れようともがいた。妹のところに行って、いますぐに結婚式を止めさせなければと焦るのに、彼が放してくれない。マディーは肘を突き出し、あばら骨のあたりを思いっきり突いた。

「痛いじゃないか。おれにあたるのはよせよ」

「放して」マディーは小声で訴え、汗ばんだ彼の腕から逃れようとした。

「向こうに突撃しないって約束したら放してやる」

わかったわよ。腕を解いてもらうためなら、なんだって約束するわ。だからって、ここでぼんやりしゃがみこんで、妹があの盗っ人野郎と結婚するのをただ見ているつもりはないけどね。

デイヴィッドはゆっくりと腕の力をゆるめ、ショルダーホルスターから銃を抜いた。

「後ろに隠れてろ。さもないと、手錠を掛けて木につなぐからな」

「どうせはったりでしょ」

「試してみるか？」

その口調から、マディーは彼の本気を悟った。手錠を掛けられてココナッツの木につながれるなんて、死んでもいやだ。

ふたりはそろって浜辺のほうを見やった。あの花嫁が本当にキャシーだと仮定して……妹は祭壇の前にたどり着いた。音楽が止む。

「新郎、新婦」と牧師が呼びかける声が聞こえる。

デイヴィッドの警告なんかくそくらえだわ。いまここで声を出さなくてどうするの。怒ったデイヴィッドに手錠を掛けられ、ココナッツの木につながれたとしてもかまわない。いちかばちかやるしかない。妹がとんでもない間違いを犯すのを止めなくては。

「キャシー、だめよ！」マディーは叫んだ。「結婚しちゃだめ！」

デイヴィッドがわずかに身を起こし、マディーの脇腹に銃を突きつける。彼女はしゃがんだままだ。ふたりはいま、ココナッツ林の端にいる。ふと頭上を見上げると、真上で実がぶらぶら揺れていた。

想像したらだめ。

わかっていても止められなかった。一八年前のあの不幸なクリスマスの日からずっと、最悪のシナリオばかりを考えて育ってきたからだ。あのココナッツがデイヴィッドの頭を割るところを考えまいとすればするほど、そのシーンは鮮やかに脳裏に浮かんでくる。

あれは絶対に落ちる。

日がまた昇るのと同じくらい、確実なことだ。あの恐ろしいココナッツからデイヴィッドを救うには、いますぐ行動に移るしかない。

ためらうことなく、マディーは彼の足にタックルし、仰向けに押し倒した。

「なんだよ？」彼がわめくのと同時にココナッツが落ちてきた。

硬い緑色の実は、すれすれのところでデイヴィッドには当たらず、マディーの後頭部を直撃した。

ごつん！

鋭い痛みが頭全体に波のように広がる。一〇〇万個の星が黄色や白や青にきらめいて視界を覆う。嗅いだことのない奇妙な臭いが鼻孔を満たす。マディーは立ち上がろうとして、膝に全く力が入らずよろよろとよろけてしまった。あのばかみたいなサンダルを脱いでおいて、本当によかった。

「助けてくれたのか」デイヴィッドはつぶやき、マディーとココナッツの実を交互に見比べた。実が彼女の後頭部に命中したことには気づいていないらしい。

マディーは何度も目をしばたたき、唇をぎゅっとかんで、気絶しそうになるのをこらえた。痛みは相当ひどいが、ここで倒れるわけにはいかない。妹の結婚式を止めなければならないのだから。マディーは後頭部を手で押さえ、猛スピードでぐるぐる回転する地面が早く止まらないものかと祈った。

「マディー?」デイヴィッドがかたわらにひざまずく。「頭に当たったのか?」

うなずこうとしたが、強烈な痛みのせいでできない。

「おれの声、聞こえる?」

「ええ」

「大丈夫かい?」

マディーは目を細めてデイヴィッドを見た。どうして彼がふたりいるの? 彼は双子じゃないのに。「動かないで」

「動いてないよ」

なにか大切なことを考えていたはずなのに。なんだったかしら。

そうだわ、キャシー！

マディーは浜辺にさっと視線を移動させた。キャシーと男が手を取り合って、浜辺に停められたサンドバギーのほうへと波打ち際を走っていく。

「逃げるつもりだわ」マディーはそちらを指さした。

デイヴィッドはすっくと立ち上がり、浜辺に向かって駆けだそうとしてためらい、肩越しに彼女を振り返った。内心で葛藤しているのが表情からわかる。

ここに残って彼女の様子を見るべきか。それとも、獲物を追うべきか。

マディーは彼を信じるのが怖かった。でも、ほかに選択肢はない。「行って。ふたりを止めて。妹を助けて」

「本当に大丈夫だな？」

「ええ、わたしなら大丈夫。早く行って！」

デイヴィッドはうなずき、浜辺に向き直ると全速力で駆けだした。

その瞬間、マディーは気を失った。

6

デイヴィッドは浜辺をひた走った。アドレナリンが放出されて心臓がばくばくいい、ただひとつのメッセージだけが頭の中を駆け巡る。シュライバーを捕まえろ。シュライバーを捕まえろ。シュライバーを捕まえろ。

だが手遅れだった。サンドバギーはウインカーを点滅させながら、砂浜を駆け抜けていってしまった。

正装した招待客が恐怖の表情を浮かべ、折り畳み椅子を倒しながら、押しあいへしあい四方八方に散っていく。牧師が祭壇の裏に隠れる。ひとりの女性が金切り声をあげる。そのときになってようやくデイヴィッドは、自分が銃を手に走っていることに気がついた。

「みなさん、ご心配なく」彼はバッジを掲げ、「FBIです」と言いながら近くにいた男性に命じた。「救急車を呼んでくれ。パートナーが負傷した」

パートナーだって？　なにを言っているんだ、おれは。

デイヴィッドは林のほうに急いで戻った。一歩足を踏み出すごとに胃がきりきりと痛む。こんなことをしていたら、セザンヌを隠す時間をフィルポットにたっぷり与えてしまう——

あいつがセザンヌを持っているならの話だが。しかし、とにかくいまはそんなことを気にしている場合ではない。マディーのそばにいてやらなければ。

林の中はすでに薄暗くなっており、砂の上に横たわる彼女の姿に一瞬気づかなかった。

「マディー?」デイヴィッドはそっと呼びかけた。不安に胸がぎゅっと締めつけられた。

銃をホルスターにしまい、彼女のかたわらにひざまずく。とても穏やかな表情なので、最初は眠っているのかと思った。だが顔にかかった髪をどけようと手を伸ばした途端、頬が冷たくなっているのに気づいてぎょっとした。デイヴィッドは彼女を胸に抱いた。その体はぐにゃりとして、ぴくりとも動かない。呼吸は安定しているが、とても浅い。

呼びかけても返事はない。デイヴィッドは恐怖がかたまりとなって喉元を圧迫するのを感じた。

頼む、死なないでくれ。

「マディー、聞こえるか?」

やはり返事はない。

救急車はどうしたんだ?

マディーを抱きしめ、じっと顔をのぞきこんだ。眠っている彼女はとても美しかった。眉間にしわも寄っていないし、口元のこわばりも和らいでいる。金色の巻き毛が一筋、頬にかかっている。デイヴィッドは彼女のあごの曲線や、ぽってりとした唇、まろやかな頬に視線を這わせた。

妙なものにとりつかれてしまったようだ。たぶん、口づけで目を覚ました眠れる森の美女のおとぎばなしだろう。あるいは、懸命に否定してきたはずの罪悪感と恐れを目の前に突きつけられて、捨て鉢になっているのかもしれない。さもなくば、単なる欲望のせいか。

デイヴィッドは頭を下げ、彼女に口づけた。

唇が触れあった瞬間、彼女の体が反応した。唇がやわらかさとぬくもりを増し、まつげがかすかに動いた。

彼女の舌が優しくデイヴィッドの唇を探り、口から甘い声が漏れる。デイヴィッドは頭の中が真っ白になった。

意識が戻ったからには、口づけをやめるべきだ。そう思うのに、彼女が身を寄せてきて、デイヴィッドの首に両腕をまわし体を引き寄せる。

彼だって普通の男だ。

マディーの体は熱く、甘く、まるで天国だった。唇が彼を飲みこんでしまおうとするかのように吸いついてくる。デイヴィッドは耳の中で激しく高鳴る心臓の音を聞いていた。

やめなければ。いますぐに。

そう思うのにすでに形勢は逆転していて、マディーは一向に口づけをやめない。デイヴィッドは思いがけない彼女の女らしさに困惑した。彼女の香りに包まれながら、欲望に頭がくらくらするのを覚えた。

どう考えてもゆゆしき事態だ。デイヴィッドは体を離そうとした。だが彼女はぴったりとくっついて離れない。

「マディー？」デイヴィッドは口づけたまま、ささやいた。「気がついた？」

彼女は答えない。ただ口づけをつづけるだけだ。

そっと肩を揺すってみる。

だが依然として、彼のあご、頰、鼻と、ところかまわず口づけていくばかり。瞳は閉じられていて、完全に無意識の反応だ。体は意識を取り戻していても、心は霧に包まれたおとぎの国をさまよっているのかもしれない。

「スイートハート、聞こえる？」

首筋に鼻をすり寄せてくる。マディーは、喜びと驚きに満ちたクリスマスの朝の匂いがした。

そんなふうに考えるのはよせ。デイヴィッドは自分に言い聞かせた。

「ううん……」彼女が鼻を鳴らした。

「起きろよ、マディー」

熱い舌に首筋をからかうように舐められて、デイヴィッドはぎょっとした。さっきのココナッツに、脳みその快楽中枢をよほどひどくやられたに違いない。ひょっとして、性欲のスイッチを入れられたか？

デイヴィッドはハッとして、指先で彼女の頭部にこぶがないかどうかたしかめた。ちょうど左耳の上に、小さなこぶがある。彼女は子猫みたいに喉を鳴らし、弓なりにした背を押しつけてきた。

おいおい、今度はいったいなんだ？

デイヴィッドは懸命に身を離そうとした。彼女に口づけを返すこと以外になにひとつ考えられない状態なので、離れるのは大層難しかった。でも彼は、どんなに気をそそられていようと、こういう状況を利用する男ではない。愛を交わすときには、相手の女性にもなにをしているのかきちんと知っていてほしい。

「起きろってば」デイヴィッドはなだめる声で言った。「もういいだろう？　もう十分にキスしたじゃないか。早く起きろって」頰を軽くたたき、ちゃんと目を覚ましてくれと心の中で祈った。

するとマディーはいきなりしゃきっと身を起こした。そして、両手をこぶしに握り、彼のみぞおちをまともに殴りつけた。


死者の入り江を数キロ離れたところで、シュライバーはようやくサンドバギーを止めた。ラムポイントのフェリー乗り場のそばに駐車するなり、キャシーに向き直って手首をぎゅっとつかむ。

「さっきの騒ぎは、いったいなんなんだ？」シュライバーは吠えた。

「さあ……」キャシーは首をひねった。とぼけたわけではない。マディーに名前を呼ばれたとき、彼女だってシュライバーと同じくらい驚き、困惑したのだ。いったいどうして、姉がグランドケイマンまで追ってきたのだろう。

そのあとデイヴィッドが銃を片手にココナッツ林の中から走ってあらわれたときには、それこそ心臓が止まるかと思ったくらいだ。

ふたりとも結婚式のことを誤解したに違いない。キャシーが本気でシュライバーを好きになり、ボニーとクライドよろしく逃避行を決めこんだと勘違いしただろう。でも、誤解したからといってふたりを責めるのはお門違いだ。なにしろこの状況なのだから。

ふたりがあらわれたのには心底驚いたが、ほっとする部分もあった。おかげでミセス・シュライバーになるのをすんでのところで免れたからだ。

シュライバーがキャシーのあごをつかみ、無理やり自分のほうに向かせる。「こっちを向くんだ、キャシー。本当のことを言えよ。もしかしてきみは、まだデイヴィッド・マーシャルの手下なんじゃないのか？」

「ま……まさか」キャシーは口ごもり、シュライバーをじっと見つめた。こんな男らしい、強引なシュライバーを見るのは初めて。怖いっていうより、胸がどきどきしちゃう。

しっかりしなさい、キャシー。どんなにセクシーでも、彼はしょせん泥棒なのよ。

彼の手が万力みたいに手首を握りしめてくる。

「痛いわ！　そんなに強く握らないで」

うん、大丈夫。もう彼にどきどきしたりしない。

「本当のことを言うんだ」シュライバーは手首を放さない。

「手下じゃないわ。本当よ」キャシーは眉をひそめた。強く握られて手首がずきんずきんする。
「じゃあ、どうしてぼくたちの居場所がばれたんだい？　まさしく結婚式を妨害するように
あらわれるなんて、妙じゃないか」
「知らないわ。母の命に誓って知らないって言えるわよ。ねえ、お願い、ペイトン。本当に
痛いの」
シュライバーはようやく手首を放し、サンドバギーのシートに背をもたせた。「フィルポ
ットかもしれないな……ぼくを裏切り、キンベルから報酬をせしめる算段なんだ」
「あるいは、ジョッコ・ブランコかもね。あなたに裏切られて、復讐しようと考えているは
ずよ」
シュライバーはかぶりを振った。「ジョッコがぼくをFBIに売る可能性はゼロだね。彼
なら、ぼくを見つけて指をへし折るのがせいぜいだよ」
キャシーはあえて、どの指かは訊かなかった。
「裏切り者は、きみじゃないならフィルポットに決まってる」シュライバーは言いながらう
なずいた。
「わたしじゃないわ。でも、フィルポットでもない気がする。単にデイヴィッドがやり手の
捜査官なだけなのかも」
「それはありえない」シュライバーは笑いだした。「もう一〇年もぼくを追いつづけている

んだ。ぼくが彼の大切な伯母さんを騙して以来ずっとね。彼はね、鏡張りの部屋で自分の尻も見つけられない男なんだよ。だからやっぱり、誰かがぼくを裏切ったに違いない」

「わたしじゃないわよ」

「とにかく決めないと」シュライバーは疑り深くキャシーをにらんだ。

「決めるって？」

「きみを信じて連れていくべきか、それとも、ここに置き去りにしてデイヴィッド・マーシャルに捕まえさせるべきか。きみが嘘をついていないのなら、彼に逮捕されるはずだからね。彼は執念深い男だ。きみの裏切りがぼくへの愛ゆえかどうかなんて、これっぽっちも気に留めないはずだよ。彼にとっては、きみもぼくも同罪なんだ」

キャシーは焦った。自分がどれほどまずい状況に陥っているか、やっと気がついた。シュライバーと逃避行をつづければ、セザンヌ窃盗の共犯だとデイヴィッドは確信するだろう。そうなったらキャシーは職を失い、逮捕されて刑務所行きだ。でもこの場にひとり残ったら、シュライバーはセザンヌとともに逃げてしまう。その場合もやはり、キャシーは職を失い、世界で一番ほしくてたまらないものを手に入れられずに終わってしまう。つまり、自分だって有能でしっかり者で、ひとりでちゃんと生きられるのだと、マディーに証明できなくなってしまう。

どうすればいいの？

迷ってなどいられない。シュライバーを説得して連れていってもらうしか道はない。自分が望む結末を手にするには、シュライバーと、セザンヌ窃盗を企んだ美術品仲買人のジェローム・レヴィをともにわなにかける以外に方法はない。

必要なのは計画だ。ぎりぎりでうまくいくような、大胆で無鉄砲な計画がいい。それから、マディーとデイヴィッドに、スパイ大作戦は継続中なのだと知らせる手立ても必要だ。

でも、いったいどうやって？

ここは慎重にならなければ。シュライバーの不信感をあおってはいけない。

フェリーが乗り場にあらわれる。

「ああ、ぼくのフェリーだ」シュライバーが言う。

「わ、わ、わ、わたしたちのフェリーじゃないの？」

シュライバーが値踏みする目を向けてくる。キャシーは、悲しげで、傷つきやすくて、それでいてあだっぽい表情を浮かべてみせた。

「ここでさようならなんていや」とすがりつきながら、どうやってマディーに知らせればいいのかしらと考える。妹の無実を信じていれば、マディーはきっと、デイヴィッドにそれを証明するために全力を尽くすはずだ。

「きみを連れていく理由はあるのかな？」

「あなたの知らないことを、わたしは知っているわ」

「どんなこと？」シュライバーは腕組みして、ぼくを納得させられるものならしてごらん、という表情を浮かべている。

「プラド美術館はいま、最新のセキュリティシステムを導入している最中なの。だから、友人のキュレーターからセキュリティ番号を聞き出して建物内に侵入できたとしても、警報装置をすり抜けるのは不可能かもしれない。新しいシステムの導入状況次第ね」

「つまり、きみがいてもなんの役にも立たないってこと？」

「それはちょっと違うわ」

「というと？」

「その新しいシステムは、とある美術館と同じものなの」

「どの美術館？」

キャシーは首を振った。「わたしがそんなにばかに見える？　一緒に連れていってくれたら、秘密を教えてあげるわ」

シュライバーは首をかしげて、疑う目で彼女をじっと見つめた。「どうして最初にそう言わなかった？」

「用済みになったら捨てられるかもしれないと思ったから」

「切り札は隠してたってわけか」

「そんなところ」

シュライバーは声をあげて笑った。「キャシー、きみもなかなかやるね」

「連れていってくれるんでしょう？」キャシーは息を詰めて返事を待った。シュライバーがなかなか答えないので、息苦しさに気を失いそうになる。

「後悔することにならないといいけど。まあいい、ついておいで、キャシー」

シュライバーは勢いよくサンドバギーを降り、片手を差し出してきた。キャシーは転ばないようにウエディングドレスの裾をたくし上げ、空いているほうの手で彼の手を取った。

マディーに手がかりを残さなくちゃ。ええと、ええと、ええと……。

そのとき突然、キャシーはひらめいた。姉に真実を知らせるのにぴったりの方法を。

「デイヴィッド、大丈夫？」マディーは彼の上に覆いかぶさり、こぶしを握ったり開いたりした。

デイヴィッドは体を半分に折って地面に横たわり、苦しげに喘いでいる。

「本当にごめんなさい。殴るつもりはなかったの。どうしてあんなことをしちゃったのかしら。たぶん反射的に手が出たのね。朦朧《もうろう》としていたから、知らない男に襲われていると勘違いしたのよ。ところで、いったいどうしてわたしにキスなんかしたの？」

息ができないので、デイヴィッドは無言で首を横に振った。

「すみません、ちょっとどいていただけますか？」

マディーが見上げると、がっしりとした体格の救急救命士がふたり、ストレッチャーを手に林の中をこちらに向かってくるところだった。マディーは立ち上がった。救急救命士はきびきびとデイヴィッドに歩み寄り、ぞんざいに彼を抱え上げ、ストレッチャーに乗せた。

「おれじゃ……ない」彼は苦しげに訴えた。

「なんですか？」救急救命士が口元に耳を寄せてたずねる。

「彼女だ」デイヴィッドはマディーのほうに手を振った。

ふたりの救急救命士が同時にマディーに向き直る。彼女は肩をすくめた。頭にココナッツが命中したのはたしかだが、病院に行く気はない。妹の行方がわからないのだから。

マディーは人差指でこめかみのあたりに円を描いた。「ココナッツがぶつかって、ちょっとおかしくなってるんでしょ。彼の言い分は聞かなくていいわ。自分でなにを言っているかわかっていないんだもの」

救急救命士がうなずいて、デイヴィッドを乗せたストレッチャーを運ぼうとする。

「おい待て、マディー」デイヴィッドは言いながら、のろのろとストレッチャーから降りた。どうやら呼吸ができるようになったらしい。「いますぐこいつに乗るんだ」と言ってストレッチャーを指さす。まるで、かんかんになってわが子を叱りつける父親だ。

だがそれしきのことでひるむマディーではない。「いやよ」

「頭を打ったんだろう？」

「大したことないわ。頭が痛いわけでもないし」

「嘘つけ」

どうして嘘だとわかるのだろう。本当は頭が割れるように痛い。でも、病院に行くつもりはない。弱いところを見せたくない。特にいまは。双子の妹がふたたび姿を消してしまったいまは、絶対にそんなことできない。強さだけがすべてのこのＦＢＩ捜査官の前では。

「大丈夫だってば」マディーは突っぱねた。

「誰も病院に行かないんですか？」救急救命士がたずねる。

「彼女が行く」デイヴィッドは親指でマディーをさした。同時にマディーが「彼が行くわ」と言う。

「おふたりとも、大丈夫そうですけどね」もうひとりの救急救命士が言った。

「彼女は、ココナッツが頭に命中して数分間意識を失っていたんだ」デイヴィッドが言い募る。

「あなた、こちらの男性の頭にココナッツが当たったって、さっき言いませんでした？」最初の救急救命士が眉をつりあげてマディーに問いただす。

「わかりました、わたしが嘘つきです。でも病院には行きませんから」マディーは言いながらデイヴィッドに向き直った。「無理やり連れていかせようとしても無駄よ」

「わかったよ。勝手にしろ。脳震盪《のうしんとう》の後遺症に苦しんでも知らないからな」デイヴィッドはあきれて両手を上げ、くるりと背を向けるとさっさとその場をあとにした。

「ちょっと待って、どこに行くの？」ぽかんとしている救急救命士を残して、マディーは彼のあとを追った。

「仕事をしに行くんだ」デイヴィッドは肩越しに叫んだ。

「一緒に行くわ」マディーは小走りになった。

「そうくると思ったよ」デイヴィッドは皮肉たっぷりに返した。「おれがきちんと職務を果たすなんて、思ってもいないんだろう？　おれを信じるくらいなら、自分の身を危険にさらしたほうがよっぽどましだと思ってるんだ」

「そんなんじゃないわ」

ふたりは横に並んで浜辺を歩き、フィルポットの屋敷を目指した。招待客の姿はすでにないが、祭壇はそのままだし、たいまつの火も赤々と燃えている。どこか物憂げで、ロマンティックな雰囲気があたりに漂っている。

「そういうことなんだよ」デイヴィッドはこぼした。

マディーは彼の腕に手をかけて引き留めた。指先に触れた上腕二頭筋がどんなにたくましいか、肌がどんなに熱いかは、考えまいとした。「これからどうするの？」

「地元の警察に連絡して、フィルポットの屋敷とサンドバギーの捜索を要請する」

「さっきの結婚式のせいで、キャシーへの疑いをますます強めたんでしょう？」

デイヴィッドが見つめてくる。冷たい視線ではなかった。「彼女が事件にかかわっているのは明白な事実なのに、どうしてそれを否定しつづけるんだ？」

「妹だもの。だからわかるの」

「マディー、どうやったらおれのことも、そんなふうにとことん信頼してくれる？」

思いがけない質問に不意を突かれたマディーは「わたしを裏切らないでくれたら」とうっかり本音をこぼした。

ふたりはじっと見つめあった。目に見えないすさまじいエネルギーを持った電流が、ふたりの間を走った。言葉にできない大きな圧力を、マディーは体の真ん中に感じた。

「ありがとう」デイヴィッドは長い沈黙ののちにようやく言った。「聞いてよかったよ」

結局デイヴィッドと地元警察は、フィルポットの屋敷の捜索でセザンヌの痕跡ひとつ発見できなかった。捜索を終えて二時間後、シュライバーとキャシーの行方を追っていた別働隊からデイヴィッドのもとに電話が入った。

デイヴィッドたちはいま、フィルポットの屋敷のリビングにいる。マディーは頭なんかもう全然痛くないというふりをしている。デイヴィッドが電話を切り、彼女に向き直った。

「ラムポイントのフェリー乗り場でサンドバギーを発見したそうだ」

マディーは喉元を手のひらで押さえた。「キャシーは？」

デイヴィッドは首を振った。「影もかたちもない」

「これからどうするの？」

「フェリー乗り場に行き、ふたりで手がかりを探そう」

マディーは、「ふたりで」という言葉に耳をとめた。なぜか、心臓がどきんと高鳴った。

「わかったわ。行きましょう」

それから一〇分後には、ラムポイントのフェリー乗り場に到着した。デイヴィッドがサンドバギーを発見した警官と話をしている間、マディーは海を見つめていた。キャシー、いったいどこにいるの？　無事でいる？　テレパシーで妹に通じますようにと願いながら、空に向かって質問を投げかけた。

デイヴィッドがそっと肩に触れてきた。「きれいな夜だな」

「ええ」

「一緒にサンドバギーを見るだろう?」

「そんなことまでさせていいの? もしもわたしが決定的な証拠を見つけて、隠滅したらどうする?」

「そうするつもり?」

「ひょっとしたらね」

デイヴィッドはひどく残念そうな顔になり、かぶりを振った。「だったら、桟橋で待っててくれ」

どうして遠慮などしたのか、マディーは自分でも理由がわからなかった。喉になにかつかえた気分で、彼女は桟橋に腰を下ろした。デイヴィッドはゴム手袋をはめ、警官のひとりが差し出した懐中電灯を受け取ると、サンドバギーに証拠が残されていないか検分を開始した。マディーは胸に膝を抱えながら、懐中電灯の小さな明かりだけで作業を進める彼の様子をじっと見つめた。真剣そのものの険しい表情をしている。なにひとつ見逃すまいと、サンドバギーの隅々まで丹念に調べていく。捜査官としての彼の有能さを思い知らされて、妹のためにはよくない兆候ね、と思った。

「マディー」とデイヴィッドが呼ぶ。

「なに?」

彼は手のひらになにかを乗せている。「ちょっと来てくれないか?」

マディーは立ち上がり、両手でお尻の汚れを払うと、気乗りしない様子でのろのろと彼に歩み寄った。こうしてゆっくり歩けば、その間に彼の見つけた証拠が消えてなくなってくれるかもしれない。

なんて幸運はありえないけど。

「なによ?」デイヴィッドのかたわらまで行ってからたずねた。けんか腰になっているのが自分でもわかる。

「キャシーのものかい?」彼は手のひらに懐中電灯を当てた。中央にルビーが埋めこまれた小さな十字架のイヤリングがきらきらと輝いた。

マディーは息をのんだ。マドリードに住んでいた二二歳の誕生日に妹に贈ったものだった。一卵性双生児ならではの驚異的な直感で、彼女は妹が手がかりとしてイヤリングをそこに残していったのだと確信した。手がかりを残していったということは、いまはシュライバーの言いなりになるしかない状態で、逃げることも、助けを求めることも不可能なのだろう。

あるいは、単に落としただけの可能性もある。

でもやはり、それはありえない。絶対に。

「どうなんだい?」

「妹のものよ」デイヴィッドに言うべきだろうか。マディーはじっくり考えた。なにを感じたか彼に話すべきか、それとも、ここは黙っておいて、自力でキャシーを捜すべきか。

「ほかには……？」デイヴィッドは首をかしげ、期待をこめた目で見つめてくる。なにかを隠しているのはお見通しらしい。

「ほかにはなにも」

「マディー、顔を見ればわかるんだ。なにを隠してる？」

彼の目を見て、話を聞きだすまで決してあきらめないことを悟った。話したほうがよさそうだ。

そうだよ、と彼の目が語る。この場で話すんだ。

そもそもほかに選択肢なんかないんだもの、と思いながら、マディーは打ち明けた。「シュライバーは、妹をマドリードに連れていったわ」

7

地元警察の協力により、デイヴィッドはセブンマイルビーチのハイアット・リージェンシーで、シュライバーが宿泊していた部屋の捜索許可を得ることができた。マディーとともに室内に足を踏み入れたとき、時刻はすでに午後一一時一五分だった。

彼の頭にあるのはただひとつ――シュライバーの行き先を探すことだ。捜査の主導権を急速に失いつつあるのを感じて、彼は挫折感に不快を覚えた。死者の入り江での失態に、ひどく自尊心を傷つけられてもいた。手の届くところにシュライバーがいたのに、みすみす逃がしてしまうとは。主導権を取り戻すために、なにかを、どんなことでも、しなければならない。

部屋はひどいありさまだった。ベッドカバーは床に広がり、ドレッサーの引き出しも、クローゼットの扉も開けっぱなし。誰かが大急ぎでここを発《た》った証拠だ。

マディーは室内を一瞥《いちべつ》し、手近の椅子にぐったりと腰を下ろすと両手で頭を抱えた。かわいそうに。疲れきっているのだろう。目の周りにくまをつくって、こめかみをずっともんでいる。ココナッツのせいでひどい頭痛がするに違いなかった。だが、彼女が絶対にそれを認めないのはわかっている。

それにしても彼女はタフだ。デイヴィッドもその点は認めた。彼女を心配するうちに、気持ちが和らいでいった。柄にもなくセンチメンタルな感情がわいてきて、彼女を抱きしめ、心配はいらないよと言ってあげたくなる。くだらないことを考えるな、マーシャル。容疑者の姉に同情は禁物だ。

「キャシーとシュライバーがマドリードに行ったと思う根拠は？」もっぱら気を紛らわせるために訊きながら、デイヴィッドはバスルームに向かった。

シャワーカーテンの裾が半分だけバスタブからはみ出し、床は水びたしになっている。つまり、シュライバーがここを発ってからまだそれほど時間が経過していないということだ。二時間か、長くとも三時間。ふたりともまだ島内にいるかもしれない。地元警察が、デイヴィッドの指示で出発便を調べているところだ。

「キャシーはマドリードの街が大好きだから」マディーの暗い、意気消沈した声が聞こえてきた。「大学生のころに一年間、一緒に向こうに住んでいたの。当時、妹はプラド美術館で働いていたわ」

「なんだって？」デイヴィッドはバスルームから首を突き出した。「いま、最後になんて言った？」

「妹は、プラドで働いていたの」

「つまり、内情にも通じている？」

「ええ」

デイヴィッドは大きく息を吸った。なんてこった。とんでもない事件が起きるかもしれない。

「あなたがいま、なにを考えているかわかるわ」マディーは立ち上がり、デイヴィッドに歩み寄るとキッとにらみつけた。首筋の血管が脈打っている。デイヴィッドはポーカーの名手のように、彼女の手の内を読むヒントに気がついた。彼に立ち向かおうとするとき、首筋の血管が脈打つのだ。

「まるで腹の探りあいだな」

マディーは両手を腰に当てた。「妹とシュライバーがプラドを襲おうとしている、そう思っているんでしょ？」

「そんなことは言ってない」彼女の気の強さに、デイヴィッドは大いに魅了されていた。出会いのタイミングが悪くて本当に残念だ。もっと違う状況で出会えたなら、絶対に自分のものにするのに。

「妹は泥棒じゃないわ」

「口論は嫌いじゃないが、その話は以前にもしたはずだ。それにおれは、やるべき仕事がある。失礼」デイヴィッドは彼女の脇をすり抜けた。そのとき、お互いの腕がかすかに触れた。

その程度のことは、なんの意味もないはずだった。

だが実際には大ありだった。

肌と肌が触れあい、体温と体温、香りと香りが混ざりあう。わずかに触れた彼女の肌に、皮膚を焦がされるように感じた。そんな気持ちになるのは生まれて初めてだった。心地よさにうっとりとしながら、こいつはまずいなと思った。

彼は内心でかぶりを振り、ナイトテーブルに歩み寄ると、背後からじっとにらみつけてくるマディーから気を紛らわせるものがないかと懸命に探した。

彼女も同じように感じただろうか。

彼女の顔を見る自信がない。もしもそこに自分と同じ欲望があらわれていたら、ますますほしくなってしまう。

だが、自分のものにするわけにはいかないのだ。

少なくとも、いまはまだ。妹に窃盗容疑がかけられている限りは。

デイヴィッドは手がかりを探す作業に集中しようとしながら、彼女の息づかいに耳をそばだてた。呼吸が乱れて聞こえるのは気のせいだろうか、それとも、彼女が欲望に胸を高鳴らせているあかしだろうか。

ふとナイトテーブルの上のメモ用紙を見おろすと、紙の表面がわずかにくぼんでいた。誰かが一枚目になにかを書き、それを切り取ったのだろう。

「えんぴつを持ってないか?」

「あると思うけど。ちょっと待って」マディーはショルダーバッグの中を探り、シャーペンを取り出すと、ノック部を数回押してから差し出した。「どうぞ」

シャーペンを受け取るとき、指先がわずかに触れた。デイヴィッドは指先から腕までカッと熱くなるのを覚えた。熱い快感を無視しようと努めたものの、その心地よさを無視するのは太陽の存在を無視するのと同じようなものだった。

気にするな。仕事をしろ、仕事を。

メモ用紙のくぼみの上をシャーペンで黒く塗りつぶしていった。

「見せて」マディーが隣にやってきて肩越しにのぞきこむ。温かな息がうなじにかかり、デイヴィッドは中国人のクリーニング屋でばりばりに糊づけされたシャツみたいに全身をこわばらせた。

「おい、そんなに近づいたら息苦しいじゃないか！」

「ああ、ごめんなさい」マディーは降参するように両手を上げ、ありがたいことに、後ろにどいてくれた。

デイヴィッドはメモ用紙を手に取り、じっと見た。黒く塗りつぶしたところに、ルーヴル美術館の住所と、パリ行きの飛行機の発着時間などが浮かびあがっている。

「どう？　なんて書いてあるの？」

「これで、きみの主張するマドリード説は完全に消えたな」

「どういうこと？」

デイヴィッドはメモ用紙を渡した。

「パリに向かったの？」マディーは眉間にしわを寄せた。その当惑した表情に、自分の正しさが証明された喜びがデイヴィッドの中で消えていく。

「どうやらあのイヤリングは、手がかりどころか、捜査を欺《あざむ》くための偽情報だったらしいな。だとしたら、彼女がシュライバーの仲間になったのは確実だ。パリに向かった理由は簡単だよ。われわれのせいで、シュライバーはフィルポットとの関係を断たれた。やつはいまごろ、セザンヌを処分する方法を躍起になって探しているはずだ。その苦境を救ってくれる人物……ジェローム・レヴィは、パリに住んでいる」

「そんなの嘘よ。そのメモ用紙こそ、捜査を欺くための偽情報だわ。シュライバーは、あなたにそれを信じこませ、パリに向かわせる魂胆なのよ」

「どうしてあいつがそんな面倒なまねを？」

「キャシーに手伝わせてプラド美術館の所蔵品を盗むつもりなんでしょう。プラドでキュレーターをやっているイザベラ・バスケスという女性が、キャシーの友人なの。イザベラに近づくために、妹を人質にとったに違いないわ」マディーは懸命に持論を展開した。

あごをキッと上げ、脇に下ろした両手をぎゅっと握りしめ、挑むように瞳を光らせている。

「ごめんよ、マディー。でもおれには、このメモはキャシー共犯説を示しているとしか思えないんだ。きみはマドリードに行くといい。おれは、次のパリ行きの便を予約する」

「あなたがパリでもたもたしている間に、シュライバーは妹を利用してプラドの所蔵品を盗むわ」

「ありえないよ」

マディーの首筋の血管が三回脈打った。「やっとわかったわ。あなたがシュライバーをずっと追いつづけながら、いまだに捕まえられない理由」

「どういう意味だ？」デイヴィッドは彼女をにらみつけた。痛いところを突かれた。彼女ときたら、男をやりこめるのが本当にうまい。

マディーがぐっと顔を近づけてくる。うっとりするような唇から懸命に目をそらそうとしたが、無駄な努力だった。怒っている彼女は信じられないくらいセクシーだ。キスをせずにいるだけで精一杯なくらい。

「どういう意味か教えてあげるわ、やり手のマーシャル捜査官。あなたが状況をしっかり把握して、もっと慎重に行動していたら、こんなに長いこと無駄に時間を費やして袋小路に入りこむことはなかったって意味」

「きみみたいにあれこれ理屈ばかりこねまわしていても、埒《らち》が明かないんでね」デイヴィッドはやり返した。

「あわてて判断して偽情報に飛びつくと、あとで痛い目に遭うわよ」

「おれの判断は間違ってない」デイヴィッドは頑固に言い張った。

だがそう言いながら、頭の中ではわかっていた。パリ行きが間違いだったら、ＦＢＩでの職を失う恐れがあるだけではなく、キャシーの命まで危険にさらしてしまうかもしれないのだ。

デイヴィッド・マーシャルほど短気で傲慢な人間に、マディーはこれまで会ったことがない。そんな彼にひどく惹かれている事実は、事態をますます複雑にするばかりだった。わたし、いったいどうしちゃったんだろう。マディーは思った。デイヴィッドの高圧的なまでの男らしさに、どうしてこんなに胸がどきどきするのだろう。あのしゃくに障る男のことや、ココナッツ林での出来事について考えまいとしているのに、それすらもできない。キスする間、ちゃんと意識があったらよかったのになんて、どうして思ってしまうのだろう。

マディーはひとまずデイヴィッドに従うことにした。パリ説が正しいと思ったからではない。万が一彼が正しかった場合、キャシーを守ってやる必要があるからだ。キャシーをなにがなんでも刑務所に送ろうとしている頑固なFBI捜査官から守れるのは、自分しかいない。

ふたりはチャーター便でグランドケイマンからマイアミに飛び、そこから一番早いパリ行きの便に乗り換えた。時刻は午前二時。マディーは窓側のシートに腰を下ろした。デイヴィッドを無視しようと努めたものの、彼の存在を否定するのは砂漠で太陽の存在を否定するようなものだった。実際にそこにいるのだから。長身で、とてもたくましい彼がそこに……。

おそろいのワンピースを着た女の子がふたり、通路を歩いてくる。姉は八歳か九歳、妹は六歳にもなっていないだろう。トートバッグもおそろいで、姉が妹の手をしっかり握っている。

ふたりはマディーたちの前のシートに座りこんだ。

その姉妹をじっと見ていると、胸が締めつけられる思いがした。いったい何回、あんなふうにキャシーとふたりで飛行機に乗り、母と義父の住むベリーズやパナマや南アフリカから、実父の住むサンアントニオを行ったり来たりしただろう。この幼い姉妹の姉の気持ちが痛いほどわかる。

きっと責任感に押しつぶされそうになっているはずだ。

客室乗務員がやってきて、姉妹が座席につくのを手伝う。だが客室乗務員がいなくなるなり、妹のほうがシートベルトを外し、くるりと振り返ってシート越しにデイヴィッドを見つめてきた。

「こんばんは」少女はにっこりと笑った。六歳にしてすでに男性の気を引く術を心得ているとは。

「こんばんは」デイヴィッドは笑い返した。その心からの笑顔を見て、マディーは彼に腹を立てていたことを忘れた。

「ケイティっていうの」

デイヴィッドがウインクしてみせると、ケイティははにかんで、くすくす笑った。「はじめまして、ケイティ。おれはデイヴィッドで、こっちはマディーだよ」

「ちゃんと座って」姉がたしなめる声が聞こえた。「知らない人に話しかけちゃだめでしょ」

「いまのはレベッカ」ケイティが生意気そうに手を振りながら言う。「おねえちゃんなの。すごくつまらないおねえちゃん」

マディーはレベッカに強い親近感を覚えた。元気な妹をおとなしくさせておくために、さぞかし苦労してきたことだろう。

「知らない人と話しちゃいけませんって、ママに言われたでしょ？」レベッカが妹の袖を引っ張って言う。「こっち向きなさい」

「しらないひとじゃないもん」

「初めて会った人のことを、知らない人って言うのよ」レベッカは懸命に声を潜めている。

だが生意気盛りの妹は聞き分けがない。

「じゃあ、さっきのおんなのひとも、しらないひとでしょ。なのにレベッカは、はなしてた」

「あの女の人はここで働いてる人。だから話してもいいの」

「このひとたちも、やさしそうだよ」ケイティはめげずに返した。「ねえ、みてよ」

レベッカが振り返り、デイヴィッドとマディーを疑う目つきで見る。「妹がすみません。ママ抜きで旅行するのが初めてなんです」

「ねえ、おじさんのけ、つんつんしててかっこいい」ケイティが大胆にデイヴィッドを褒める。自分の髪を上に引っ張って、彼をまねて立たせようとしている。

「座りなさいってば」レベッカが繰り返した。「座らないと、パリに着いたらすぐにパパに言いつけるからね」

ケイティは鼻にしわを寄せた。「ねえ、トリクシーもいるのかなあ？」

「たぶんね。パパの恋人だもの」

ケイティは舌を出した。

「ねえ、お願いだからもう座って」レベッカが懇願口調になる。

「いばらないでよ」ケイティがくるりと姉に向き直る。

参ったな。マディーは思った。いまのせりふを耳にするたびに一ドル貯めていたら、いまごろはビル・ゲイツ並みの大金持ちになっていただろう。

デイヴィッドが身を乗り出し、少女に優しく話しかける。「そろそろ離陸するよ、ケイティ。座席から投げ出されたらいやだろう？　膝小僧をすりむいたりしたら大変だよ。ちゃんと座って、シートベルトを締めて、離陸するまでおとなしくしていたほうがいいんじゃないかい？」

「わかった」ケイティはあっさりうなずき、前を向くと、座席に座り直した。レベッカが感謝をこめた視線をデイヴィッドに投げる。

デイヴィッドがこちらをちらりと見る。まだほほ笑んだままだ。こんなにリラックスした彼を見るのは初めてね、とマディーは思った。

「かわいい子だね」

「意気投合してたみたいね」

「男にちやほやされたいんだろう。父親に会うのも久しぶりみたいだから」

「よくある話だわ」マディーはつぶやいた。思いがけずとげとげしい口調になってしまった。

「気に障った？」

マディーは肩をすくめた。父親のことをデイヴィッドに話すつもりはない。彼にはいっさい関係のないことだ。

彼はそれ以上詮索せず、姉妹の座るシートに向かってうなずいてみせた。「彼女たちも、マディーとキャシーみたいによく似た名前でも不思議じゃないね」

「この子たちは双子じゃないわ」

「でも、きみたちだって双子らしくない」

「わかってるわ。キャシーは明るくてセクシーで魅力的。わたしは退屈で心配性で慎重すぎるって言うんでしょ」

「そんなふうに言ってないよ」

「どうせあなただって、ほかのみんなと同じで、わたしといるよりもキャシーと一緒にいたいタイプなんだわ」われながらいじけた口ぶりだと思ったが、実際にちょっといじけているのかもしれない。彼女はずっと妹の影として生きてきた。それだけではなく、羽目を外した妹が窮地に陥るたび、助けようと奔走してきた。一度でいいから、自分がスポットライトを浴び、冒険してみたい。

「いいや」デイヴィッドの声が聞こえてくる。「それは違うな。おれは、キャシーは気まぐれで無責任で自己中心的だと思う」

「妹を悪く言うのはやめて。あの子は自己中心的じゃないわ。自分の行動が人にどんな迷惑をかけるか、立ち止まって考えられないだけ」

「つまり、自己中なんだろう？」

「わかってないわね」

「わからせてくれよ」

マディーは一八年前のキャシーの事故について、それがふたりの人生にどう影響しているかについて、デイヴィッドに話して聞かせた。あのとき、神に誓ったことも。

「事故のあと、妹は三カ月も昏睡状態だった。意識を取り戻したあとは、リハビリに六カ月もかかったわ。歩くことから覚え直さなくちゃならなかったの」

「でも事故はきみのせいじゃない」

「ううん、わたしのせいよ。母に、妹の面倒をちゃんと見てねって言われていたんだもの」

「どうしてお母さんは、いつもきみに責任を押しつけたんだろうね。自分でキャシーの面倒を見ればよかったのに」

マディーは肩をすくめた。「母は妹と同じで注意力が散漫なの。あのふたりはまるで瓜ふたつ。楽しみを求めたり、なにかを作ったりすることに夢中になると、つまらないけど大切な、日々のいろんなことをすぐに忘れてしまう」

「たとえば？」

「たとえば、母の作る朝食といったらなかった。父が出ていってからは特にひどかったわ。さめたピザとか、缶詰めの煮豆とかね。キッチンにあるものを適当に出すだけ。プラスチックのボールに卵を割って、電子レンジに入れて、スクランブルエッグを作るって言い張ったこともあった。もちろん、卵はレンジの中で爆発。どろどろの卵を掃除する身にもなってみて」

「ひどいな」

「卵が割ってあったのは、不幸中の幸いだったけど」

「まじめなマディーちゃんが、こびりついた卵を掃除するところが目に浮かぶよ。ゴム手袋をはめて、エプロンを掛けてやったんだろう？」

「どうしてわかるの？」

「似合いそうだから」デイヴィッドが笑い、マディーは彼に対する気持ちが優しいものになっていくのを感じた。たしかに彼は頑固だ。でもときどき、彼といると自分が特別な存在に思えてくる。こんな気持ちになるのは初めて。

「そうよ。一〇歳のときから、まじめで退屈な女の子だったの」

「退屈じゃないさ。きみはタフな女の子だよ。ねえ、お父さんが出ていったって言ったよね？　離婚の原因はなに？」

「キャシーの闘病生活がきっかけ。父のことは大好きだけど、なんて言うか、道楽者でね。面倒な問題から逃げる癖があるの。ああ、誤解しないで。その後も父とはうまくやっているから。隔週末には会っていたし、夏は丸一カ月一緒に過ごしたし。でも、とにかく面倒なことを嫌うの。五〇にもなって、いまだにそのまま。きっと一生、大人になれないんじゃないかな」

「それで、きみがみんなのお守り役になったわけだ」

「誰かがそういう役をやらなくちゃいけないから」

「きみって本当にすごいよ、マディー。自分でわかってる？」

彼の言葉に、マディーは胸の奥が熱くなり、喉が詰まるのを覚えた。窓の外に広がる暗闇に顔を向け、潤んだ瞳を見られまいとした。大変な一日だったせいで、ちょっとセンチメンタルになっているようだ。

「きみのどんなところが気に入ったか、教えてあげようか？」デイヴィッドがささやきかける。

「どんなところ？」マディーは小さくほほ笑んだ。頬が熱い。なんと、彼の言葉に赤面していた。

「きみは、強くて、頭がよくて、思いやりがある。頑固だなあとあきれることもあるけど、その点はお互いさまだから文句は言えないな。それから、皮肉めかしたユーモアセンスの持ち主で、おれの笑いのツボをしっかり押さえてる。きみは誠実で、信頼できる人で、頼りがいがある」

「それじゃまるで、ボーイスカウトだわ」

「おれはまじめに言ってるよ、ベイビー」デイヴィッドはゆっくりと言い、彼女の体に賞賛のまなざしを投げた。「きみは、どこをとってもボーイって感じじゃない」

ベイビー？　いま、わたしをベイビーって呼んだ？　マディーはぞくぞくした。にやにやしたらだめよ、と自分に言い聞かせる。彼とのおふざけを楽しんでるって、勘違いされるからね。

問題は、彼とのおふざけを本当に楽しんでいることだ。しかも、かなり。

「人をからかわないで、マーシャル捜査官」マディーは妹をまねて、こびを含んだ視線を彼に向けた。

ふたりの視線が絡みあった。知性を感じさせる彼の灰色の瞳から発せられる熱に、マディーの全身が焼きつくされる。じっと見つめると、彼も見つめ返してきた。

頭の中が真っ白になる。キャシーのことも、シュライバーのことも、盗まれた絵のことも頭の中から消えていってしまう。自分の過去も、ふたりの未来もすべて。

電流に打たれたようなこの一瞬以外、なにもかもがどうでもよくなってしまった。彼の顔にあらわれた激情に、頭がくらくらする。彼の瞳にさまざまな色が浮かぶのがわかる。欲望と、混乱と、好奇心の色だ。

彼はマディーの手を取った。

マディーはその手を引き抜きたかった。そうするべきだったのに、ひどく疲れていて、握ってくる手があまりにも心地よくて、じっと座ったまま彼の指を凝視するばかりだった。彼の指はとても好ましかった。長くて、力強そうで、触れられると気持ちが安らぐ。

だめ、だめ！　彼を信じるほどばかじゃないはずよ。彼は警官で、妹は容疑者なんだから。

デイヴィッドが首をかしげて顔をのぞきこんでくる。「おれにからかわれるのは、嫌い？」

「わからないわ」

「FBI捜査官らしくないかな」

「そうね」

さらに顔を寄せてくる。「こんなふうに、するべきじゃないよね」

「当たり前じゃない」マディーはつぶやき、身を寄せた。

「こんなふうにお互いに惹かれちゃまずいな」彼の唇が徐々に近づいてくる。

「大いにまずいわ」マディーはうなずきながら、唇をじっと見つめた。

「タイミングも状況もよくない」彼はほとんどささやき声になっている。

「ええ、最悪」視線を唇から瞳へと移動させた途端、マディーは心臓が口から飛び出るのではないかと思った。

「頭痛はどう？」デイヴィッドがたずね、ココナッツが命中したあたりをそっと撫でる。

こういう場合、どんなふうに対応するのが適切なのかしら？　デートなんてすっかりごぶさただから、見当がつかない。もちろんこれはデートじゃないけど、男と女として惹かれ合っているという意味では同じだ。

彼の指が、力強く、優しく、感じやすい部分に触れてくる。息を吸うと、男らしい体臭が鼻孔を満たした。彼は親指の腹で円を描くように、そっとこめかみをマッサージしている。あまりの心地よさに喘ぎ声を漏らしそうだ。

「リラックスして……気持ちを楽にしてごらん」

そう、気持ちを楽に。でも、彼の肩に頭を預け、すてきな唇がすぐそばに見えるのに、そんな無理。

「そう、それでいい」

次の瞬間には、ふたりはキスをしていた。

どちらから先に唇を重ねたのか、マディーにはわからなかった。彼だったかもしれないし、自分だったかもしれない。でも、どちらが先かなんてどうでもいい。波に洗われる漂流物のように、ふたりは流れに身を任せた。

マディーは目を閉じ、温かな彼の唇を味わった。周囲のことなどどちっとも気にならなかった。心地よさに酔いしれて頭がくらくらする。彼の口づけはこれまで夢見てきた口づけの千倍も素晴らしかった。

デイヴィッドが飽くことなく口づけ、彼女を飲みこみ、舌で愛撫を加えてくる。力加減もばつぐんだった。性急すぎず、かといって、あっさりしすぎているわけでもない。唇は適度にしっとりとして熱く、まさに完璧。

でも、これほどまでにセクシーで魅力的な男性とのキスが、最高でないわけがなかった。全財産を賭けてもいい。彼とのセックスは、驚くべきものに違いない。

シートベルト着用サインが消えた。チンという小さな音は、マディーの耳にはほとんど届かなかった。通路を行き来するほかの乗客にも、飲み物を配る客室乗務員にも、彼女は全然気がつかなかった。マディーは彼の首に両腕をまわした。彼はマディーの髪を指でまさぐった。

ふたりはぴったりと体を寄せあい、過去のキスをすべて忘れさせてくれる熱い口づけに身を焦がした。

ケイティが座席の上から顔をのぞかせ、ふたりの様子を見てくすくす笑わなければ、パリに到着するまでずっとキスをしつづけていただろう。

8

コーヒーが飲みたい。デイヴィッドは思った。それも、いますぐに。ダブルエスプレッソが理想だが、カフェインさえ入っていればなんでもいい。なにか強烈な刺激で、頭の中の回路をつなぎ直し、ギアをトップに入れて脳をフル稼動させ、マディーの唇の味をいっさい忘れてしまわなければ。

グランドケイマンからマイアミに向けて飛ぶ前、彼はインターポールの捜査官アンリ・ゴールトに連絡を入れ、シュライバーとキャシーがパリに到着次第、追跡部隊をつけるよう依頼しておいた。一刻も早く地面に足を着け、捜査に専念したくてたまらない。

パリの空港に着くと、痩身で細面、豊かな黒髪に、人のよさそうな目つきのアンリが到着ゲートで迎えてくれた。

「先に入国審査を済ませてこい」デイヴィッドは窓口のほうをあごで示し、マディーに命じた。

アンリと事件について内密に意見を交わすところを、彼女に聞かれたくなかった。それに、自らの秘密をマディーにばらされる危険も最小限に食い止めたかった。キャシーを雇っていた事実を知られてはまずい。アンリには、彼女はあくまでシュライバーの情婦ということにしておきたい。ＦＢＩの非公式スパイが美術品窃盗の共犯者になったなどと、絶対に知られてはならない。

「あなたは？」マディーが訊いてくる。

デイヴィッドはポケットからバッジを取り出した。「おれは免除されてる」

「わたしも免除してもらえないの？」

「無理だね」とデイヴィッドが言うのと同時に、アンリが「いいですとも《ウイ》」とうなずいた。

こちらに顔を向けたアンリに、デイヴィッドは首を振ってみせた。

マディーは眉根を寄せている。「ダラスでバッジを盗まれた仕返しのつもり？」

「仕返しなんて卑怯なまねをするわけないだろ。ほら、行ってこい」デイヴィッドは言いながら手をひらひらさせた。

マディーは彼をにらみつけてからバッグを肩に掛け、審査を待つ行列のほうに向かった。

アンリがデイヴィッドとマディーを見比べてにやにやする。彼がいまなにを考えているかすぐにわかる。「おれの女じゃないぞ」デイヴィッドは言った。

「じゃあ狙い目ですね」アンリは意味深長に眉を上下させた。

「ばか言え。自分の首が大事なら、彼女には近づくな」

「おやおや《オーララー》」アンリは笑いだした。「やっぱり、恋人《アムール》なんですね」

「違う」デイヴィッドはぴしゃりとはねつけた。「彼女はキャシー・クーパーの姉だ」

「それがどうしてあなたと一緒に？」

「こうでもしないと、勝手に嗅ぎまわってトラブルに巻きこまれるのがオチだからだ。そばに置いておけば行動を監視できる」

「監視するだけならいいですけど」

「いいかげんにしろ」

アンリは笑って、入国審査所を迂回しながらデイヴィッドを先導した。防護柵の向こう側を大勢の旅行客が通りすぎていく。デイヴィッドとアンリは通路の端に立ち、マディーが審査を終えるのを待った。

「シュライバーの最新情報は？」デイヴィッドは壁に肩をもたせながらたずねた。

「空港からあとを追いました。オテル・ド・ルーヴルに泊まってます」

「高級ホテルだな」

「彼は詩人ですからね。繊細さには欠けますけど」

「キャシー・クーパーは？」

「一緒じゃありません」

「なんだって？」デイヴィッドは身を乗り出した。「一緒じゃないって、どういう意味だ？」

「彼ひとりで行動してるって意味ですよ、わが友《モナミ》」アンリは肩をすくめた。「キャシー・クーパーはマドリードに向かいました」

デイヴィッドはあごを撫でた。無精ひげでざらざらしている。そういえば二日もひげをそっていない。「たしかなのか？」

「もちろん」

「誰かにあとを追わせているか？」

アンリはうなずいた。「捜査官をひとりつけてますけど」

「上出来だ」デイヴィッドは深呼吸して気を静めた。これはいい兆候だ。パリにいないのなら、やはりキャシーはシュライバーの単なる恋人にすぎず、デイヴィッドが恐れたような共犯関係にはないと推測できる。

マディーに言ったらきっと喜ぶだろう。

そのとき、デイヴィッドはひらめいた。ふたりが一卵性双生児であることを利用したらどうだろう？　彼自身、ジョギングコースでマディーをキャシーと見間違えた。状況さえ整えば、シュライバーも簡単に同じ間違いを犯すかもしれない。マディーを使ってあの盗っ人野郎をわなに掛ける方法がきっとあるはずだ。もちろん、彼女はそんな話には乗らないだろう。妹がマドリードにいるとわかった瞬間、彼のことなどおかまいなしで、次のスペイン行きの便に飛び乗るに違いない。

まだ彼女に話すわけにはいかないね――デイヴィッドの左肩で、三つ又の槍《やり》を手に座っている悪魔が言った。

こらっ、デイヴィッド――今度は右肩で頭に光輪を乗せた天使がたしなめる声。マディーにそんなことしちゃだめ。彼女はあなたを信頼してるんだから。

信頼《トラスト》だってさ、笑っちゃう。あんた、シュライバーを捕まえたいんだろう？　あの娘におべっか使《シュムスト》う必要なんかないよ。黙ってりゃいいって。悪魔がそそのかす。

天使なんてくそくらえ。悪魔の言い分のほうが筋が通ってる。

「アンリ、ちょっと頼みがあるんだ。マディーに、妹はマドリードに向かったと言わないでくれないか？」

「わかってますって。彼女を守るためでしょ？」

「ああ、そう、まあ……そんなところだ」

「仰せのとおりにしますよ」アンリはつぶやいた。「シュライバーがパリに来たのは、おそらく黒幕であるジェローム・レヴィのご機嫌取りでしょうね。ちなみに捜査チームは、ふたりに別々につけてありますから」

レヴィの名前を耳にして、デイヴィッドは歯ぎしりした。もう何年も前から、伯母のレンブラント盗難の黒幕はレヴィだと踏んでいるのに、いまだにそれを証明できずにいる。シュライバーはもちろん、レヴィも絶対に逮捕しなければ。

「昔なじみのレヴィ以外に、シュライバーがセザンヌの処分を頼める人間はもういないからな。フィルポットの線をおれに消されて、やばい盗品を扱える仲買人がほかに見つからないってわけだ」

「しかしシュライバーもパリに来るとは大胆ですね」アンリがつづける。「われわれに見張られてるのはわかっているはずなのに。どうしてしばらく身を潜めて、あとで絵を売ろうとしないんでしょうね」

「さんざんおれにつきまとわれて、かなり追いつめられてるんだろう。セザンヌを所持したまま捕まりたくないんだ。いまの状況では、いちかばちか打って出るしかないんだろうな」

「あるいは――」アンリは難しい顔で切りだした。「キャシー・クーパーを本気で愛していて、彼女のためにこの大仕事を最後に足を洗うつもりかもしれませんね」

「フランス人は本当に恋愛話が好きだな。それしか頭にないのか？」デイヴィッドは鼻を鳴らした。

「モナミ、いつの日かあなたにも、本気で人を愛するときが来ますよ」アンリはいたずらっぽく言った。

「なにが来るんですって？」ふたりの会話尻をとらえて、マディーが割って入った。

「なんでもない」デイヴィッドはごまかした。だが彼女の瞳を見つめるたび、胸をぎゅっとつかまれる気持ちがするのは否定できなかった。

こいつは単なる欲望だ。それ以外のなにものでもない。彼は自分に言い聞かせた。

「なにか企んでいるんでしょう、マーシャル捜査官？」

「なにも企んでない」デイヴィッドはなぜか、頭の中を駆け巡るみだらな妄想のことを言われたのだと一瞬、勘違いした。

「わたしのいないところで、いったいなにを話していたの？」マディーが人差指で胸元を突いてくる。「ふたりで密談するために、わたしを入国審査所に追い払ったんでしょう？　あなたはキャシーについてなにか隠している。さあ、早く言いなさい」

まったくマディーときたら、人をやりこめるのがうまい。とんでもないことに、デイヴィッドは彼女のその才能を買っている。大抵の人間は、彼に歯向かう勇気すら持っていない。どいつもこいつも、彼の剣幕に押されて言いなりになるのが常だ。

だが、胸元を何度も突かれた上に、決然とした彼女の表情を見たせいで、本当にここで折れていいのかという気持ちがわいてきた。

しかも、忍び笑いを漏らしているアンリの目の前で。

「白状しなさい」マディーが迫る。

どうして嘘をついているとわかったのだろう？　彼女の勘のよさに、デイヴィッドは焦り始めていた。

形勢逆転しなくては。いますぐに。なにがなんでも主導権を握り返して、罪悪感など忘れるんだ。

「おれは傷ついた」

「傷ついた？」

「きみに人格を疑われて、傷ついたんだ」

「笑わせないで、マーシャル捜査官。あなたよりも、スカンクのほうがよほど傷つきやすいわ」

おれをスカンクと比べたのか？　まったく冗談のきつい女だ。

アンリが陽気に笑いだす。デイヴィッドは彼をにらみつけた。

マディーが疑いの目で見つめてくる。「なにも隠してないって誓える?」

「ボーイスカウトの名にかけて」デイヴィッドは指を二本立て、まじめくさった顔で彼女をじっと見つめながら誓ってみせた。

「あなた、ボーイスカウトだったの?」

「いいや。まねしてみただけ」

「わたしの信頼を裏切ったりしないでしょうね、デイヴィッド?」マディーは両手を腰に当てた。

「おれが? まさか」

その調子だ、と悪魔がそそのかす。もっと大げさに言ってやれ。

恥知らずね、と天使が舌打ちする。

デイヴィッドは必死に自分を正当化した。FBI捜査官ってものは、犯人逮捕のために道徳観念を捨てなくちゃならないこともあるんだ。シュライバー逮捕のためにマディーにしばらく真実を隠さなければならないのなら、その報いは男らしく受けるとも。

なぜなら、彼にとってシュライバー逮捕以上に大切なことはなにひとつないのだから。シュライバー逮捕は、正義よりも伯母の仕返しよりもずっと重要だ。やつを捕まえれば、勝利をものにできるのだから。

そのとき、アンリのズボンのベルト通しに掛けられた無線が鳴った。アンリが早口のフランス語で答える。デイヴィッドは会話についていけない。

「なにかあったの？」アンリが無線を切って振り返るなり、マディーがたずねた。

「シュライバーとレヴィに動きがありましたよ。シュライバーは、茶色の紙に包んだ平たい大きな荷物を持ってホテルを出たそうです」

「セザンヌだな」デイヴィッドは言った。

「これから取引かもしれませんね」

「妹は？　シュライバーと一緒なの？」

「いいえ」アンリが答える。「シュライバーひとりだそうです」

デイヴィッドは両手をこすり合わせた。「よし、連中を捕まえに行くぞ」


三人はアンリのミニクーパーに乗りこんだ。男ふたりは前に、マディーは狭苦しい後部座席に座った。丸石敷きの通りをサイレンを鳴らしつつ、ミニクーパーは車体を傾けながら疾走した。アンリがレヴィ追跡のために送りこんだ捜査チームからの最新情報が、絶えず無線から聞こえてくる。

フランス語がわからずマディーはいらだった。とにかくなにが起きているのか知りたい。それに、キャシーがどこにいるのかも。

最後の通信のあと、デイヴィッドがバックミラー越しに視線を寄越した。「どうかしたの？」

「レヴィはエッフェル塔に向かっているそうだ」

「観光客であふれ返っている場所で、高価なセザンヌを引き渡すっていうの？　シュライバーもずいぶん危険な賭けをするのね」

デイヴィッドは肩をすくめた。「そのほうが身を隠しやすいと思ったんだろう」

「あるいは、レヴィとふたりっきりで会うのを避けたのかもしれません」アンリが推理する。

「シュライバーはレヴィを裏切ったんですから」

マディーは座席をぎゅっとつかんで、もっと速く走りなさいよとアンリをどなりつけたくなるのをこらえた。一刻も早くシュライバーを捕まえて、妹を見つけなければ。

「キャシーは無事だ」デイヴィッドが言った。

彼はまだバックミラー越しにこちらを見ていた。ずっと見られていたことと、心を読まれたことに気づいて、マディーは落ち着かない気分になった。

「確認したわけでもないくせに。シュライバーに殺されてるかもしれないのよ？」

「そのつもりなら、グランドケイマンでやっていただろうな。わざわざヨーロッパ行きのチケット代を払う必要はない」

たしかに彼の言うとおりだ。でもマディーは、最悪のシナリオを考えずにいられなかった。

エッフェル塔の近くまで来たところで、アンリはサイレンを消した。無線で部下に連絡すると、レヴィが塔の最上階に向かうのを確認したが、動かずにアンリの到着を待っているとのことだった。

ミニクーパーを駐車し、三人は車を飛び降りて駆け足でエッフェル塔に向かった。行き交う車がタイヤをきしませ、エンジン音をとどろかせて三人をよける。アンリは無線でシュライバー追跡チームと連絡をとっている。

「ターゲットの現在位置は?」アンリがたずね、雑音とともに無線から答えが返ってくる。

マディーはデイヴィッドに身を寄せた。「アンリの部下はなんて言ったの?」

「シュライバーはシャンゼリゼ通りを西に向かっているそうだ。まっすぐこちらに向かっている」

マディーは胸が高鳴るのを感じた。それが恐怖からではなく興奮しているためだと気づいて、われながら驚いた。こんなふうに胸がどきどきするのは、オリンピック目指してトレーニングしていたとき以来だ。

「すごい。逮捕は目前ね」

「いい気分だろ?」デイヴィッドの瞳がきらりと輝き、彼も同じくらい興奮しているのがわかった。

ふたりはいま気持ちを共有している。デイヴィッドの世界にどんどん深く吸いこまれていく気がする。マディーは強烈なエネルギーと困惑に同時に包まれ、息をのんだ。

アンリがエッフェル塔の入場券売場でバッジを掲げ、三人はそのまま売場前を駆け抜けた。

「階段のほうが早いですよ」アンリが肩越しに振り返りながら言い、エレベーターを待つ観光客の一団の脇を通りすぎる。

三人とも一段抜かしで階段を駆け上がった。外はうっとうしい小雨模様で、冷たい風がマディーの頰をたたいた。でも彼女は気にならなかった。シュライバーと、レヴィとかいう男をいまにもとらえんとしているのだ。シュライバーを捕まえたらすぐ、妹になにをしたか白状させてやる。

マディーは胸元で揺れるハートの片割れのネックレスに指で触れた。あきらめちゃだめよ、キャシー。わたしが助けに行くからね。

恐怖に屈するつもりなどないのに、妹が縛られ猿ぐつわをかまされて、真っ暗なクローゼットに閉じこめられている場面を無意識のうちに想像していた。心臓が激しく鼓動を打つ。マディーは両手をぎゅっと握りしめ、唇をかみしめた。

「最悪のパターンばかり考えるな」デイヴィッドの声が聞こえてきた。三人はいま、一階の階段を上り終え、二階にたどり着いたところだ。「きっと無事だ」

どうして考えていることがわかったのだろう。超能力でも持っているのかしら。

アンリがまた無線で話しだす。「レヴィの姿を確認したそうです」彼はマディーのために部下の答えを復唱してくれた。「最上階にいます」

「シュライバーは？」

「こちらに向かっています」

二階からはエレベーターを使わなければならない。幸運にも、二月末という時期のおかげで観光客の姿はまばらだった。アンリがバッジを見せ、列の最前列に誘導してくれたが、エレベーターの到着を待つ間マディーはいらだちを隠すことさえできなかった。普段の彼女なら、エッフェル塔に昇れると聞いたら大喜びだろう。でも今日は、とにかく早くこれを終わらせてしまいたいとしか思わない。最上階にたどり着いたときには、不安のあまり呼吸するのさえつらかった。

「レヴィはいる？」マディーはデイヴィッドにささやいた。

「いまは見るなよ。左手の三〇メートルほど向こうに立っている。赤いベレー帽に、黒の革ジャケットの男だ」デイヴィッドはマディーの肩を抱き、耳元に唇を押しつけて言った。

マディーは身を硬くした。

「新婚旅行中のカップルが観光に来たふりをするんだ」デイヴィッドがなおもささやきかけてくる。

「なんのために？」彼を近くに感じてどぎまぎしながら、マディーはささやき返した。

「カモフラージュだ」

「誰かに訊かれるわけでもないのに？」

「あっちの隅に行こう。エレベーターに背を向けて立つんだ。シュライバーに見破られて、逮捕直前ですべて台無しにされたらかなわない。やつがこっちに来たら、キスするかもしれないから覚悟して」

「キス？」マディーは内心の不安をそのまま映した震え声で言った。

「ああ、仕方ないだろう？　シュライバーの目をくらますためだ」

「なるほど」とうなずきつつ、本当にそれだけの理由かしら、と思う。

「おいでよ、ハニー」デイヴィッドは彼女を隅のほうにエスコートしながら、聞こえよがしに言った「ここから凱旋門が見えるよ」

デイヴィッドは大きな体で、吹き上げてくる風から彼女を守るように立ち、「寒いのか？」と彼女だけに聞こえる小声でささやいた。

たしかに寒かった。でも、震えているのは寒さのせいじゃない。

デイヴィッドがトレンチコートを脱ぎ、彼女の肩に掛ける。それから、また肩を抱いて抱き寄せた。デイヴィッドの体温が彼女の体温と溶けあった。

腰にまわされた彼のたくましい腕の感触。男らしい匂いや、耳たぶをかすめる硬い無精ひげ。そっとコートを掛けてくれる優しさ。

それらに気づくべきじゃないのに、気づくどころかうっとりしていた。

「レヴィがどんな風貌か、見てみても大丈夫かしら？」

デイヴィッドのことを頭の中から振り払い、目の前の状況にふたたび集中するために、マディーはなにかせずにはいられなかった。

「じろじろ見ないように気をつけろよ」

「アンリはどこ？」

「部下と一緒に、日本人観光客の団体の向こうで見張ってる」

マディーは景色を楽しむふりをして、慎重にぐるりと見まわしてみた。左側でアンリが夕バコを吸っており、その隣に部下らしき男性がふたりいる。肩越しに振り返ると、ベレー帽に革のジャケットの男がたしかにいた。男は眉根を寄せ、腕時計をじっと見ている。

シュライバーはどこにいるのかしら？

そのとき、エレベーターの扉が音をたてて開いた。

デイヴィッドにいっそうきつく抱き寄せられ、マディーの鼓動がますます速くなる。

ふたりの視線が絡みあう。

デイヴィッドは彼女に口づけた。

一瞬、マディーは自分たちがエッフェル塔でいまなにをやっているのかさえ忘れた。頭の中にあるのは、強く押しつけられた彼の唇のことだけだ。

膝が震える。デイヴィッドの服越しに、激しい心臓の鼓動を感じる。こんなに寒いのに、彼の体は燃えるように熱く、押しつけられた胸板は信じられないくらいたくましかった。

やがてデイヴィッドは唇を離したが、抱擁はやめなかった。「エレベーターから誰が降りてくるか見て」とささやかれ、マディーは現実に引き戻された。

「わかったわ」

「シュライバーは？」

マディーはエレベーターから降りてくる人の群れに視線を走らせた。シュライバーを見つける手がかりは、妹のロッカーで見つけた写真だけだ。もしもあの男が変装をしていたら、見つけるのは無理だろう。でも、茶色の紙に包んだセザンヌを持っているはず。それを目印にすれば簡単に見つけられる。

だが、高価な絵画にわずかでも似たものを持った人はどこにもいない。

「いいえ」マディーはささやき返した。「でも、三〇代くらいのあばた面にスキンヘッドの男が、レヴィに話しかけたわ。革のジャケットを着た男よ。どくろと交差した骨のいれずみをいれて、ボディピアスをたくさんつけて、鋲《びょう》がいっぱいついたブーツをはいてる」

デイヴィッドが大きく息をのんだ。

見上げると、彼は眉間にしわを寄せて怖い顔をしていた。どうしたの？　マディーは目で問いかけた。

彼はかぶりを振り、レヴィと話しこんでいる男をこっそり盗み見た。

「くそっ」

「どうしたの？　なにがあったの？」マディーが問いただすのと同時に、アンリがデイヴィッドのかたわらにやってきた。彼女は首筋に手をやり、血管が激しく脈打っているのを感じた。

「ジョッコ・ブランコだ」デイヴィッドがつぶやいた。

同時にアンリが言った。「部下から、シュライバーがルーヴル美術館に入ったとの連絡がありました。運んでいた荷物を解いたそうです。中身は、セザンヌではなくてスケッチブックでした」

「くそっ」デイヴィッドは小声でののしりつづけた。「くそっ、くそっ、くそっ」

「なにが起きているの?」マディーは問いかけながら、恐怖がかたまりとなって喉元を圧迫するのを覚えた。

「おれの判断ミスだ。シュライバーの目的はセザンヌの売買じゃない。ルーヴルの所蔵品を盗むつもりだ!」

9

「どうしてわかるの……？」

「それがあいつのやり方だからだ。展示作品をスケッチするふりをして、実際にはセキュリティシステムの下調べをし、最終的にはスケッチした作品を盗む。その上で、自分の描いたスケッチを現場に置いていくんだ」

「あなたをあざ笑っているのね」

「ああ」デイヴィッドは歯ぎしりし、アンリに命じた。「シュライバーがどの作品のスケッチをしているか、部下に確認してもらってくれ」

アンリは無線で部下に指示を出し、答えを待った。その表情が見る間に陰る。「信じられないと思いますよ」

「当ててやろうか。『モナリザ』だろう？」

アンリはうなずいた。「でも、シュライバーもまさかそこまで大胆なまねはしないでしょう」

「いや、あいつならやりかねない。いずれにしても、今回はそうはさせない」

この一〇年間、何度も苦杯を舐めさせられてきて、デイヴィッドはもう我慢の限界だった。これが最後のチャンスだ。シュライバーに勝利は渡さない。計画ならすでに頭の中にある。キャシーに瓜ふたつのマディーを利用するのだ。

「レヴィとジョッコはどうします？」ふたりのほうをあごで指しながら、アンリがたずねてくる。ふたりはまだ会話に夢中で、数メートル先でインターポールとＦＢＩが見張っているのにも気づいていない。

「とりあえずここはあとにして、仕切り直しだ。ただしレヴィにはそのまま捜査チームをつけてくれ。それからジョッコにも見張りをひとり」

「手配済みですよ。やっぱりシュライバーの計画に、ふたりもかんでいるんですかね？」

「その可能性もあるし、セザンヌの一件で裏切られた仕返しを企んでいる可能性もある。あの興奮した様子だと、後者の確率が高いな」

「キャシーはどうなったの？」マディーが口を挟んでくる。彼女は唇をかみ、バッグに入れた胃薬をごそごそと探している。

「ああ、そうだな……」デイヴィッドは無精ひげの伸びたあごを撫でた。「きみにちょっと話がある」

マディーは腕組みして眉をひそめた。「どうぞ、話して」

「ここじゃまずい。昼飯でも食いに行って、ビールを飲みながら話そう」

「もう四時半よ」

「ああ、それじゃ、早めの夕飯ってことで」デイヴィッドはマディーの肘に手を添えてエレベーターのほうに誘導しようとした。彼女は動こうとしない。

「おなかなんか空いてないわ。わたしは妹を捜したいの」

「ちゃんと捜すよ。約束する。その前に力をつけてもらわないと。みんなの足手まといになったら困る」

マディーは納得したようだ。

「簡単なものでいいわ。さっさと済ませて妹を捜しましょう」

「ちょっと行ったところに、うまいフィッシュ・アンド・チップスを食べさせるイングリッシュ・パブがある」

「それでいいわ」

店内は薄暗く、煙たかった。ニコチンの臭いに、デイヴィッドはタバコが吸いたくてたまらなくなった。彼は店員に奥のテーブルをリクエストした。席につくと、フィッシュ・アンド・チップスのほかに、ステーキとキドニーパイを注文した。さらに自分用にギネスの一パイントジョッキも。

「きみは？」

マディーは首を振った。「お酒はあまり飲まないの」

「だったら、いまこそ飲むべきじゃないのかい？　ふたりとも疲れて、いらいらして、旅にもうんざりしてる。飲めば少しは気が紛れるかもしれない」

れる?」

「そうね」マディーはウエートレスに向き直った。「クラウン・ローヤルをストレートでく
「そうきたか」道理で胃薬をキャンディみたいにかじるわけだ。

「どうせ飲むなら思う存分に楽しみたいの」

「楽しむだけならいいけどね。泥酔したりしないでくれよ」

「ウイスキー一杯で泥酔なんかしないわ」

仕方ない。つきあってやるか。ウイスキーなんて久しぶりだが。「じゃあ、こっちもクラウン・ローヤルを」

「さてと」ウエートレスが下がってから、マディーは切り出した。「話ってなんなの?」

デイヴィッドはテーブル越しに彼女を見つめた。ほの暗い照明のせいで、髪がいつもより濃いブロンドに見える。舌の先で舐めた唇が濡れてきらめいている。彼女を見つめるだけで、デイヴィッドは背筋がぞくぞくするのを覚えた。

マディーが右の耳にほつれ髪を掛け、オパールのイヤリングが光る耳たぶがのぞいた。彼女は自分の美しさに気づいているのだろうか。

やがてウエートレスが飲み物を持って戻ってきた。デイヴィッドはウイスキーを口にし、なめらかな熱い炎に喉を焼かれる感覚に顔をしかめた。マディーは人差指でグラスの縁をなぞっている。

何度も、何度も。

デイヴィッドはうっとりと、彼女の指先がグラスを撫でるのを見つめた。あんなふうに優しく肌をなぞられたらどんな感じがするだろうと、想像せずにいられない。

「今後の作戦は？」

「ああ、まさにその話をしたいと思っていたんだ」と言いながらデイヴィッドは、どこから始めるべきか頭を巡らした。

「話してよ」

デイヴィッドは彼女をなだめるように両手のひらを広げた。「おれの話は、きみにとってすごく不愉快な内容だと思う。でも、怒らないで最後まで聞いてほしいんだ。それができるかい？」

マディーはグラスを手にし、まばたきひとつせずにゆっくりと中身を飲み干した。

デイヴィッドは驚き、たじろいだ。負けず嫌いの自分が、よりによって大酒飲みコンテストで女性に勝利を譲るわけにはいかない。彼も残りのウイスキーを一気に飲んだ。

「わかったわ。話して」とマディーが言ったところへ、ウエートレスがフィッシュ・アンド・チップスを持ってきた。「ありがとう、ついでにクラウン・ローヤルをもう一杯お願いね」

「かしこまりました。そちらは、おかわりはよろしいですか？」

「おれはダブルで」デイヴィッドはわざとマディーを見つめながら注文した。

「じゃあ、わたしもダブルにして」彼女は目をそらさなかった。

「ダブルをふたつですね。すぐにお持ちします」

マディーはタラのフライにモルトビネガーをかけ、おいしそうに食べ始めた。デイヴィッドはその食べ方が大いに気に入った。ピンク色の舌の先が唇についた食べかすをすくいとるさまが、なんとも言えずセクシーだ。

見とれていたせいで、自分がなにをしようとしていたのかさえ忘れてしまった。ウイスキーのおかげで体が温まって気持ちがいい。彼はほろ酔い気分を楽しんだ。

「どうしたの？　早く話してよ。わたしを怒らせたいんでしょう？」

厄介なことになるとわかっていても、彼は遠まわしに言うタイプではない。「キャシーはパリにいないんだ」とストレートに切り出した。

口元にフライドポテトを運ぼうとしていたマディーの手が途中で止まる。「は？」

「キャシーはパリにいないんだ」と繰り返す。

「じゃあ、どこにいるの？」

デイヴィッドは咳払いした。「マドリード」

「なんですって？」というマディーの声は低く抑えられたものだった。その声音から、怒っているどころの話じゃないのだとわかる。視線で人を殺すことができるなら、いまごろ彼は全身を四〇カ所くらい刺され、さらに一〇カ所くらい撃たれているだろう。

「シュライバーはパリに来た。キャシーはマドリードに行った」

「いつそれを知ったの？」マディーはポテトを皿に戻し、その手を握りしめた。

おれをめちゃくちゃに殴りつけたいんだな。

そう思った瞬間、なぜか奇妙な興奮を覚えた。理由はさっぱりわからないが。

「空港に着いてすぐ」

「なるほど」マディーは歯を食いしばった。「怒らないで最後まで聞くと約束したんだったわね。どうぞ、つづけて。どうしてわたしを騙したのか、理由を聞かせてよ」

「おれはこっちで、シュライバーがレヴィにセザンヌを渡すところを逮捕するつもりだった。キャシーのことを話したら、すぐにマドリード行きを要求されると思った」

「当然だわ」

デイヴィッドは思案顔で左右の指先を合わせた。「おれと取引をしよう。シュライバーをわなにはめる方法を思いついたんだ。そのためにはきみの助けがいる。手を貸してくれるなら、キャシーへの容疑をすべて撤回すると約束する」

「そもそも、あなたが妹を雇わなければ容疑もなにもなかったはずでしょう? 責任はあなたにあるのよ」マディーは懸命に怒りを抑えようとしている。首筋の血管が脈打ち、妙に一語一語丁寧に発音しているから、一目瞭然だ。

「でも、シュライバーと一緒に逃げろとは言っていない」

「シュライバーに従うしかなかったんじゃない。あの子は被害者よ」

「だとしたら、シュライバーがここにいるのに、どうして彼女はマドリードに行ったんだ?」

返す言葉が見つからず、マディーはデイヴィッドをにらみつけ、腕組みした。「妹はセザンヌを盗んでない」

「キンベル美術館の職員はそうは思ってない」

「あなたもでしょう？」

「だから、彼女が無罪放免になるチャンスをあげると言ってるんだ。シュライバー逮捕に協力してくれるなら、キャシーのことは忘れよう」デイヴィッドは椅子の背にもたれ、マディーの顔をじっと見つめながら、どうか彼女がこの計画に乗ってくれますようにと祈った。ウエートレスが飲み物のおかわりを運んでくる。マディーはダブルのウイスキーをジュースみたいに飲み干した。グラスをテーブルに置き、すぐに同じものをおかわりした。

「少しペースを落としたほうがいいんじゃないか？」

マディーは彼のグラスに視線をやり言った。「あなたの企みに同意させたいのなら、わたしの飲みにつきあったほうがいいと思うけど？」

「飲み比べってわけか？」

マディーは肩をすくめた。

腹が立つが、やっぱり彼女は最高だ。他人のペースで飲むのは気が進まないが、つまらない男と思われるのもしゃくに障る。デイヴィッドはウイスキーをぐいっとあおり、喉を転がり落ちる熱い刺激と、頭がぐらっとくる不快感に顔をしかめまいとした。

「彼にも同じものをお願いね」マディーは待ちかまえているウエートレスに言った。

一瞬、視点が定まらない感覚に襲われたが、デイヴィッドはすぐに平静さを取り戻した。マディーがカナリアを狙う猫みたいな目でこちらをじっと見ている。きっと根性なしと心の中で笑っているのだ。ひょっとすると、ものすごい大酒飲みなのかもしれない。でも、彼女みたいに心配性の慎重派がこんなにアルコールに強いなんて、誰が想像できただろう。まあいい。なんとかなるさ。意識をしっかり持って、集中しろ。デイヴィッドは自分に言い聞かせながら、目をしばたたき、マディーに向かってほほ笑んでみせた。

するとと彼女はほほ笑みを返し、はにかみがちに目を伏せた。ひょっとして、おれと同じくらいセクシーな気持ちになっているのか？　デイヴィッドは胸を躍らせた。花柄のブラウスに包まれたみごとな胸に、思わず視線が行ってしまう。そんな自分をたしなめながら、やっぱりちらちらと見ずにいられなかった。

「それじゃあ」デイヴィッドは言い、危うく舌がもつれそうになるのをこらえた。「おれの計画を説明しよう。きみにキャシーの替え玉を演じてほしい。そんなに難しくないはずだ。もう少しセクシーな服を着れば楽勝」

キャシーが好んで着るような露出度の高い服に身を包んだマディーがそのへんを歩きまわる姿を想像して、デイヴィッドは全身を熱くした。だがこの計画を成功させるには、シュライバーにマディーをキャシーだと勘違いしてもらわなければならない。キャシーの普段の服装は、タイトなミニスカートにピンヒール、おへそが丸見えのブラウスだ。

「それから？」マディーは首をかしげ、いぶかる顔でデイヴィッドを見つめた。

おかしいな。彼女、一五分足らずの間にウイスキーのダブルを三杯も飲んだのに、ちっとも酔っていない……。

「シュライバーの宿泊先はオテル・ド・ルーヴルだ。アンリの部下たちがまだ厳重な見張りについている。やつの部屋に行き、キャシーのふりをして、プラドで働いている友人からルーヴルの警報装置を解除するデジタルコードを教わったと言うんだ。プラドとルーヴルは、同じセキュリティシステムを導入している。やつはきみの話を信じるはずだ」

「そのあとは？」

「シュライバーと一緒にルーヴルに侵入し、『モナリザ』を盗め」

「犯罪者になれっていうこと？」

「インターポールとFBIの指揮下でね。逃げ道はわれわれが手配する。それから、シュライバーがレヴィにブツを渡す現場を押さえる」

「どうしてシュライバーがレヴィに『モナリザ』を渡すってわかるの？」

「シュライバーのところに行く前に、きみはレヴィに電話をかける。そして大金持ちの伯爵夫人のふりをし、絵画コレクター仲間から紹介された、娘の誕生日に特別な作品を贈りたいので、掘り出し物があれば取引したい、と言う。レヴィなら、その掘り出し物とやらをどこで入手できるか知っている」

「シュライバーね」

「そのとおり」

「でも、エッフェル塔まで追われた直後で、レヴィも警戒しているんじゃない？　見張りに気づいているはずよ」

「レヴィには常に見張りがついているんだよ。ヨーロッパではナンバーワンの盗品仲買人だからな。絶えず見張られていると自分でわかっているはずだ。いつものパターンくらいにしか思わないだろう」

「わからないわ」マディーは首を振った。

「なにが？」

「あなたを信じることができないの。いったん妹を見限ったあなたが、同じことを繰り返さないとどうしてわたしにわかる？」

「見限ったのはきみの妹だ。おれじゃない」

「それに、わたしもシュライバーに夢中になってしまうかもしれないわよ？」

マディーは人を困らせて楽しんでいるのだ。酔いかけの脳みそでなければ、デイヴィッドだってもっと早くそのことに気づいただろう。彼はマディーの最後の言葉は無視することにした。

「つまりこういうことだ。きみがシュライバー逮捕に協力してくれるのなら、妹は無罪放免。協力してくれないのなら、彼女を共犯者とみなす」

「もうひとつ選択肢があるわ」ウエートレスがふたりにおかわりを持ってくるのと同時にマディーは言い、グラスを掲げた。「乾杯」

それで彼女の協力が得られるのなら、喜んで飲んでやろう。デイヴィッドはグラスを持ち、「乾杯」と応じた。

ふたりはそろってグラスを一気に空けた。

だがデイヴィッドは口に含んだ酒をなかなか飲み下すことができなかった。頭の中がぐるんぐるん回っているのにいったいなにをやっているんだよ、とはらわたがぼやく。目も回るし、全身がカッカする。トイレに行かないとまずいなと思ったが、立ち上がるのが怖かった。

マディーは向かいの席で穏やかな笑みを浮かべている。デイヴィッドは視界がぼやけてくるのを感じた。きみってなんてきれいなんだと言うつもりが、口から出てきたのは、「ひみって、なんてひれいなんら」だった。

「もう一杯よ」マディーは身を乗り出し、デイヴィッドの耳に唇を押しつけてささやいた。「もう一杯ダブルをつきあってくれたら、あなたの計画に乗ってあげる。キャシーの替え玉を演じて、シュライバーと一緒にルーヴルに侵入するわ」

「いいよお」デイヴィッドはでれでれになった。ひょっとするとマディーは、彼をホテルに連れ帰り、好きなようにするつもりなのかもしれない。そうなったら、もちろん抵抗する気はない。

マディーがウエートレスに身振りでおかわりを注文し、数分後にダブルが二杯運ばれてきた。

「ぐいっといって」マディーがささやいた。

デイヴィッドはすでにグラスを口元に運ぶのもおぼつかない状態だ。唇はいったいどこだ？ 麻痺して感覚がないぞ。

最後の一杯を飲み干すマディーの喉元をじっと見つめる。

おまえそれでも男か？ この根性なし——こんな面倒に引きこんだあのいまいましい悪魔がささやく。

やっとの思いでグラスを口元に運んだ彼は、目を閉じて中身を飲み干した。「うぃーっ」

マディーの唇がひくひく動いている。笑いを必死にこらえているのだ。

「なにがそんなにおかしいんら？」デイヴィッドはまわらない舌でたずねた。

「選択肢はもうひとつあるって言ったの、覚えてる？」

デイヴィッドはうなずいた。少なくとも、自分ではうなずいたつもりだ。「ろんな選択肢ら？」

「あなたを酔いつぶし、わたしはマドリードに飛ぶ。妹を捜しだしてふたりでアメリカに帰るの」

「おれが酔いつぶれるわけないらろ」と言いながらデイヴィッドは、椅子の上でがくんと上半身を揺らした。

「もうつぶれてるみたいよ」

「なにを言うんら？」デイヴィッドは椅子を後ろに引き、のろのろと腰を上げた。「ほら見ろ、らいじょうぶら」

「そうね、大丈夫みたい」マディーは立ち上がり、ショルダーバッグを手にした。

「おい」デイヴィッドは人差指で彼女をさそうとしたが、いまいましいことに手元がおぼつかず位置が定まらない。「ろこに行くんらよ?」

マディーは手を振って出口に向かう。

「待つんら!」あとを追おうとした途端、目の前に床が迫ってきた。

彼はどさっという音とともに木の床に倒れた。鼻先にフライドポテトが散乱していた。片手を差し出していなかったら、頭蓋骨が割れていたかもしれない。目を開けると、鼻先にフライドポテトが散乱していた。

マディーがかたわらにしゃがみこんだ。

「そうそう。言い忘れてたみたい。わたしが普段お酒を控えているのはね、肝臓の酵素に突然変異性の代謝異常があるからなの。そのせいで、どんなにたくさん飲んでもちっとも酔っぱらわないのよ。だから飲んでも意味がないわけ。どこかの誰かを酔っぱらわせたいときは、話が別だけど」

デイヴィッドはうめいた。

「それと、空港でご自分が言ったことを覚えてる? 仕返しなんて卑怯なまねは考えないで」

マディーはすっくと立ち上がり、さっさと出口に向かった。デイヴィッドが手を伸ばし、足首をつかむ暇もなかった。

気を失う寸前、デイヴィッドはマディーがウエートレスにこう言うのを聞いた。「勘定は彼が払うわ」

デイヴィッドに嘘をつかれたのでなかったら、マディーはあんなふうに飲ませたことを申し訳なく思っただろう。飲み比べで男性を負かすのはこれが初めてではないが、いままでは必ず、代謝異常のことをあらかじめ相手に打ち明けていた。

とはいえ、嘘をつかれたのでなかったら、そもそも酔いつぶす必要もなかったのだ。

自分の信じがたい才能に気づいたのは、ほんの偶然からだった。大学生のころ、キャシーはテキーラ一杯で出来上がってしまったのに、マディーはボトル一本飲んでも、中に入っている芋虫を飲んでも、ちっとも酔わなかったのだ。二一歳のころ、この便利な才能を生かして少々稼いだ時期もあったが、それ以降はまったく活用していなかった。

今日という日まで。

マディーはあごをぐっと上げ、アンリが用意してくれたホテルに向かった。部屋に入ると時刻表を調べ、次のマドリード行きの高速鉄道を予約した。一時間弱で荷物をまとめ、駅に向かわねばならない。クラウン・ローヤルで泥酔したデイヴィッドが目を覚ますころには、彼女はすでにスペインに到着しているだろう。

時間がないのでエレベーターには乗らずに階段を駆け下りた。片手にはパリの地図、もう一方の手には小型のスーツケース。

ありえない！　デイヴィッドときたら、わたしが妹のふりをしてシュライバーを騙すというばかげた企みに協力すると本気で思っていたの？

つまり、少なくともわたしのことは信じていた？

まさか。ヤケになっていただけに決まっている。

マディーは丸石敷きの広場を足早に突っ切り、照明を浴びてきらめく噴水の前を通りすぎた。夕闇が迫って灯りがともされ、街はきらびやかな輝きに包まれている。

ルーヴル美術館の階段のところで、手袋にフード付ジャケットで防寒した一団が半円になってなにかを見物している。脇を通るとき、パントマイムを見ているのがわかった。

マディーは身震いした。パントマイムが大嫌いなのだ。無言で動くさまが、気味が悪くて仕方ない。

パントマイマーは真っ赤なかつらにシルクハットをかぶっている。例のごとく顔は白塗りで、服装は黒のズボンに太いサスペンダー。黒のシャツには白の横ストライプ。足元に置かれたCDプレーヤーから、パリのキャバレーでよくかかる悲しい恋の歌が流れてくる。地面にブランケットが広げられており、見物客の投げたコインがちらほらと見えた。

こんなふうにして生活費を稼がなくちゃならないなんてみじめね。マディーは思いながら、近くに寄りたくないので左によけた。

ところが、すり足で前に進み出たパントマイマーに行く手をふさがれてしまった。

マディーは一瞬だけ鷹揚な笑みを浮かべ、内心でつぶやいた。ちょっと。あなたの仕事に敬意は払えないけど、だからってあなたと共存不可能とは思っていないわよ。というわけで、とっとと消えてくれる？

マディーは脇にどいた。

パントマイマーも無表情のままそちらに移動した。

マディーは軽く身をかがめて左にどくと見せかけ、右にさっと動いた。

パントマイマーは引っかからなかった。

マディーは咳払いをし、唯一知っているフランス語を口にした。「すみません《エクスキューゼ・モア》」

パントマイマーは一向にどこうとしない。それどころか、首をかしげ、異星人の行動を観察する人類学者みたいに彼女をじろじろと見ている。

マディーはまた左に動いた。

パントマイマーもまったく同じように移動した。

どうしてこんな人にからかわれなければならないのだろう。マディーは相手の胸元に手をやり、どんと押した。

すると今度は胸で押し返された。

愚かな見物客が、手をたたき、歓声をあげて大喜びする。

「どいてよ」マディーは強い口調で言った。

パントマイマーは口の動きだけで彼女のせりふをまねながら、両手を大きく振って「どいて」というジェスチャーをしてみせた。

マディーは右に飛んで一気に駆けだそうとした。だが相手はさっと後ずさり、真正面に立ちふさがった。どこかで時計が鳴り、時刻を告げる。鐘は六回尾を引くように鳴った。予約した列車は六時二〇分発で、駅までは二キロ近くある。タクシーに乗らないと間に合わない。急がなくちゃ。こんなことをしている暇はないわ。

彼女の表情を見て、すかさずパントマイマーは腰に両手を当て、どうしましょう困ったわというふうに、大げさにお尻を左右に、頭を前後に振りだした。

ついに腹に据えかねて、マディーはスーツケースを地面に下ろすと、キックボクシングのポーズをとった。「かかってきなさい。今日はもう傲慢野郎をひとり倒してきたんだから。あとひとりくらい楽勝よ」

パントマイマーはまた彼女のまねをした。両手を握りしめ、彼女とまったく同じように胸の前に構えた。そして、人をあざ笑うような笑みを浮かべた。

見物客がわき返る。

マディーは恥ずかしさに顔を真っ赤にした。いいかげんにしてよ。こんなやつにばかにされる筋合いはないわ。

どこかに警官はいないの。周囲を見渡したがいなかった。警官というものは、必要なときにいないのだ。

パントマイマーが彼女の胸をじっと見つめ、その目を細める。この変態。

つづけて相手はとんでもない行動に出た。片手を差し出したかと思うと、胸元で光るハートの片割れのネックレスをつかみ、ぐいっと引っ張ったのだ。

細いチェーンがぷちんと切れた。

ようやくパントマイマーの意図がわかった。ネックレスを盗むための策略だったのだ。

マディーはかんかんになった。誰にもネックレスに手を出させはしない。彼女は唸り声をあげながら両手を胸の前に構え、同時に相手に飛びかかった。

まさにクオーターバックに飛びかかるディフェンシヴ・エンドだ。ふたりはもつれあうようにして地面に転がった。マディーはパントマイマーの胸の上にまたがり、相手の首を両手でつかんだ。一言発するたびに、相手の頭をガンガンと石畳に打ちつけた。

「わたしの」ガン！

「ネックレスを」ガン！

「とっとと」ガン！

「返しなさい！」ガン！

見物客が息をのむ。

そのときマディーは、うなじに指が触れるのを感じた。誰かが襟をつかんで、朦朧とした状態のパントマイマーから引き離そうとしているらしい。「そのくらいにしろ。マルセル・マルソーが死んじまうぞ」

「こいつ、わたしのネックレスを盗んだのよ」マディーは両腕を振りまわしながら吠えた。あのネックレスを取り返すためなら、相手が誰だろうと容赦しない。

「マディー」すっかり血の上った頭に、聞き慣れた声が飛びこんでくる。襟をつかんでいるのがデイヴィッドだということに、彼女はやっと気がついた。「これを取り返すためか？」

くるりと振り返り、デイヴィッドをにらみつける。足元がこまのようにおぼつかず、目は血走り、吐く息は酒臭かったが、その手にはしっかりとネックレスが握られていた。

「そうよ。こいつが、わたしの首から引きちぎったの」マディーは息を切らしながら訴え、パントマイマーを指さそうと振り向いた。

だが男はすでに消えていた。人ごみの中に、逃げていく男のシルクハットと真っ赤なかつらが見え隠れするだけだった。

10

パントマイマーのことがどうも引っかかる。だがデイヴィッドは、ひどく酔っぱらっていてなにがそれほど気になるのかわからないし、そもそも男と正面から向きあうには遅すぎる。とっくに逃げられてしまったのだから。

それに、マディーが目の前にいる。自分の手元に。デイヴィッドは二度と彼女を逃がすつもりはなかった。

ポケットから手錠を取り出す。なにをしようとしているのか悟られる前に、手錠の一方を彼女の右手首に、もう一方を自分の左手首に素早くはめた。こうして自分につないでおくしか方法はなかった。彼女が逃げようとしたら、いまのデイヴィッドにあとを追うことはできない。

「ちょっと!」マディーは抗議し、警戒する表情になった。「なにするの!」

見物客が手をたたく。

マディーは彼らに向かって舌を出してみせた。

今度はヤジが飛ぶ。

「来いよ」デイヴィッドはホテルの方角に歩きだした。「外国まで来て騒ぎを起こすな」

マディーはかかとに力をこめて踏ん張った。

「世話を焼かせるなよ」デイヴィッドは唸るように言った。「さもないと、見物客に引き渡すぞ。そうなったらきみはものの数分でミンチにされる。フランス人にとってパントマイマーは大切な財産だからな」

「あなたと一緒になんか行かないわ」

「行くんだよ」デイヴィッドはやっとの思いで腰を折り、地面に転がったマディーのスーツケースを持ち上げると、ホテルの方角に彼女を引っ張った。

「ファシスト」

「憎まれ口はたくさんだ」デイヴィッドは言いながら、舌がうまくまわらず、胃がむかむかし、頭がバスドラムみたいにがんがんいうのを覚え、それを気づかれまいとした。彼女にしてやられたショックから、まだ立ち直れない。

しかも、これで二度目だ。

「どこに連れていくつもり？」

デイヴィッドは歯ぎしりした。「ずる賢くて冷酷なきみのおかげで、今夜のおれはシュライバーを追える状態にない。ホテルで休んで酔いをさますしかない。ただし、そのあとはおれの言うとおりにしてもらう。朝になったら、きみはシュライバーの部屋に行き、キャシーのふりをして、ルーヴルに侵入するのを手伝わせてくれと言うんだ。わかったな？」

「わたしがずる賢い?」マディーは横目で彼を見た。

「ああ」デイヴィッドが答えると、マディーはまんざらでもないという顔になった。

彼女はそれきり抵抗するそぶりは見せなくなり、手錠でつながれたままシャンゼリゼ通りをついてきた。行き交う人たちが、好奇に満ちたまなざしを向けてくる。デイヴィッドはいったん立ち止まり、トレンチコートを右肩から脱いで左腕に掛け、手錠を隠した。

「ただし」とあらためて口を開く。「冷酷でもある」

「わたし、冷酷じゃないわ」

「へえ、そう? 代謝異常を利用して男を酔いつぶした挙句、パブに置いてきぼりにするのが冷酷じゃないっていうんだ? あんまりいい行いとは思えないけどね」

「適当なことばっかり言わないで」マディーはデイヴィッドをにらみつけた。

こんなに酔っていなければ、マディーとの口論を楽しめるのに。デイヴィッドは残念に思った。楽しむどころか、一言発するごとに、脳天をつるはしで直撃されるような激痛が走る。半分固まったセメントの上を歩くみたいに足が重い。その上、考えようとするたびに脳みそが悲鳴をあげる。

いまはとにかく、早くホテルに着き、ベッドに倒れこみ、泥のように眠りたい。シュライバーのことは、このひどい酔いがさめてから考えよう。

だがマディーは、まったく別のことを考えているらしい。

「やっぱり、マドリードに行ってキャシーを捜すべきだと思わない?」と言葉巧みに自分の計画に誘いこもうとする。

「だめだ」

「どうして?」

「きみのせいで、危うく意識を失うところだったんだ。きみはおれに貸しがある。大いにね」

ありがたいことに、話が終わると同時にホテルの前に到着した。デイヴィッドは急いで中に入ろうとして縁石につまずいた。マディーが手錠を引っ張ってくれなかったら、今日二度目となる地面へのヘディングシュートを決めていただろう。

「やっぱり、あなたの言うことにも一理あるみたい」とマディーは言った。

そのあと階上までどうやって行ったのか、デイヴィッドは覚えていない。自分の部屋の前に着くと、彼はマディーのスーツケースを廊下に置き、カードキーを差しこむのに悪戦苦闘し始めた。

「なにしてるの?」

「部屋に入るんだよ」

「手錠を外してくれないと、わたしの部屋に行けないわ」

「外さない」デイヴィッドは膝の力が抜けるのを覚え、ドアにもたれかかったまま、へなへなと床にしゃがみこんだ。パブの床から起き上がりここまで歩いてこられたのは、ただただ精神力ゆえだった。「今夜は同じ部屋に泊まるんだ」

「あなたと？　同じベッドで？」

「そんなにあわてるな。きみに変なことをしたくても……いや、したいわけじゃないが……ウイスキーのせいでハーマンは昏睡状態だから」

「ハーマン？」

デイヴィッドは自分の股間を見つめてから、マディーを見上げ、眉をつりあげておどけてみせた。少なくとも自分では眉をつりあげたつもりだ。でも自信はない。顔面の感覚が完全に麻痺していてよくわからない。

「やだ。自分のあそこをハーマンって呼んでるの？　ああ、やめて。返事は聞きたくないから言わないで」

デイヴィッドはにんまりとした。「ウケた？」

「全然」

デイヴィッドは手を伸ばし、あらためてカードキーをドアに差しこもうとしたが、どうにも視点がぼやけて定まらない。仕方がないので片目をつぶってみた。

うん、このほうがまだいい。だが身を乗り出すとまた倒れそうになった。

「もう、役立たず。わたしに貸して」マディーがカードキーを取り上げ、さっとドアに差しこむ。

あれだけのアルコールを摂取しながら涼しい顔をしてるのが、やっぱり信じられない。本当にすごい女だ。

彼女を引っ張るようにして室内に入ったデイヴィッドは、一直線にベッドに向かい、顔から倒れこんだ。枕に頭がつく前に、すでに深い眠りに落ちていた。

ベッドのかたわらに立ったまま、マディーは手錠の先の大きな体をじっと見おろした。枕に顔をうずめて小さくいびきをかきながら、左腕を宙に上げたまま熟睡している。トレンチコートが、ふたりをつなぐ手錠を隠している。

まったく結構なことだ。腹が立つほどセクシーな捜査官と、手錠でつながれてホテルの一室にいるとは。

でも自業自得だ。計画が裏目に出ただけ。あのいまいましいパントマイマーのおかげで。だけど、少なくともネックレスは取り返すことができた。マディーは自由なほうの手をポケットに入れ、ハートの片割れをぎゅっと握りしめた。ひんやりとした感触に気持ちが落ち着いていく。

キャシーはきっと無事だ。とにかくマディーはそう自分に言い聞かせた。

目下の問題はデイヴィッドをどうするかだ。

一晩中こうして立っているわけにはいかないし、あれだけのウイスキーを飲んだのだからデイヴィッドも数時間は動けないだろう。それにしても、よくぞパブの床から起き上がり、彼女がパントマイマー殺しの第一級殺人罪に問われる直前にあらわれてくれたものだ。不屈の精神力のたまものね。マディーもそれは認めた。

それに、あの粗野で乱暴なところもキュートでたまらない。

マディーは小首をかしげ、どうやったら彼の隣に横になれるかしらと思案した。せめて、仰向けに倒れてくれればよかったのに。

そろそろとベッドによじ登り、うつぶせに横になる。ベッドカバーに頬を押し当てながら、以前読んだホテルのベッドカバーに関するおぞましい記事について考えまいとした。細かいことでぐだぐだ言わないの。流れに身を任せればいいのよ。というキャシーの声がふいに聞こえてくる。人生、なにもかも自分の思うとおりにはいかないんだから。

とはいえ、流れに身を任せるのはキャシーの専売特許で、マディーの得意とするところではない。彼女は気を紛らわせるため、デイヴィッドの後頭部を観察することにした。うなじがとてもきれいだ。それに、短く切った髪も好もしい。首はたくましいが、太すぎるわけではない。耳たぶはとても立派だ。耳たぶは大きいほうがいい。小さいと、かみつきがいがない。

マディーは肘をついて身を起こしたくなるのを懸命にこらえた。身を起こし、おいしそうな耳たぶを口に含み、そっとかんでみたくてたまらない。

思わず下腹部が熱くなり、全身がほてってくる。

なんてこと!

わたし、いったいどうしちゃったんだろう。こんなことなら、ベッドカバーについた染みについて考えるほうがまだましだ。そうでないと、彼をベッドから蹴落としたい気持ちと、ぎゅっと抱きしめたい気持ちの狭間で悩みつづける羽目になる。

頭がヘンになりそう。マディーはなにも考えないことにしようと思った。さっさと目をつぶって、眠ってしまおう。

そう、それが一番。

と思うのに、どうして目を開いたままなんだろう。

マディーは足をもぞもぞと動かしてナイキを脱いだ。ころん、ころん、と片方ずつ床に落ちる音が聞こえる。その間も彼女は、デイヴィッドの首筋から広い肩、胸へと下りていくなだらかな曲線をじっと見つめていた。

シャツの上からでも、鍛えあげられた筋肉の隆起が見てとれる。

ばかね！　早く眠りなさい！

マディーは手錠に掛けられたコートをそっと引き上げて自分の肩に掛け、それで暖を取ると同時に、ふたりの間にバリアを張ろうとした。眠っている間にいきなり襲われる心配はないだろう。なにしろ彼は熟睡している。だから、恐れているのはそのことではない。自分の指が、無意識のうちに彼のほうに忍び寄り、たくましい体をまさぐりだすのではないかと心配なのだ。

彼の匂いに鼻孔をくすぐられ、次から次へと妄想がわいてくる。匂いを嗅ぐだけで、ゆうべの飛行機の中での出来事、思いがけないキスの味がよみがえってくる。あんなふうにうっとりさせられるキスは、生まれて初めてだった。

もっとしたいと思ったのも。

でも、どうして彼に、こんなにも興奮させられるのだろう。しかも、よりによってこんなときに。まったくタイミングが悪いとしか言いようがない。それに、こんな傲慢で、横暴で、負けず嫌いな男。

だけど、勇敢で、優しくて、寛大でもある。

認めなさい、マディー。あなたはこの状況を楽しんでいるのよ。

悔しいがそのとおりだ。だが、それをデイヴィッドに知られてはならない。

それにしても、男の人と一緒にベッドに寝るなんて本当に久しぶりだ。その心地よさを彼女はすっかり忘れていた。胸がどきどきするのもきっとそのせいだ。デイヴィッドだからというわけではない。

そうそう、その調子。そうやって自分に嘘をつきつづけていれば大丈夫。

そのとき不意に、デイヴィッドの上着のポケットに入れられた携帯電話から、『ドラグネット』のテーマソングが流れてきた。

「ねえ、デイヴィッド」

彼は動かない。

「ジョー・フライデー（『ドラグネット』の主人公の刑事）から電話よ」マディーは彼の肋骨のあたりを指先でそっとなぞった。「起きてよ。アンリからシュライバーに関する報告かもしれないわ」

うめき声ひとつあげない。

お尻を膝で突いてみる。「ねえ、起きてったら」

この電話がキャシーからだったらどうしよう？

そう思った瞬間、マディーは自由なほうの手で、無我夢中になって彼の上着のポケットをまさぐっていた。

電話が切れませんように、どうかお願い。マディーは無言で祈った。

ようやく携帯電話を見つけ、片手でぱちんと開ける。「もしもし」

「こんばんは《ボンソワール》、マドモアゼル・クーパー」というアンリの声が聞こえてきて、マディーの希望はついえた。

「こんばんは、アンリ」

「デイヴィッドと代わっていただけますか？」

マディーは肘をついて身を起こし、デイヴィッドを見おろした。完璧に酔いつぶれている。

「それが……ええと……」ここでアンリに、彼が酔って寝てしまったと言うのははばかられる。「気分がすぐれないみたいで」

「なるほど」

アンリの声は、笑いをかみ殺しているように聞こえた。なにがそんなにおかしいのだろう。

「メッセージがあれば聞いておくけど？」

「いいえ、シュライバーとレヴィをわなにかける計画に、あなたの同意を得られたかどうか知りたかっただけですから。こうして電話に出ているということは、協力してくださるんでしょう?」

マディーはため息をついた。どうやら、選択肢はあまりないらしい。「まだ決めかねてるの」

「お気持ちはわかりますよ。ふたりを騙すのは、相当勇気がないと無理ですもんね。デイヴィッドも自分の口からは言わないでしょうけど、内心では協力してもらえればありがたいと思っているはずですよ。もうずっとシュライバーを追っていて、いまだにあきらめていないんですから。絶対に負けを認めたくないんですよ」

「それにしても、この事件にずいぶん力を入れているのね」

「キャロライン伯母さんの話、彼に聞いてないんですか?」というアンリの口調から、ふたりの本当の関係を探ろうとしているのだとわかった。

「聞いてないわ」マディーは正直に答えた。

彼はためらいがちに話しだした。「わたしが言うべきことかどうかわからないんですが。それに、わたしが知っていることもほとんどがうわさですしね。当のデイヴィッドがあまり話したがらないので」

「彼の計画に乗る羽目になるなら、わたしも是非知っておく必要があると思うけど」

「そうですね」アンリは長い沈黙ののちに言った。「でも、デイヴィッドにはわたしから聞いたと言わないでくださいよ」

「わかったわ」

「デイヴィッドが大学生のとき、事件は起こりました。三年生になったばかりのときです。彼は美術史を専攻していましてね」

「デイヴィッドが、美術史？」

「ええ、当時はね。伯母さんの事件がきっかけで、警察官の道を歩むようになったんです」

マディーは全神経をアンリの言葉に集中させた。アンリの英語はかすかにフランスなまりがあるし、携帯電話だから雑音も入る。でも、一言も聞き漏らしたくなかった。アンリの話を聞けば、デイヴィッドの弱点がわかるかもしれない。これから頑固者のデイヴィッドとやっていくには、彼のことをよく理解しておいたほうがいい。

「ずいぶん思いきった方向転換をしたのね」マディーは耳をそばだて、全身に緊張を走らせながら言った。「美術史から、警察関係なんて」

「方向転換ってわけじゃないんですよ。デイヴィッドは、どちらに進むべきか常に迷っていました。彼の母親とキャロライン伯母さんは、上流階級の出身なんです。でも、長年の間に一族の財産を食いつぶしてしまい、最後に残ったのは一枚のレンブラントの絵だけ。父親は軍の情報将校で、息子の軍隊入りを切望していたんですが、母親がそれに猛反対した。そしてご両親は、彼が一二、三歳のときに亡くなった。彼を引き取ってくれたのがキャロライン伯母さんだった。伯母さんは彼に、亡き母の希望どおり美術品商になることを勧めた」

「そんなお上品な一面があるとは全然思えないけど」マディーはつぶやき、熟睡しているデイヴィッドに目をやった。「どこからどう見ても、血に飢えた戦士って感じだわ」

「タフガイな見た目に騙されちゃいけませんよ。他人に対してなかなか警戒心を解かない男ですけど、実はとても繊細な心の持ち主なんです」

アンリの言葉に、マディーは胸の中が温かくなってくるのを覚えた。デイヴィッドが粗野で傲慢でいばり屋なだけの男でないと知って、なぜかとても嬉しい。

「デイヴィッドが学業に励んでいるころ、キャロライン伯母さんはメトロポリタン美術館のボランティア活動を通じて、ひとりの若い男と知りあいました。ずっと年若いその男は、伯母さんに言い寄り、伯母さんの目と鼻の先でレンブラントを盗みました。老後の貯えとして、そして甥への遺産としてとっておいたレンブラントを」

「なるほど。その若い男というのが、ペイトン・シュライバーなのね」

「ええ。窃盗の計画を立てた仲買人がジェローム・レヴィです。そしてわれわれは、レヴィがいまもレンブラントを大事に持っていると確信しています」

「だからデイヴィッドは、あのふたりをずっと追っているのね」

これで、キャシーを情報提供者として雇った理由がわかった。デイヴィッドは負けることが大嫌いだ。それなのにシュライバーには、一〇年近くも苦杯を舐めさせられてきた。さぞかしつらかっただろう。

「シュライバーが身を潜め、レンブラントを売った金で遊び暮らしている間に、デイヴィッドはＦＢＩ捜査官になり、美術品窃盗事件の専門になりました」

「復讐のためね」

「正義のため、と言ったほうが妥当でしょうね。それだけ伯母さんのことを大切に思っているんですよ。彼を引き取ってくれたんですから。かわいそうに、デイヴィッドが毎月送っている生活費がなければ、伯母さんはその日の暮らしさえままならないんです」

マディーはまたもや、胸の中が熱くなってくるのを覚えた。一番触れられたくない秘密をアンリにばらされたと知ったら、デイヴィッドはどう思うだろう。

「話してくれてありがとう。とても参考になったわ」

「ときどき、ひどくつっけんどんなときもありますけど、本当はいいやつなんですよ」

「そうみたいね」

「それで、明日はシュライバーをわなにかける計画にご協力いただけますか？」

マディーはごくりと唾をのみ、唇を舐めた。恐れと、そして興奮のせいで、全身をアドレナリンが駆け巡るのを感じる。わたしにできるかしら。シュライバーにキャシーだと信じこませ、一緒にルーヴルを襲うことができるかしら。

根っからの慎重派の彼女には、難しい選択だ。でも、やっぱりやりたい。妹のために。

そして、デイヴィッドのために……？

「ええ」マディーは言いながら、身震いするほど怖いけど、やってみようと決心した。「協力するわ」

真夜中。デイヴィッドの脳みそは、クラウン・ローヤルがもたらした濃い霧をやっとの思いで追い払い、意識を取り戻しつつあった。

起きろ。彼の意識が大声で叫ぶ。デイヴィッド、大事なことを見落としているぞ。

途切れ途切れに記憶が逆戻りし、忘却のかなたにあったものがおぼろげに見えてくる。パブで三杯目のダブルを飲んだところまでは覚えている——かすかにだが。床に倒れた彼の体をまたいで、マディーが意気揚揚と店を出ていったことも。それから、パリの街中を千鳥足で歩いて彼女を捜し、パントマイマーに襲いかかっているところを見つけたことも。

パントマイマー。

デイヴィッドの脳みそが思い出そうともがく。はらわたが締めつけられる。そうだ、あのパントマイマーだ。

起きろ。起きるんだ、デイヴィッド。一大事だぞ。

でも、あのパントマイマーのいったいなにがこんなに気になるのだ。

あいつはマディーのネックレスを盗もうとしていた。あのネックレスは、キャシーがいつもつけていたやつの片割れだ。

違う、違う。重要なのはネックレスじゃない。デイヴィッドは懸命にまぶたを開けようとした。

おれは、あのパントマイマーを知っている。でもあのときは、マディーを捕まえることで頭がいっぱいだったし、そのうえ酔っぱらっていたから、気づかなかった。

デイヴィッドは寝返りを打とうとした。マディーがかたわらでうめく。

彼はぎくりとした。どうしておれのベッドに彼女が？

ひょっとしておれは……彼女と……したのか？　彼女と寝たいと思ったのは事実だ。でも、やったかどうか記憶がない。理想の女性と愛を交わしたのだとしたら、絶対にそれを覚えているはずだ。どんなに大量のウイスキーを飲んだとしても。

デイヴィッドは左手を上げてみた。マディーのほっそりとした手首が、自分の太い手と手錠でつながれていた。

こいつはいったいどういうわけだ？

そうだ。

まんまと酔わされ眠っている間に彼女がひとりでマドリードに行かないよう、手錠でつないでおいたのだ。

つまり、手錠をして激しくも変態的なセックスを楽しんだわけではない。残念ながら。

いや、でも、これで一安心だ。

本当にそうか？

セックスのことは忘れろ。パントマイマーについて考えろ。

ああ、そうだった。おれはさっきまで、猛烈な頭痛と、五リットルの水を飲んでも癒されそうにない強烈な喉の渇きに苦しみながらまどろんでいた。あのパントマイマーのいったいなにが、おれをそのまどろみから現実に引き戻した？

考えろ。考えるんだ、デイヴィッド。

彼は目をしばたたいた。

マディーが寝言を言い、身をすり寄せてくる。彼女の体が触れた途端、下半身がカッと熱くなった。

「どうしたの？　気分でも悪い？」目を覚ましたマディーがたずねてくる。髪が乱れていて、信じられないくらいセクシーだ。

「あのパントマイマーと取っ組みあいをしていた場所、あれはどこだった？」

「ルーヴルのおもての階段よ。それがどうかした？」

「くそっ」懸命に探しつづけた答えがひらめいた瞬間、彼はののしった。「とんでもない間違いだった」

「間違いってなにが？」

「目的はルーヴルの所蔵品じゃない。プラドに侵入するために、セキュリティシステムの下調べに来たんだ」

「いったいなんの話？」マディーは眉根を寄せた。「ちゃんと説明してよ」

「わからないのか？　あれはただのパントマイマーじゃない。シュライバーだったんだ！」

11

木曜日の午前七時。マディーは高速鉄道の食堂車でやきもきしていた。窓の外をスペインの田園風景が流れていく。パリの空港は爆弾を仕掛けたとの脅迫があったために遅延が続出し、カオスと化していた。それで仕方なく列車で移動することにしたのだ。今朝の彼女はいかにも旅行用らしいルーズなジーンズに、Vネックの真っ赤な長袖セーター、デニムの上着、お気に入りのスニーカーというでたちだ。ナイキをはいていると、やはり気分が落ち着く。

デイヴィッドは向かいの席で難しい顔をしている。こめかみを何度ももみ、コーヒーを飲みながらぶつぶつ文句を言っているところを見ると、よほどひどい二日酔いなのだろう。

午前三時にデイヴィッドがひらめいたおかげで、マディーはせっかく熟睡していたところを起こされてしまった。その後、彼がアンリに電話をかけ、三人でシュライバーのホテルに直行した。

見張りについていたアンリの部下たちは初め、シュライバーがホテルを出た可能性はゼロだと主張した。けれども、支配人に頼んで部屋に入らせてもらった彼らが目にしたのは、下着姿で縛られ、床に転がされているルームサービス係だった。前日の午後五時ごろ、シュライバーはモンテクリスト・サンドイッチと紅茶のルームサービスを注文した。注文の品を届けに来たルームサービス係の頭部をランプで殴りつけ、制服を盗んで変装し、ホテルから逃げたのだ。

アンリの部下がパリ発のあらゆる輸送機関を調べ、シュライバーが午後一〇時発マドリード行きの高速鉄道の切符を買った事実を突き止めた。デイヴィッドはただちに、次の列車の切符を自分とマディーのために手配した。

そしていま、ふたりは目的地に向かっている。

マディーは脚を組み、すぐにまた元に戻した。リネンのナプキンをくるくると巻き、元通りに広げる。貧乏揺すりをし、指先でテーブルをとんとんとたたき、何度も咳払いをしたが、なにか言葉を発するわけではなかった。椅子に座ったまま、アイソメトリック・エクササイズのひとつ、腹筋を収縮させる運動を何回かやってみた。それから、列車に乗る直前に修理したネックレスに触れ、シュライバーに引きちぎられた部分がきちんと直っているのをあらためて確認した。万が一のために心の準備をしてきたはずなのに、不安は高まる一方で、ちっとも収まってくれない。

目の前にチーズオムレツとバタートーストが置かれている。でも、緊張のあまり口に食べ物を入れることすらできない。

「食べろよ」デイヴィッドは低く言い、フォークで彼女の皿をさした。彼の鋭い視線はとても危険な感じがして、服の下にあるものを見透かされている気がする。

おかしな想像に頬が熱くなるのを覚え、マディーはいきなり立ち上がった。脚がむずむずして仕方がない。思いきり走って、脳みその活動を妨げるこの妙な興奮を振り払いたい。

「ちょっと歩いてくるわ。頭の中をしゃきっとさせてくる」

「おれも一緒に行く」

「ひとりで大丈夫よ」マディーは頑として言い張った。

「おれも脚を伸ばしたい」

できればひとりにしてほしかった。いらだちと落ちこみで、どうにかなりそうだった。

普段のマディーは、自分のことはすべて自分で決める。でもデイヴィッドが一緒にいると、彼に手綱を握られている感じがして落ち着かない。彼の高圧的な態度が気に入らない。その一方で、彼にすべてを任せれば、もうなにも心配しなくてよくなるのにと妙なことを願ってもいた。

「それで――」デイヴィッドが切り出した。ふたりはいま、フランス語やスペイン語、ポルトガル語にイタリア語が飛び交う車内を、人びとの間を縫うようにして先頭車から最後車まで二往復し終えたところだ。「オリンピックには、どの競技で出場してたんだ?」

「知ってたの?」

「アメリカを発つ前に経歴を調べさせてもらった」

「じゃあ、わざわざ訊くまでもないでしょう? 調べたのなら、どの競技だったかも知っているんじゃないの?」

「一〇〇メートルだろ。すごく速かったらしいな」

　マディーはつんとあごを上げた。「いまだって速いわ」

「アトランタではなにがあったんだ？　メダルを取れなかった理由は？　きみは勝てるはずだった。それに、二度と競技に出なくなった理由も謎だ」

　ちょうど最後車に到着したところだった。マディーは窓外を流れる景色を眺めるふりをしてデイヴィッドから顔をそむけた。平然をよそおうだけで精一杯だ。あなたには関係ないでしょうと言ってやりたい。でもそんなふうに言えば、いまだにあのときの失敗に苦しんでいるのを見破られてしまう。

　デイヴィッドはひとつだけ空いている座席に寄りかかり、彼女の顔を盗み見ようとしている。ふたりがいるのは、洗面室と乗降口に挟まれた狭い場所だ。彼はまるで、下着工場の品質検査官みたいな目でじろじろとこちらを見ている。三度目の検査を終えて、「検品済み」のシールをショーツのウエスト部分に貼ろうとしているところだ。

　妙な想像のおかげで、マディーの脳裏にさらにおかしな妄想がわいてきた。デイヴィッドの男らしい太い指が、彼女の真っ赤なコットンのビキニショーツのウエストから中に忍びこんできて……。

「ちょっとごめんなさいね」大きなお尻をしたスペイン人の老婦人が声をかけてきた。洗面室に行こうとふたりの間に割りこんでくる。マディーが脇にどき、デイヴィッドも反対にどいたが、たっぷりしたお尻がふたりの間に挟まってしまって身動きが取れない。さらに数センチ下がったマディーは、そこにいた少年の足を踏んでしまった。少年が大声をあげ、その母親がスペイン語でマディーに文句を言った。マディーはスペイン語でひたすら謝った。デイヴィッドが空いている席にどかりと腰を下ろし、老婦人はようやく身動きできる状態になった。彼は手を伸ばしてマディーの手首をつかむと、自分の膝の上に座らせた。そしてむっとした表情の母親に向かって人なつっこい笑みを送り、機内でもらったプレッツェルの箱をポケットから取り出して少年に渡した。

「どう？　これでみんなハッピーだ」

「それくらいで得意にならないで」マディーは彼の膝にちょこんとお尻を乗せたまま言った。

「ひねくれ者」

「そういう性格なの」

「おれを怒らせたいのか？」

「わたしが？」マディーは立ち上がりたかった。でも、立ち上がっても行き場所がないし、いつまでも通路をふさいでいるのはよくない。

隣の座席には、一〇代後半とおぼしきひょろひょろに痩せた青年が座っている。青年はずっとマディーのほうをちらちらと見ていた。その視線に気づいたデイヴィッドが青年に向かって歯をむいてにっと笑い、おれのものだというふうに、彼女の腰に腕をまわした。

「なにするのよ？」

「隣の彼に見せつけてんの」

「は？」

「いいからリラックスして。ふりだけでいいから。こうしておけば、きみがスペインの男どもにいやらしい目で見られる恐れはなくなる」

「わたしの貞操を守ってくださるってわけ？　言っておくけど、そういういやらしい男なら自分で追い払えますから。前に話したでしょう？　マドリードには一年も住んでいたのよ」

「そうだったな。きみはオリンピックでしくじった年に向こうに住んでいた。オリンピックと言えば、どうして走るのをやめたのか教えてくれないのかな？」

「走るのをやめてなんかないわ。わたしたちが出会ったのも、ジョギングコースだったじゃない」

「競技をやめた理由って意味だけど？」

　デイヴィッドなんか無視すればいい。黙ってちょうだいと叱りつければいい。あるいは、正直に打ち明けてから、二度と干渉しないでと言えばいい。

　老婦人が通路をよたよた戻ってきた。デイヴィッドの膝に乗っているマディーにウインクをし、スペイン語で運命の出会いがどうのこうのとつぶやいてから歩み去った。

　これだからヨーロッパ人は困る。やたらと恋愛に結びつけたがるから。幸いこちらは、運命の人なんてたわごとは信じていない。

「やめた理由は？」デイヴィッドが質問を繰り返す。本当にしつこい男だ。

「しくじったのよ、わかった？　自滅したの。プレッシャーに負けたのよ。気後れして、それで負けたの」

「おかしな話だな」

「おかしいってどういう意味？　笑っちゃうって意味？　それとも、奇妙な話だってこと？」

「奇妙な話だって意味だよ。きみは、簡単にあきらめる人には見えない」

「コーチに捨てられたのよ。きみにスターの素質はないって。そんなふうに言われて、ほかにどうしろっていうのよ」

「コーチの見こみ違いだって証明してやればいい」

マディーは首を振った。「終わったことだわ。もう競技に出られる年じゃないし。ジムの運営はうまくいっているから、誰かに自分の才能を証明してみせる必要もないわ」

「理由って、本当にそれだけ？」

「そうよ」

「嘘つけ。きみはそうやって自分を欺いてるんだ」

「どういう意味？」デイヴィッドの息がうなじを撫でる。マディーは身をよじり、顔をそらした。

「キャシーのことは？」

「妹がなんだっていうの？」

「なんとなく、きみは意図的に負けたような気がするんだけどな。きみは勝つのが怖かった、違う？」

「意味不明だわ。レースに負けることと、キャシーとどういう関係があるの？」彼の理論がばかげたものだとわかっているのに、なぜか脈が速くなる。

「金メダルを取ったら、きみは陸上選手としても、ひとりの人間としても大きく成長しただろう。きみの住む世界は広がり、きみ自身も変わり、そして、キャシーの保護者としての役割はもう果たせなくなる」デイヴィッドはマディーのあごの下に手を添え、自分のほうを向かせた。「子どものときからずっとしがみついてきたその役割を果たせなくなるなんて、きみには耐えられない。なぜならきみはずっとキャシーを通して世界を見てきたから。そうやってきみは、自分の足で歩もうとせず、それを自分の人生だと勘違いしている」

「たわごとだわ」

体中が熱くて、かすかな吐き気もする。こんなふうにデイヴィッドの膝に座って、いいかげんな精神分析を聞いている必要などない。でも頭の中では、彼の言うとおりだという言葉が繰り返し響いている。

本当にそうなの？　彼の言うとおりなの？

本当に、自らの意志でレースを下りたのだろうか。キャシーを通して世界を見てきたのだろうか。妹のお守り役を果たすために、自分の人生などそっちのけになっていたのだろうか。いままでそんなふうに考えたことなどなかった。マディーは混乱した。

この三日間のストレスが、なぜか不意に大きな波となって押し寄せてくる。涙があふれそうになったがここでは泣きたくないと思った。タフで冷静な自分が、デイヴィッドの前で泣くなんて。

きっと月経前症候群《PMS》のせいだ。だからこんなに感傷的になっているのだ。デイヴィッドに心の内を見透かされたからじゃない。

彼の膝から下りたマディーは、くるりと背を向けて洗面室に走った。

でも、彼が追ってくることはわかっていたはずだ。ドアをばたんと閉めようとした直前、案の定、言葉巧みな訪問販売員みたいにつま先をドアの隙間にすべりこませてきた。

「話してくれ、マディー。きみを助けたいんだよ」

「お願いだから足をどけて。漏れそうなの」

「嘘をつくな」

「ひとりにして。わたしなら大丈夫だから」マディーは鼻をすすりあげた。洗面台の上に掛けられた鏡に映る自分の顔が視界に入った。

涙はすでに頬を伝っていた。涙をぬぐいながら、デイヴィッドを追い払って平静さを取り戻さなくちゃと思うのに、彼は頑として動かない。

「いやだね。きみが本当に大丈夫だとわかるまで、ここからどかない」

「あなたの同情なんてほしくないし、必要ともしてないの。それがわからない？」

「あいにく、頭の鈍いおれにはわからない」デイヴィッドは狭苦しい洗面室に肩から無理やり押し入り、後ろ手にドアをばたんと閉めて鍵を掛けた。

ふたりはともに息を荒らげながらにらみあった。列車が激しく揺れ、互いの体がぶつかった。

マディーは息をのんだ。逃げ場はなかった。体の向きを変える余地も、走って逃げる場所もない。

「話して」

マディーは首を振った。

「わかったよ。じゃあ、話さなくてもいい」彼はそう言うと、両腕をマディーの腰にまわし、きつく抱き寄せた。「好きなだけ泣くんだ。泣いてすっきりしろ」

「いやよ」マディーは頑固に言い張った。「泣いてなんかいないわ。あなたの前で泣くもんですか。わたし、泣き虫じゃないもの」

「もちろん、泣き虫じゃないさ」

デイヴィッドが優しく髪を撫でる。マディーは心臓がとくとくと鳴るのを感じた。絶対に泣くまいと思っていたのに、気がついたときには、彼の肩にもたれてすすり泣いていた。

どうして？

彼といると弱い自分になってしまうのはなぜだろう？　どうして彼に、泣きたい気持ちだってわかってしまうのだろう？　これまで誰に対してもこんなふうになったことはなかったのに、なぜ彼には自分をさらけだしてしまうの？

落ち着きなさい。彼から離れるの。お願いだから、もう泣くのはやめて、マディー。彼女は自分に言い聞かせた。

でも、どれもできなかった。

「おれの目を見て」

彼女はしぶしぶ言われたとおりにした。

デイヴィッドがじっと見つめてきて、目をそらせない。いや、そうではない。彼女は、目をそらしたくなかった。

この現実から逃れたい。マディーはそう思った。デイヴィッドが頑固なFBI捜査官であることも、妹が窃盗事件の容疑者であることも忘れてしまいたい。外国の高速列車の狭苦しい洗面室にいて、列車が一キロ進むごとに、不確かで不愉快なものが待ち受けるマドリードへと近づきつつある事実を、頭の中から追い払ってしまいたい。ごく普通の状況で、ごく普通の場所で、穏やかに、甘く、優しく誘惑しあうごく普通の恋人同士みたいに振る舞いたい。

でも、重ねられた唇は、穏やかでも、甘くも、優しくもなかった。

「なんのつもり？」マディーはささやいた。

「なんのつもりだと思う？」

「欲求不満を、わたしを使って解消するんでしょう？」

「かもしれないね」デイヴィッドは素直に認めた。彼がしゃべるたびに、唇がかすかに触れる。

「動機もよくわからないのなら、キスはやめたほうがいいわよ」

「じゃあきみも、しゃべるのはやめたほうがいい」

マディーの唇は冷たく、デイヴィッドの唇は燃えるように熱い。まるで、焼きたてのアップルパイと、その横に添えられたプレミアム・バニラアイスクリームみたいだ。甘い香りがして、とろけそうで、罪深いほどおいしいパイとアイス。

マディーは口づけを返した。舌でためらいがちに彼の口をまさぐった。

すると、舌が軽くかじられ、強く吸われた。

それ以上は抗《あらが》わず、彼の動きに身をゆだねた。それどころか、欲望を抑え切れなくなったかのように、息が苦しくなるくらい激しく自ら唇を重ねた。

デイヴィッドの指が髪をまさぐり、ポニーテールに留められたヘアクリップを外して、絹糸を思わせるやわらかなブロンドをわしづかみにする。

「デイヴィッド」マディーは小さく喘いで、彼のシャツに手を伸ばし、一番上のボタンに指をかけた。そうすることで、彼に正気を取り戻してもらうつもりだった。そして、キスをやめてもらうつもりだった。少なくとも、頭の中ではそう思っていた。

「なんだい？」

「あなたの言うとおりよ。わたし、キャシーを通して世界を見てきたわ。自分の意志でなにかをしようとしたことなんて一度もない。衝動に駆られた覚えすらない。だからいまここで、思いっきり羽目を外したいの」

「羽目を、外す？」

マディーは心臓がどきんというのを感じた。いまの自分の言葉が、彼を追い払うためなのか、彼を誘うためなのか、自分でもよくわからない。自分自身の気持ちがさっぱりつかめず、彼女は不安を覚えた。

「ここでして」気づいたときには、そう言っていた。「いますぐここで、してほしいの」

「ここで？」デイヴィッドはまごついた顔になった。

「飛行機の中でするのが趣味の人たちの集まりを、飛行機でハイになろうの会《マイル・ハイ・クラブ》って呼ぶのを知らない？　列車の中でするのが趣味の人はなんて呼ぶのかしら？　列車に乗ってやっちゃ《オール・アボード・》おうの会《クラブ》？」

「おいおい」デイヴィッドは一歩だけ後ずさった。それ以上は動けない。「マディー、焦って後悔するようなことは、しないほうがいい」

「いつも明日のことばかり気にして、いまこの瞬間を楽しむことをせずに生きてきたの。もっと人生を楽しみたい。生きる喜びも悲しみも、ちゃんと経験したいの」

マディーは彼のシャツのボタンをもうひとつ外し、自ら腰を押しつけた。「デイヴィッド、キスして？」

デイヴィッドの股間が大きくなる。彼は頬を赤らめた。「ごめん」

「謝る必要なんてないわ。嬉しいくらい」マディーはほほ笑んで、ズボンの上からそこにそっと触れた。彼がこのままやめようと言いださなかったら、わたし、いったいどうするつもりなんだろう。

その瞬間マディーは自分の本心に気づいた。彼にやめようと言ってほしくない。彼とここで愛を交わしたい。これは彼を追い払うための演技なんかじゃない。心の底から願っている。彼とここで結ばれたいって。

「オール・アボード・クラブのことは忘れよう」デイヴィッドは声を震わせた。自分のせいで彼がゼリーみたいに震えているのが、マディーは嬉しかった。

「どうして?」とたずね、たくましいあごをかじった。

「それは……ええと、頭痛がするんだ」

「じゃあ、わたしが治してあげるわ」

マディーは飢えたように彼のシャツの裾をズボンのウエストから引きずり出し、あらわになったおなかに手のひらを這わせた。心地よさに身を震わせながら、熱い素肌をまさぐった。

デイヴィッドがうめく。「頼むよ、マディー。その気もないのにこんなことしないでくれ。自分がなにをしているのか、本当にわかっているのか?」

「ええ、たぶん」

「おい、雌ギツネ」

「なあに、種馬さん?」

「壁にきみの背中を押しつけて、両脚をおれの腰にまわせって言ってもいいのか?」

「ええ、いいわ」マディーは挑む目でデイヴィッドをじっと見つめた。

彼の瞳が情熱的にきらめく。彼女を求めて熱くなっているのがわかる。その欲望に、マディーはますます熱く興奮した。

こんなふうに分別を失うのは生まれて初めてだ。こんなふうに大胆に振る舞うのも。でも、妹が楽しい思いをするのを横で見ているだけなんてもううんざり。わたしだって一回くらい、羽目を外してばかなまねをしたい。

デイヴィッドの指がジーンズの上を這い、スナップを外す。人生で初めてマディーは、はき慣れたジーンズなんかではなく、ひらひらしたミニスカートをはいていればよかったと思った。

まったく！ わたしったらいったいどうしちゃったんだろう。これじゃまるでキャシーだわ。

でも、いまさら後悔したり、考え直したりはできない。デイヴィッドはすでにジーンズのファスナーを下げてショーツの中に手を忍びこませているのだから。

マディーは喘いだ。彼の指が大切なところをまさぐってくる。マディーはたくましい上腕につかまって体勢を整えようとした。でも、岩みたいに硬い腕に触れた途端、膝からさらに力が抜けていくのがわかった。

心臓がどきどきいい、頭がくらくらする。デイヴィッドの親指が、いかにも熟練の手つきで優しくクリトリスを愛撫する。頭の中が真っ白になり、あまりの心地よさに身を震わせながら、マディーはため息交じりに彼の名を呼んだ。

デイヴィッド……。

狭苦しい洗面室にその名がこだまするような気がする。でも実際には、きっと自分の頭の中でこだましているだけなのだと思う。

デイヴィッド、デイヴィッド、デイヴィッド……。

「やめないで、お願い、デイヴィッド、デイヴィッド」リズミカルな彼の指の動きにうっとりしながら、マディーは懇願した。

「やめないよ、マディー」彼が耳元に唇を押しつけ、濡れた舌先で耳たぶを舐める。

なんてすてきなの！

マディーはいまにもいきそうだ。

そのとき、列車が急ブレーキをかけ、ふたりは互いの腕と脚を絡ませたまま、トイレのふたの上に倒れこんでしまった。

もうっ！

デイヴィッドがあわてて身を起こし、「大丈夫？」と優しくたずねる。

もちろん、大丈夫なわけがなかった。オルガズムの直前だったのだから。

でも、これでよかったはずだ。ここでいかずに済んだ幸運を、ありがたく思うべきなのだ。マディーはいままで男性を相手に達したことがない。だから、そんなことになったら彼は別格になってしまう。

自分にとって、特別な存在になってしまう。

そして、特別な存在の彼を大切に思うようになる。

大切に思うようになったら、そのあとは……つまり……つまり……。

「マディー？」

「大丈夫よ」彼女は腕を下ろし、あたふたとジーンズを直した。

彼の目を見ることができずに、洗面室の床をじっとにらんだ。すると、黒の革靴が目に入った。よりによってこんなところでＦＢＩ捜査官と……！

考えすぎないの。マディーは自分に言い聞かせた。落ち着いて息をしなさい。

でも、肺が縮こまってうまく空気が吸えない。

冷静になるの。完璧にわれを忘れて、ＦＢＩ捜査官を襲ったわけじゃないんだから。そうでしょ？

そうよね？

襲ってないわよね？

果たして本当にそうだろうか？　そうだとしたら、彼のシャツをズボンから引きずり出し、彼の首筋を舌で舐めたのはいったい誰？　マディー・クーパー、あなたじゃないの？

でも、これを始めたのは彼だ。

彼が始め、わたしが次の段階へと進めた。彼女は両手を握りあわせた。吐き気までしてくる。

息をするのよ。落ち着いて、息をするの。

どうしてキャシーは、羽目を外しても平気でいられるのだろう。こんなわけのわからない……胸の高鳴りに襲われて。

マディーは喘ぎ声をあげてしまわぬよう、ぎゅっと口を閉じた。口づけのせいで、唇がまだ熱を持っている。

デイヴィッドが手を差し伸べてくる。

触らないで。お願いだから、わたしに触らないで。

彼の手が触れる。

前腕をそっと指先がかすめただけで、マディーはとろけそうになった。

「大丈夫だよ。恥ずかしく思う必要はない。嬉しかった。よかったよ、マディー」

なんてこと。彼はまだ、わたしを慰めようとしてくれている。なんて優しいの。ううん、なんてしつこいの。

「恥ずかしくなんかないわ」

きっと頭がおかしくなったと思われたに違いない。肩にもたれて泣いていたと思ったら、次の瞬間にはセックスを要求するなんて。マディーは目を閉じ、喉に詰まる羞恥心のかたまりをのみこんだ。

たぶんこれはホルモンのせいだ。でも本当にそうだろうか。いいえ、やっぱり頭がおかしくなっただけ。とにかくデイヴィッドから離れなければ。行かなければ。

また彼に抱きついてしまわないうちに。

こんなふうに激情に駆られるのは生まれて初めてなので、どうやって気持ちを静めればいいのかわからない。もちろん、知りあったばかりの男性と洗面室でヘンなことをするのも生まれて初めてだ。いまとなっては、どうしてあんなことをしてしまったのか、それすらもわからない。

やっぱり頭がおかしくなったのだ。それ以外に考えられない。

そのとき、ドアをノックする音が聞こえた。男性の声がスペイン語で、トイレは済んだかと訊いてくる。

「到着したらしいな」デイヴィッドがつぶやいた。

「そうみたい」

「その顔……」彼は目の周りに円を描くしぐさをした。「洗ったほうがいいんじゃないか？」

ふたたびドアをノックする音。

「ちょっと待って《ウン・モメント》」マディーはスペイン語で応じた。

「おれは先に外に出てるよ」

「そうね」

デイヴィッドは自分から言いだしながら動こうとしない。その場に突っ立って、彼女をじっと見ている。

「あの、デイヴィッド……シャツのボタンをはめて、手を洗ったほうがいいんじゃない？

その、匂いがついてるといけないから」

「ああ」デイヴィッドはいたずらっぽく笑った。「うっとりする匂いがね」

まったく。これでは、酔って一夜限りのセックスを楽しんだ翌朝よりもばつが悪い。もちろん、その翌朝とやらの気分を実際に味わったことがあるわけではない。どうせいまの気分と似たり寄ったりだろうけど。

でもよかった。一夜限りのセックスの罪悪感に似たものを覚えているのであって、決して楽しんでいるわけではないのだから。それだけでも、よかったと思わなければ。

デイヴィッドの携帯電話が、タイミングよく『ドラグネット』のテーマソングを奏でた。携帯に耳を押しつけた彼の顔から表情が失われる。でも、歯をぎゅっと食いしばっているのを見れば、よくないことが起きたのだとすぐにわかる。

「なにがあったの？」デイヴィッドが電話を切るなり、マディーは問いただした。

彼の目に暗く悲痛な色が浮かぶ。本当に悪いことを知らせるときの目だ。

マディーは喉元に手をやった。「話して」

「アンリからだった」

彼女は息をのみ、洗面台に手を置いて体を支えた。「それで？」

「今朝早く、ちょうどおれたちがパリで列車に乗ったころ、キャシーによく似たブロンドの女と覆面の男が銃を持ってプラドに侵入したそうだ」

12

　プラド美術館の正面階段は、大勢の制服警官に包囲されていた。物見高い観光客が警察の規制線を取り囲んでいる。デイヴィッドはバッジを掲げ、マディーともども警官に事務室まで誘導してもらった。それから、捜査隊の指揮官に自己紹介をした。

「おはようございます《ブエノス・ディアス》、セニョール・マーシャル。アントニオ・バンデラスです」指揮官はひどくなまった英語で応じた。

「アントニオ・バンデラス?」デイヴィッドはおうむ返しにたずねた。

「ええ《シー》、俳優のバンデラス、ご存じでしょ? 遠い親戚なんですよ」アントニオは自慢気に説明した。「血がつながってるだけあって、よく似てるでしょ?」

　デイヴィッドは唇をぎゅっと結んで笑いをかみ殺した。目の前にいる男は、俳優のアンオニオ・バンデラスとは似ても似つかなかった。背が低く、太鼓腹で、唇は薄く、ひどい団子鼻だ。

　マディーと目が合う。彼女は瞳をきらめかせ、手のひらで口元をさっと押さえた。おなかをひくひくさせて、懸命に笑いをこらえている。だが我慢しようとすればするほど、口から漏れるくすくす声がどんどん大きくなる。このままでは自分まで笑いだしてしまいそうだ。

アントニオはじっとマディーを見つめ、やがて眉間にしわを寄せた。

デイヴィッドは初め、名前を笑われて怒っているのだろう、くらいに思った。だが、いくら話しかけてもアントニオがマディーをじろじろ見つめるのをやめないので、しまいには腹が立ってきた。

「セニョール・バンデラス」デイヴィッドはきつい口調で呼びかけた。

ヨーロッパ人の恋愛感覚がアメリカ人のそれと違うのはわかっている。だが人の女を、しかもそのパートナーがすぐ隣にいるのに、視線ではだかにするのはいくらなんでも許せない！

ああ、まただ……。マディーのことばかり考えてないで仕事をしろ、デイヴィッド。アントニオをぶっ飛ばしてやろうなんて思うんじゃない。

「あんた！」アントニオが咎《とが》めるようにマディーを指さして言った。「エル・グレコを盗んだ女じゃないか！」

勘違いだったらしい。アントニオがマディーを見つめていたのは、怒ったからでも、彼女のセクシーさにぐっときたからでもない。キャシーと見間違えたからだ。

「人違いよ」マディーは首を振り、相手を制するように片手を上げた。

「この女を逮捕しろ！」アントニオは武装警官に向かって命じた。

「ちょっと待った」デイヴィッドは駆け寄る警官とマディーの間に割って入った。「こちらはマディー・クーパー、容疑者の双子の姉だ」

「双子？」アントニオはいぶかしむ顔になった。

「そのとおりよ、セニョール・バンデラス」長身でしなやかな体つきの女性が、戸口から完璧な英語で声をかけた。クリーム色のパンツスーツをきりりと着こなし、豊かな黒髪はひとつに結んで背中にたらしている。「ふたりは双子なの。マディー、さぞかし心配でしょう？」

「久しぶりね、イジー」マディーは女性にあいさつした。

「イジー？」デイヴィッドはたずねた。

女性はデイヴィッドの手をぎゅっと握りしめてきた。「イザベラ・バスケスです。ここのキュレーターの」

「FBI特別捜査官のデイヴィッド・マーシャルです。美術品窃盗事件を専門にしています」

「存じあげてますわ、マーシャル捜査官。おうわさはかねがね」

「迷惑をかけてごめんなさい」マディーはイザベラに謝った。「本当に、どうしてみんなキャシーが共犯だって誤解してるのか、わけがわからないんだけど」

「誤解？」イザベラは冗談じゃないという顔で笑った。「これは誤解でもなんでもないわ。あなたの妹は、わたしとの友情を利用し、開館前に搬入口にわたしを呼び出したのよ。ドアを開けたわたしに、彼女は配達員の変装をした恋人と一緒に銃を突きつけた。そしてわたしを縛りあげ、エル・グレコの『胸に手を置く騎士』を盗んだのよ」

「しかし、ふたりはどうやってここを出ていったんですか？　誰もふたりを止めなかったわけは？」デイヴィッドは問いただした。

「エル・グレコを搬送用の木箱に入れ、台車で運び出したのよ。搬入口からふたりを入れたのはわたしだったし、ふたりは配送用のトラックであらわれた。だから警備員は、わたしの依頼で荷物を運び出しただけだと思った」

『胸に手を置く騎士』なら、エル・グレコの中でもキャシーの一番のお気に入りだわ」マディーはつぶやいた。

「そうだったわね。ねえマディー、わたしいま、ものすごく腹が立って仕方がないの。キャシーに裏切られた気分よ」

「きっとなにかの間違いだわ。妹が銃を突きつけ、縛りあげたなんて」マディーは現実を否定するようにかぶりを振った。

「間違いでもなんでもないわ」イザベラは眉間にしわを寄せた。

絶望しきったマディーの声を、デイヴィッドは聞いていられなかった。彼女の痛みがまるで自分のことみたいに感じられる。シュライバーにレンブラントを騙し取られたと伯母から聞かされたときと同じ、どうしようもない無力感に襲われた。

「証拠があるんですよ」アントニオが言葉を挟む。「防犯カメラの記録テープをご覧になりますか？」

「もちろんだ」デイヴィッドはうなずいた。

「ではこちらへ」

アントニオが先頭に立ち、一同はテレビモニターや防犯カメラが所狭しと並ぶ小部屋へと向かった。イザベラも後ろからついてくる。アントニオはスペイン語で、犯行現場をとらえたテープを再生するよう技師に命じた。イザベラは入口のところで腕組みをして立っている。

「わたしは見たくない」彼女はぶるっと身を震わせた。「オフィスで待ってるわ」

やがて画面いっぱいにイザベラの姿が映し出された。誰もいない廊下をひとりで歩き、重そうな鉄の扉に歩み寄る。壁に設置された電子キーパッドの番号を押すと、扉が開いた。

最初にあらわれたのはキャシーだった。国際宅配便会社の制服を着ている。ほほ笑みを浮かべており、音声は入っていないものの、親しげに「ブエノス・ディアス、イジー」と言うのが見てとれた。

デイヴィッドは横目でマディーを見た。膝に置いた両手をぎゅっと握りしめており、呼吸が浅く速いものになっている。デイヴィッドは彼女の耳元に唇を寄せてささやいた。「深く息をしろ。過呼吸で倒れるぞ」

マディーはデイヴィッドをにらみつけた。指図されるのがいやなのだろう。それでも彼女は言うとおりにし、不規則ではあるものの、深く息をし始めた。

画面では、キャシーが館内に足を踏み入れたところだ。そのすぐ後ろから、キャシーと同じ制服に、スキーマスクで顔を隠した男が、左手に恐ろしげな四五口径のマグナム銃を掲げながら勢いよくあらわれた。

男は右手でキャシーの上腕をつかみ、左手に握った銃をイザベラの心臓に突きつけた。

「テープを止めて」デイヴィッドは命じた。

アントニオがデイヴィッドの指示をスペイン語で技師に伝え、技師がテープを止める。デイヴィッドは目を細めて、食い入るように画面を見つめた。

キャシーはイザベラと同じくらい仰天しているかに見える。瞳を大きく見開き、顔を青ざめさせ、唇をぎゅっとかんでいる。デイヴィッドはモニターに近寄った。銃を持った男の右手は、キャシーの腕を太い指がめりこむくらいきつく握りしめている。

デイヴィッドは男の左手に視線を移動させた。四五口径のマグナムを持ったほうの手に。

その途端、背筋を冷たいものが走った。

どくろと交差した骨のいれずみ。

彼は胸の奥深いところで、ふたつのことを瞬時に悟った。ひとつは、キャシーは自らの意志でプラドを襲ったわけではないこと。彼女はイザベラ・バスケスと同じ被害者だ。

そしてもうひとつは、銃を持った男がペイトン・シュライバーではないこと。

スキーマスクの凶悪犯は、ジョッコ・ブランコ以外の何者でもない。

マディーは自分の見ているものが信じられなかった。目をごしごしこすって、二回まばたきをし、あらためてモニターを見つめた。

だが間違いなかった。カメラがとらえた女性はキャシーだ。

結局、デイヴィッドが正しかったのだ。妹は裏切り者だった。でも、あの子が刑務所行きになると、いったいどうやって母に伝えればいいだろう。

途端にマディーは猛烈な吐き気に襲われた。

「吐きそう」彼女はうめき、手のひらで口元を押さえた。

デイヴィッドが手近にあったごみ箱をつかみ、顔の下に差し出す。ごみ箱は、えんぴつの削りかすと、コーヒーの粉と、オレンジの皮の臭いがした。

マディーは空えずきを繰り返した。

ポニーテールを留めていたヘアクリップが外れて、ほどけた髪が顔にかかる。デイヴィッドがその髪をそっと後ろにかきあげながら、冷たい手のひらを熱い額に当ててくれた。

それから彼は、マディーが病気で寝こんだときに母がやってくれたみたいに、背中をさすりつつ、優しくささやきかけてくれた。病気のとき、父がそばにいてくれた記憶はまるでない。そういえばこんなことがあった。あれはたしか、両親が離婚する前、家族で遊園地に遊びに行ったときだ。ジャンクフードを食べすぎたマディーは、父に吐きそうだと訴えた。すると父は娘を妻のほうに押しやりながら、「きみが見てやってよ」と言った。そして、ひとりで地元のバーに出かけてしまった。

「大丈夫だ」デイヴィッドの励ます声が聞こえる。「気にするな。気分が悪かったら、ここに吐けばいい」

マディーはまぶたを閉じ、深呼吸をして、列車の中で食べたわずかな朝食を懸命に胃の中に押し戻した。「ううん、もう平気」

彼女は顔を上げた。デイヴィッドは、アントニオが持ってきてくれた水の入ったグラスを彼女に渡した。

「まだ信じられない。キャシーが……」こらえきれずにマディーは言葉を切り、モニターの静止画像を見たくなくてふたたびまぶたを閉じた。

「横になれる場所はないか?」デイヴィッドはアントニオにたずねた。

「イザベラのオフィスがありますけど?」

「わたしならもう大丈夫だから」マディーは言い募った。「つづきを見たいわ」

「そいつはあまりいい考えとは思えないな」

「ちゃんと状況を把握できるまで、ここを一歩も動かないわ」

「わかったよ」デイヴィッドはしぶしぶ折れ、技師に向かってうなずいてみせた。「再生をつづけてくれ」

キャシーと銃を持った男は、イザベラを先に立たせて廊下を進み、メインの建物のほうに向かった。イザベラはぎこちない足取りながら、うつむいたりすることなく、エル・グレコが展示されている部屋へと足を踏み入れた。

スキーマスクの男に銃を突きつけられたままのイザベラを、キャシーが縄で縛りあげ、床に横たわらせる。それからキャシーと男は、持参した木箱にエル・グレコを入れ、展示室を離れた。ふたりの姿がしばらくモニターから消える。

「このあとふたりはどこに?」デイヴィッドがアントニオにたずねた。

アントニオは肩をすくめた。「館内には、防犯カメラに映らない場所がありましてね」

やがてキャシーと男がふたたび廊下に姿をあらわした。木箱は台車に載せられている。デイヴィッドが食いしばった歯の間から長く息を漏らす。マディーは彼のほうを見ようとしなかった。同情の目で見られるなんてまっぴらだ。そう思ったら、ふたたび吐き気に襲われ、めまいまでしてきた。

「やっぱり横になるわ」

「いい選択だ。行こう」

アントニオがふたりをイザベラのオフィスに案内してくれた。デイヴィッドはマディーを支えるように、腰のあたりに手を添えている。女性用の化粧室の前を通りすぎながら彼女は、また吐きそうになったらここに駆けこもうと思った。

「がんばれよ」デイヴィッドがささやきかけてくる。

なんて優しいんだろう。こんなふうに優しくしてほしくない。妹を最初から容疑者と断定していた彼を、本当は憎みたい。

マディーはまだ、目にした現実を受け入れられずにいる。混乱したままイザベラのオフィスの黒革のソファに腰を下ろし、デイヴィッドに言われるまま頭を膝の間に抱えた。

まったくわたしらしくない、とマディーは思った。いままで取り乱したことなど一度もない。彼女は強い女のはずだ。冷静さと理性をなくした自分なんて自分じゃない。彼女はいつだって自分を信じて生きてきた。自分はキャシーの双子の姉だ。あらゆるものから、妹を一生守りつづけると誓ってきた。

イザベラはマディーの内心の恐れをあからさまに指摘した。「さぞかしショックを受けたんでしょう、マディー？　あなたが倒れるところなんて初めて見るもの。でも、妹が犯罪者になったなんて、考えるだけでゾッとするものね。わたしだってまだ信じられないくらいよ」

「セニョーラ・バスケス、しばらくふたりだけにしていただけませんか？」デイヴィッドが言った。

イザベラはうなずいて部屋を離れ、後ろ手にドアを閉めた。

デイヴィッドは髪をかきあげ、マディーの隣にどさっと腰を下ろした。「キャシーには不利な状況になってきたな」という彼の言葉は、とても慎重に選び抜かれたものに聞こえた。

「信じられない」マディーは何度もかぶりを振った。「でも、テープにちゃんと映っていたものね。妹は泥棒なんだわ」

デイヴィッドはなにも言わない。

「でも、どうして？　どうして妹はあんなことをしたの？」

「たぶん、ストックホルム症候群みたいなものだろう。人質が犯人に共感を抱くというやつだよ。パティ・ハーストで有名だ」

「パティ・ハーストは刑務所に入れられたわ」マディーは陰気な声で言いながら、「人質」

の一言に小さな期待を抱いた。

「ああ、でも重い判決ではなかった」

「慰めてるつもり？」

デイヴィッドは肩をすくめた。「そのつもりだけど？」

「でもあなた、キャシーが人質だとは思ってないんでしょう？」

「おれが間違っている可能性もある」

マディーは彼の顔を見上げた。「励まそうとしてくれているのはわかるけど、全然、効き目がないみたい」

「じゃあ、これならどう？」デイヴィッドは片腕をマディーの腰にまわした。

「これって？」

「これだよ」

デイヴィッドはマディーに口づけた。ゆっくりと優しく、そっと。列車の中でしたキスとはまるで違う。

彼の唇はさわやかなペパーミントの味と、災いの香りがした。でもマディーは少しも気にならなかった。腰にまわされた腕は力強く、舌は誘うようだった。マディーは彼を受け入れ、口づけを返した。

いままでマディーは、男性に対して自分をさらけだすことができずにいた。キスもぎこちなく、次のことを考えてばかりいた。自分のリアクションについてあれこれ考えすぎるし、相手にどう思われているのか気になって仕方がなかった。

でも、相手がデイヴィッドだと、なにも考えずにいられる。

彼の親指があごをなぞり、首筋の脈打っているところで止まった。その感触に心臓がどきんと高鳴り、体の奥のほうが激しくうずくのを感じた。

そんな彼女の気持ちを察したのか、デイヴィッドはさらに深く口づけながら、両手で彼女の全身をまさぐった。うなじのあたりを片手でなぞり、その手で髪をかきあげ、もう一方の手をセーターの中に忍びこませた。

マディーは強烈な欲望を感じた。彼の手が、ためらいがちだけれど情熱的に、ブラの上から胸に触れてくる。その熱っぽい愛撫にマディーは、彼も久しぶりなのねと思った。

そして、彼の切望感を舌で、彼のもどかしさを鼻孔で味わった。

マディーもまったく同じ気持ちだった。

彼女はすべてをデイヴィッドにゆだねた。直感と本能と肉体に抵抗するように、理性の声が聞こえてくる。こんなときに、こんな場所で、こんな人と睦《むつ》み合っている場合じゃないんじゃないの?

でもやっぱり、デイヴィッドのことしか考えられなかった。口の中をまさぐる彼の舌、優しく胸をうずかせる彼の指。彼の愛撫に、頭の中が真っ白になっていく。

波のまにまに漂っているみたい。マディーはそのうねりに身を任せ、デイヴィッドの首に両腕をまわし、まぶたを閉じて心地よさにひたった。

彼の息は温かかった。室内も。そして、マディーの大切なところはもっと温かくなっていた。

熱く、しっとりとうるおって、彼を求めていた。

わたしったら、なにをしてるの？

キスだけで濡れてしまったことに気づいて、マディーは急速に現実に引き戻された。無防備に心をさらけだしてしまうなんて、信じられない。

彼女は一瞬、自分ひとりの欲望に負け、窮地にはまった妹のことを完璧に忘れていた。なんて姉なの？

罪悪感を忘れ、果たすべき義務を思い出すために、マディーは胸元に手を伸ばしてハートの片割れのネックレスに触れようとした。でも、指に触れるものはなかった。

ネックレスは消え去っていた。

いつ、どこでなくしたのかも思い出せなかった。

「やだ……」彼女はうめいた。「今度こそ本当に吐きそう」

デイヴィッドは呆然とした面持ちで、化粧室へと駆けだすマディーの後ろ姿を見つめた。

こんなことは生まれて初めてだ。キスをした相手がゲロを吐きにトイレに駆けこむなんて。

まさにレディキラーだ。

だが問題は、自分自身も吐き気に襲われていることだ。もちろんキスのせいではない。おのれの倫理観にことごとく背いてきた自分に吐き気がするのだ。

善意でマディーに優しくしようと思っているのに。それなのにどうして、慰め守ってやろうと思うたびに、彼女に触れてしまうのだろう。

それは、彼女に対する気持ちが純粋な欲望ではないからだ。

だからこそまずいのだ。磨き上げられた鋼鉄の鎧に身を包む騎士となって、彼女を守らなければならない――そんな愚かな、不可解な義務感に駆られるとは。

まるで、ゆがんだ像ならぬ、ゆがんだ感情を映し出す鏡の間に迷いこんでしまったようだ。そこに映った感情に騙されてはいけない。さんざん思い知らされたはずだ。愛なんて本当に必要なときには決して手に入らない、信用のならないものだと。

だから、マディーへの気持ちは愛のはずがない。彼女を愛してなどいない。

そう思うのに、どうして彼女にキスするたび、魔法にかけられた気持ちになってしまう？

デイヴィッドは首を振って、冷静になろうとした。キスのことは忘れろ。自分の気持ちも。マディーへの思いがなんなのかなんて考えるな。ますます面倒なことになるだけだ。

じゃあ、なにを考えればいい？　たとえばそうだ……キャシーはいまどこにいる？　それから、ジョッコはどうやって彼女に近づいたんだ？　シュライバーはどうなった？

ジョッコはキャシーを人質にしてプラドに押し入る手引きをさせ、エル・グレコを奪って彼女を連れ去った可能性がある――だがそのことをデイヴィッドは、まだマディーに話す気になれなかった。その前にもう一度、防犯カメラの映像をよく確認する必要がある。けれども直感が、キャシーは自ら犯罪に加担したのではないと告げてくる。

ジョッコがどれだけ残忍な男か思い出して、デイヴィッドは吐き気を覚えた。

どうすればいい？　マディーにジョッコが妹を誘拐した可能性を話すべきか。それともこのまま、テープに映っているのは妹とシュライバーだと信じさせておくべきか。

どちらの選択肢も気に入らなかった。だが、ひとつだけはっきりしていることがある。キャシーとジョッコをこのままにしておけば、彼女の身の危険はますます高まる。なんとかしなければならない。それも、できるだけ早く。

心を決める前に、マディーがふらつく足で部屋に戻ってきた。

「デイヴィッド！　早く来て。キャシーの行き先がわかったわ。それに、シュライバーに無理やり盗みの手伝いをさせられた証拠もつかんだの！」

彼女の叫び声を聞いたアントニオとイザベラが、警備室から駆け足で廊下にあらわれ、化粧室へと急ぐデイヴィッドたちに合流する。

マディーはデイヴィッドの腕をつかんだまま、化粧室の中へと引っ張っていった。

「どうしたんだ？　いったいなにを見つけた？」

鏡の前でマディーが急に足を止め、デイヴィッドは危うく彼女にぶつかりそうになった。

「ほら、見て！」勝ち誇ったように叫びながら、彼女は深紅の口紅で鏡に描かれた文句を指さした。

ミッドナイト・ランデブー。

「どういう意味だ？」わけがわからず、デイヴィッドはたずねた。

「マドリードに住んでいたころ、キャシーはモナコ出身の名うてのプレイボーイとこっそりつきあっていたの。それで、彼はいつもプライベートジェットで妹を迎えに来ていたのよ。その飛行機の名前が、ミッドナイト・ランデブーだった」

「冗談だろう？」

「いいえ。妹の交友関係は本当に華やかなの。どこかの王室のパーティーにだって出たことがあるわ。もちろん、モナコのプレイボーイとつきあっている間、わたしは心配で心配で仕方がなかった。だって、ああいう小型飛行機ってよく落ちるでしょう？　パイロットが、あのプレイボーイみたいにだらしない男じゃないって保証はどこにもなかったんだから」

「それで、こいつが事件とどういう関係があるんだ？」

マディーは父親の関心を引こうとする子どもみたいに、デイヴィッドの袖をつかんでぐいぐいと引っ張った。「だから、これがキャシーが無実の証拠なんじゃない。これはあの子のお気に入りの口紅よ。万が一シュライバーが化粧室に入ってきて、メッセージを見つけたときに備えて、暗号で書かざるをえなかったのよ。デイヴィッド、これはあの子がわたしに残した手がかりよ。無理やり盗みの手伝いをさせられ、シュライバーにモナコに連れていかれたと伝えているの」

13

ジョッコ・ブランコが運転するプジョーの助手席で、キャシーは縮こまっていた。ふたりはマドリードからフランスのニースに飛び、レンタカーを借りてモナコに向かっているところだ。ジョッコはすでにモナコの仲買人にエル・グレコを売る手はずを整えていた。エル・グレコはプジョーのトランクの中だ。

ジョッコは猛スピードでカーブを曲がり、遅い車を見つけるたびにわめき散らし、クラクションを盛大に鳴らした。キャシーが息をのむと、じろりとにらみつけ、膝に置いた銃を撫でまわした。

どうしよう。こんなときこそマディーにいてほしいのに、いったいどこにいるの。

キャシーは指が白くなるくらいぎゅっとダッシュボードをつかみ、誰か早く助けてと心の中で祈った。

前夜、ジョッコはキャシーが宿泊していたホテルの開いたバルコニーから寝室に忍びこみ、彼女を拉致した。マドリード到着以来ずっと尾行についていたインターポールの捜査官が、ホテルの通用口から引きずられていく彼女を発見し、助けようとしてくれた。だがジョッコに肩を撃たれ、捜査官は路地に倒れた。

その後、ジョッコは宅配便のバンを盗んだ。空が白み始めたころ、プラド美術館に電話をかけて搬入口を開けさせろとキャシーに命じた。

そうして、キャシーが練りに練った計画を台無しにしたのだ。

彼女は抵抗を試みた。だがジョッコに腕をひねり上げられ、あまりの痛さに涙を流してあきらめた。やはり、マディーみたいにタフな女にはなれない。もっと痛い目に遭わせてやろうかと脅され、脇腹に冷たい銃口を突きつけられると、あとはもうジョッコに従うしかなかった。それでも、逃げる方法がきっとあるはずだと、希望は捨てずにいた。

いまごろシュライバーはどこにいるだろう。マドリードに到着して、キャシーが消えたと気づいたら、彼はどうするだろう。ひょっとして最悪のシナリオを考え、彼女がジョッコに寝返ったと勘違いするのでは？

イザベラのことも心配だ。もしかしたらまだ美術館の床に縛られたまま転がっているかもしれない。キャシーは口の中をかんだ。誰かに見つけてもらっただろうか。どうかイジーが無事でありますように。でも縄を結ぶときはできるだけゆるくしたし、猿ぐつわをかませるときは、ごめんねと謝った。

イジーの手足を縛りながら、実はジョッコに脅されているのだと伝えようとした。でもジョッコにばれたら、きっとイジーはインターポールの捜査官みたいに撃たれてしまう。そう思うと怖くて伝えられなかった。保身のためにイジーの命を危険にさらすわけにはいかない。

だからキャシーは口をつぐむしかなかった。

犯行の一部始終は防犯カメラにとらえられているはずだ。当局はその映像を見て、スキーマスクに手袋のジョッコをシュライバーと勘違いするだろう。イジーの身の安全を守りつつ、自分の身の潔白を示さなければ。マディーに、人質としてモナコに連れていかれると伝えなければ。

ふとひらめいて、キャシーは美術館を出る前にトイレに行きたいとジョッコに頼みこんだ。最初は、だめだと言われると思った。だから四歳の子どもみたいにぴょんぴょん飛び跳ねて、漏らしそうだからお願いと訴えた。するとジョッコはあきらめ、さっさと行ってこいと言った。

彼女はトイレに駆けこみ、手近にあった唯一のもの――お気に入りのランコムの口紅――で鏡に「ミッドナイト・ランデブー」と書いた。口紅がひとつ二八ドルもすることも、高いクレンジングオイルを使わないときれいに落ちないことも、どうでもよかった。

マディーが見たら、きっとわかってくれるはずだ。あの派手好きなプレイボーイと妹の火遊びにほとほと手を焼いていたはずだから。

でも、もしもマディーが追ってきてくれなかったら?

大丈夫。彼女が妹を追わなかったためしなどない。だからその心配はない。彼女の行動なら、一〇〇パーセント予測できる。

ジョッコがさらに速度を上げ、かごに入れられたニワトリを積んだのろのろ運転のトラックに向かってまたも罵声を浴びせる。運転手がびっくりして急ハンドルを切った拍子にトラックは路肩にそれ、フロントガラスの前をニワトリの羽が飛び交った。

キャシーは息をのんだ。大丈夫、落ち着いて。冷静にならなくちゃだめよ。こんなとき、マディーだったらどうするか考えるの。

ううん、そもそも、マディーならこんな状況には絶対に陥らない。

わかりきったこと。だからいまの考えはなし。とにかく冷静になろう。落ち着いて、頭を働かせよう。

ハンドルを横からつかむのはどうだろう。うん、いいかもしれない。でもジョッコはたぶん一二〇キロはある。対するキャシーはその半分もない。ハンドルをつかんだら、肘で顔を殴られ歯をへし折られるだけだ。

もっと別の案を考えなくちゃ。

だがキャシーにとって、行動する前に考えるくらい難しいものはない。だからマディーにいつもうるさく言われるのだ。

ジョッコにつかみかかって、電光石火の速さでがぶりと手にかみついてやるのはどうだろう。

でもそうしたら、男の膝に頭をたたきつけられる。

やっぱりこの案もだめ！

じゃあいったいどうするの？　このままおとなしくただじっと座っているの？　そんなん

じゃ、マディーみたいに賢いってことを証明できやしない。

だけど、その目的については忘れたほうがいいのかも。

キャシーは横目でジョッコをちらりと見た。あの首に、ヒールの先を突き刺してやるのはどうだろう。

そうそう、これぞまさに名案。

彼女はゆっくり前かがみになり、ハイヒールのバックベルトに手を伸ばした。

ジョッコは彼女をじろりとにらみ、銃を撫でた。「考えるだけ無駄だ」

「なにが？」キャシーは目を丸くして、きょとんとした顔をしてみせた。

「いいか、妙なまねをしやがったら——」ジョッコはわめきだした。

罵声を聞きたくなくて、キャシーは両手で耳をふさいだ。するとバックミラーを見据えていたジョッコが、大晦日の酔っぱらいみたいなものすごい勢いで急ハンドルを切った。

身震いしつつサイドミラーをのぞきこんだキャシーは、口から心臓が飛び出るのではないかと思った。背後から、箱形のアイスクリーム販売車が迫ってくる。

猛スピードで。

信じられない。こっちがすでに時速一三〇キロに達しているのだから、向こうはいったい何キロ出ているのだろう。

そのとき、キャシーの心臓は希望に高鳴った。もしかしたら、あれはマディーか、あるいはデイヴィッドか、それともふたり一緒かもしれない。鏡のメッセージを発見し、なにが起きたのかを悟り、救出に来たのかも。

でも、アイスクリーム販売車でなんてありえる？

もちろん、ありえる！

切り立った崖沿いの道路がカーブにさしかかったところで、ジョッコはアクセルを思いっきり踏みこんだ。

アイスクリーム販売車も負けじとスピードを上げる。ルーフについた拡声器から聴こえるのは、童謡の「ポップ・ゴーズ・ザ・ウィーゼル」だ。

〜靴屋の作業台の周りで

キャシーは叫び声をあげた。

「うるさい」

息をのみ、しっかりとつかまる。

〜おさるがイタチを追いかける

アイスクリーム販売車は徐々に近づいている。ジョッコは床につくまでアクセルを踏んだ。

プジョーのメーターが振り切れる。

そのとき、アイスクリーム販売車が追突してきた。

ものすごい勢いで。

キャシーは叫び声どころか金切り声をあげた。誰が、いったいどんな目的で、わたしたちを追っているの？

運転しているのが誰か確認したかったが、フロントガラスが色つきの上、猛スピードで走っているためわからない。

ジョッコはすでに、運転も銃の管理もままならない状態だ。銃は彼の膝から座席にすべり落ち、キャシーの足元に転がった。

「触るな」ジョッコは忠犬に命じるように言い、ブレーキを踏んだ。

急な減速のせいで、キャシーはがくんと前のめりになったが、銃から目は離さずにいた。シートベルトを外し、身を乗り出して四五口径の拳銃をつかんだそのとき、アイスクリーム販売車がまた追突してきた。

助手席側のドアが開き、キャシーは四五口径とともに路肩の砂利道に投げ出された。尻から着地し、地面をごろごろと転がる。強烈な痛みを全身に感じた。でも痛みなんてどうでもよかった。ついに自由になれたのだ。

手のひらに小石がめりこみ、膝の皮がむけたが、このくらい平気。

だが、ジョッコは？　キャシーは仰天して口をあんぐりと開けたまま、崖から落ちていく車を見つめた。

〜イタチはパッと消えちゃった《ポップ・ゴーズ・ザ・ウィーゼル》

アイスクリーム販売車は、崖の端ぎりぎりのところで停まった。おののきながら、キャシーは運転席に目を凝らした。

ドアが勢いよく開く。

あらわれたのは、ペイトン・シュライバーだった。心配そうに眉間にしわを寄せている。

「キャシー、スイートハート。大丈夫かい？」

おお、わがアンチヒーロー！

キャシーは服についた土を払い、彼の腕の中に飛びこんだ。


「なにを隠しているんです？」デイヴィッドはイザベラ・バスケスを問いただした。彼はいま、マディーをアントニオ・バンデラスに託し、一人でイザベラを尋問している。イザベラは今回の窃盗事件についてすべてを話したわけではない、そんな直感があった。

彼女は落ち着かなげに両手を握ったり開いたりしている。「おっしゃっている意味がわかりませんわ、セニョール・マーシャル」

「わかってらっしゃるはずですよ。どうしてキャシー・クーパーを、搬入口からやすやすと入らせたんです？　犯人が簡単に逃げおおせたのも妙だ」

「わたしを疑っているの？」

「疑われるようなことでも？」

イザベラは眉間をもみながら室内を歩きだした。「あなたが考えているような話じゃないわ。少なくとも、最初はそうじゃなかった」

「だったら、なにがあったのか話してください」

「新聞沙汰になったら、わたしは首だわ」

「あるいは刑務所行きかも？」

「こんなはずじゃなかったのよ。キャシーはわたしに嘘をついたんだわ。わたしを裏切ったのよ」

「イザベラ、話してください。おれはあなたの味方だ」

彼女はデイヴィッドをじっと見つめつづけた。

「わかったわ」ようやく話す気になったらしい。「二日前、キャシーが会いに来たの。彼女はわたしに、ペイトン・シュライバーを捕まえる計画を立てたと言った。ＦＢＩの下で働いていて、わたしの協力が必要だと」

「それであなたは手を貸すことにしたわけですか？」

「キャシーはとても口がうまいの。でも最終的に協力を決心したのは、政治的な理由よ。ここでのわたしの立場は危うくなっているの。わたしの協力で悪名高き美術品窃盗犯を捕まえられれば、確たる地位を築けると思った」

「具体的にどんなかたちで手を貸す段取りになっていたんですか？」

「キャシーは、エル・グレコを模写させてほしいと言ったわ。彼女、模写がとてもうまいの」

「贋作《がんさく》ということですか？」

「贋作というのは、本物と偽って販売する場合に使う言葉よ」

「つづけて」

「本物のエル・グレコは倉庫にしまい、代わりに彼女の模写を展示室に置いて、それを彼女と共犯者が盗む手はずだった。もちろん、共犯者はそれが模写とは知らない。わたしの役目は、ふたりを通用口から入れ、デジタルコードを教え、ここから作品を盗み出す手助けをすることだった。ふたりは偽物を盗む予定だった。それがどうしてこんなことになったのか、わたしにはわからない。でもとにかく、計画では金曜の夜にあらわれるはずだったのに、キャシーはスキーマスクに銃を持った男とこの明け方にやってきた。模写はまだ、キャシーから届けられていなかったわ。だからふたりが盗んだのは、本物のエル・グレコよ」

デイヴィッドはイザベラの顔を凝視した。たったいま聞かされた話にびっくりしすぎて、頭がうまくまわらない。だがつまり、デイヴィッドもマディーも誤解していたのだ。キャシーはシュライバーと恋に落ちたわけではなかった。誘拐されたのでもなかった。そう、自ら進んでシュライバーについていった。ただしその理由は、デイヴィッドの推測とは違っていた。キャシーはシュライバーとその生き方に惹かれたのではない。スパイ役を放棄し、自らの手でやつをわなにはめようとしたのだ。

まったく。どうしてこんな間抜けな計画を。

もちろん、ひょっとしたらうまくいく可能性もあっただろう。ただし、ジョッコ・ブランコがあらわれなかったらの話だ。

くそっ。デイヴィッドは心の内でののしった。やっぱり、キャシー・クーパーを雇ったのは人生最大の過ちだ。

人造大理石が敷きつめられたオフィスの床を、マディーは腹筋を収縮させるアイソメトリック・エクササイズを繰り返しながら行ったり来たりした。緊張を和らげたいときに役に立つ運動だ。

アントニオはデスクの向こうから、眠そうな目でこちらを見ている。彼の吸う安葉巻のつんと鼻をつく臭いが室内にたちこめている。

マディーは腕時計に視線を落とした。そろそろお昼だ。道理でアントニオが眠そうな顔をしているわけだ。でも、デイヴィッドがイザベラとふたりきりで話したがる理由にはならない。一刻も早くモナコに向かうべきなのに。マディーは一秒ごとに、キャシーとの距離が広がっていくのを感じた。

化粧室の鏡にキャシーが残したメッセージを発見したあとデイヴィッドは、イザベラに詳しい話を聞きたいからしばらくアントニオと席を外してくれとマディーに言った。ふたりきりにするのは気が進まなかったが、きみがいないほうが彼女も話しやすいだろうと言われて従ったのだ。

だが、あれからすでに一時間以上経っている。

「デイヴィッドの様子を見てこようと思うんだけど」マディーは親指で廊下を指さしながら言った。「まずいかしら？」

アントニオはソファを示した。「セニョリータ・クーパー、どうぞ掛けてください。肩の力を抜いて、うたたねでもしてはどうですか？」

「うたたね？」

「間違った言葉でした？」アントニオは、英語の間違いを指摘されたと勘違いしたらしい。

「ああ、そうじゃないの。妹がこんなことになっているのにうたたねなんて、無理に決まってるでしょって思っただけ。早くあの子を捜しに行かないと、なにかしていないと落ち着かないのよ」

「しかしアメリカ人というのは――」アントニオは葉巻をふかした。「せっかちですなあ」

マディーがスペインに住んでいたのは五年前。だからこの国の人たちが、腹立たしいほどののんびり屋だということをすっかり忘れていた。スペイン人にとっての「肩の力を抜いて」「のびのびと」「臨機応変に」は、マディーには「手を抜いて」「だらだらと」「適当に」という意味にしか思えない。もちろんキャシーは、そんなこの国にみごとに溶けこんだ。一方のマディーは、秩序や手順や規則を重んじるたちなので、まるで幼稚園で業務に就く看守の気分だった。

「だいぶ疲れてらっしゃいますな」アントニオが言った。

「そんなことはないけど」

「コーヒーでもいかがです？」

「カフェインじゃ、肩の力は抜けないいんじゃない？」

「おっしゃるとおりだ。まあとにかく、座ってください」アントニオはあらためてソファを指さした。

「ううん。やっぱり、マーシャル捜査官を捜しに行かなくちゃ」マディーはドアを開けた。

するとと廊下にいた警官に戸口をふさがれてしまった。

「ごめんなさい」言いながら左によけた。

警官は同じ方向に移動した。

マディーは不安を覚えた。くるりと振り返り、アントニオをにらむ。「これって、わたしを拘束しているのかしら？」

アントニオがさらにもう一度、ソファを指さす。「お願いですから、おとなしく座ってください」

「まるで容疑者扱いね」

アントニオはかぶりを振った。「まさか。そんなつもりはありませんよ」

「でも、この部屋から出してくれないんでしょう？」

「マーシャル捜査官が戻られるまではね」

「で、彼はいまどこにいるわけ？」マディーは自分の声が一オクターブ高くなっているのに気づいた。いけない、このままでは爆発してしまう。

「さあ」アントニオは申し訳なさそうな笑みを浮かべたが、動じる様子はない。

「いつ戻ってくるの？」

アントニオは肩をすくめた。

「いったいどうなってるの？」マディーは大声で叫びたかった。でも、努めて冷静な、穏やかな声音を作った。

「セニョール・マーシャルから、あなたに捜査の邪魔をされては困るから、自分が戻るまで目を離さないでくれと言われましてね」

なんですって？　デイヴィッドは、わたしを厄介払いしたの？

あのペテン師。信じたわたしがばかだった。どうして信じたりしたんだろう。どうしてもっとよく考えなかったんだろう。

マディーはまた室内をうろうろしだした。まったく、男という生き物ときたら。面倒が起きるとすぐに逃げ出すんだから。

ろくでなし。男なんてだいたいみんなそう。

「セニョリータ・クーパー？」アントニオが立ち上がり、おずおずと歩み寄ってくる。

「なによ？」マディーはぴしゃりと言い放った。

アントニオはさっと後ずさり、防御するように両手を上げた。「冷静になってください」

「わたしは冷静よ。完璧に冷静」マディーは彼をにらみつけ、親指のつめをかんだ。「どうしてそんなことを言うの？　いつも冷静なんだから。冷静な性格で有名なの。生まれつきなのよ。周りの人に訊いてくれてもいいわ」

「ええ、時限爆弾みたいに冷静ですよ」アントニオは小さくつぶやいた。

「なに？　いまなんか言った？」

アントニオはすっかり怖じ気づいている。「あのですね、冷静だとおっしゃるんなら、そのう……お座りいただけませんか？　なんでしたらマーシャル捜査官に電話して、いつお戻りになるか訊いてみますから。それでいかがです？」

「じゃあこうしましょう。あなたじゃなくて、わたしが彼に電話するわ」マディーは電話に手を伸ばした。伸ばしてから、彼の携帯の番号を知らないことを思い出した。「番号は？」

「わたしの口から言うわけには……」

「どうして？」

「頼みますよ……」アントニオは及び腰で机をまわってきた。まるで、歯痛に苦しむ野生のトラをなだめる動物調査員のような動きだ。

「ここでパウロと待っててください」アントニオは戸口をふさぐ警官のほうを見た。「すぐに、マーシャル捜査官がどうしているか確認して戻ってきますから」

まったく。とっととそうすればいいのよ。

マディーは作り笑いを浮かべ、しぶしぶソファに腰を下ろした。「これでいい？　お望みどおり、いい子にして座ってるわ。早く様子を見てきて」

アントニオは彼女をよけながら戸口に向かった。いきなり火を噴くとでも思っているのだろうか。マディーはふつふつとわいてくる怒りに震えながら、動揺を抑えた。デイヴィッドがどこに行ったのか、なにをしているのかはわからない。でも、自分がするべきことはわかっている。いますぐここを出て、モナコに向かうのだ。

たぶんデイヴィッドは、妹についてのマディーの言い分を信じていないのだろう。信じるどころか、これまでなにかと優しくしてくれたのも、妹はストックホルム症候群かもしれないねなんて言ったのも、すべて真っ赤な嘘だったのだ。キスしたのだってきっと、マディーのガードを下げさせて、あとから厄介払いする策略だったのだ。

許せない。

今度会ったときには、絶対にこの償いをしてもらいますからね、マーシャル捜査官。こうなったら、早くここから逃げなければ。いますぐに。

マディーは戸口に立つ警官のほうを見やり、「ねえ、パウロ」とスペイン語で話しかけた。「なんだか暑いの」と言いながら手で顔をあおぐ。「悪いんだけど、お水を持ってきてくれない？」

「セニョール・バンデラスがお戻りになるまで待ってください」

「でも、暑くて倒れそうなの。お願い」

妹を見習って、マディーはまつげをはためかせながら、セーターのボタンを外し、ゆっくりと舌で唇を舐めた。

パウロは首を振った。

なんてこと。窮地を脱するために生まれて初めて男の人を誘うまねをしてみたら、相手はなんとゲイだった。まったく運が悪い。

マディーはソファに座ったまま室内を見まわし、じっと考えた。

視線がアントニオのデスクの上で止まった。灰皿の中では葉巻がまだくすぶっている。そしてデスクの脇には、紙くずがいっぱい入ったごみ箱がある。

……ということは？

「ちょっとここで歩いてもいい？」彼女はパウロにたずねた。「緊張すると、歩きたくなるの」

パウロは肩をすくめた。

「ありがとう」彼女は立ち上がった。

そしてさり気なく歩きだした。そうそう、その調子。

横目でちらりとパウロの様子を盗み見る。戸口の側柱に片方の肩をもたせて立っており、彼女には大して注意を払っていない。

しめしめ。

マディーはアントニオのデスクに近づいた。すると窓際に、きれいな女性と、ほほ笑みを浮かべたふたりの少女の写真が飾られているのが目に入った。

ひらめいた。

「ねえねえ――」マディーは陽気な声を出した。「これって、アントニオのご家族？」とスペイン語でたずねながら写真に駆け寄り、手に取ってパウロに見せた。

パウロはうなずいた。「シー、セニョール・バンデラスのご家族です。でも、ご自分のものを触られるのをいやがる方ですから。写真を元に戻して、デスクから離れてください」パウロはソファのほうに手を振った。

「ああ、ごめんなさい」

マディーはごくさり気なく、身を乗り出して窓の下枠に写真立てを戻した。なにをしているのかばれないよう、お尻を振って隠しつつ、葉巻をごみ箱に落とした。

パウロは見ていなかった。マディーはゆっくりとソファに戻った。

一分経過。二分経過。

なんだ。葉巻が消えちゃったの？

三分経過。四分経過。

残念ながら失敗に終わったみたいねと思ったとき、つんと鼻をつく臭いが室内に漂い始めた。

パウロが鼻をくんくんいわせる。「なにか燃えてる臭いがしませんか？」

マディーはかぶりを振った。「アントニオの葉巻じゃない？」

パウロはうなずいた。たった一言で納得したらしい。やがて、鮮やかなオレンジ色の炎がごみ箱から立ち上がった。

「きゃあ！　大変！」マディーは息をのみ、必死に演技をした。「火事よ！　パウロ！　火事《フエゴ》だってば！」

パウロが消火器を探しに走りだすのと同時に、マディーは部屋を飛び出した。

14

ニースからモナコまでの道のりは、息をのむほど美しい景観に彩られている。だがデイヴィッドがその景色に目を留めることはほとんどなかった。彼の意識はもっぱら、キャシーと、彼女がジョッコの手中に落ちたといういまいましい現実に集中していた。

彼女はまだ無事だろうか。ジョッコは凶悪な男だ。用済みと見ればすぐに彼女を殺しかねない。だがそれ以上に醜悪で、よこしまな企みを抱く可能性だってある。

そう思った瞬間、デイヴィッドの背筋に冷たいものが走った。

それにしても、ジョッコの狙いはなんだろう。キャシーを拉致したのはレヴィの差し金か？　あるいは、シュライバーのところに連れていき、セザンヌとの交換条件にでもするつもりだろうか。それとも、ジョッコとシュライバーは実はぐるで、ふたりでレヴィを出し抜く計画なのだろうか。

デイヴィッドの胸を激しい後悔がさいなむ。マディーをプラドに置いてきたことに罪の意識もある。置いてくるべきではなかった。でもほかに選択肢はなかったのだ。デイヴィッドのせいで、すでにキャシーはジョッコの手に落ちた。姉のマディーまで危険にさらすことは、絶対にあってはならない。イザベラから真相を聞かされてすぐ、彼はマドリードからニースに飛んだ。そしてレンタカーを借り、こうしてモナコに向かっているところだ。

そろそろマディーも彼に置いていかれたと気づいたころだろう。耳のあたりが熱を持った感じがするのはきっとそのせいだ。彼女が恐ろしい剣幕で彼をののしっているからだ。

おれはそれでいい。

でも、アントニオはどうだろう？　妹への妄執的なまでの愛情でからまわりするマディーを、彼に押しつけてしまった。マディーの身の安全を確保しつつ、彼女を自分から遠ざけておいてほしいと。これで彼には大きな借りができた。

モナコに近づくにつれ、空模様が怪しくなってきた。時刻は昼を少し過ぎたところ。嵐がやってきそうな気配だ。急カーブを曲がるとき、崖に面したガードレールがついいましがた破壊されたかに見えた。

カーブをまわりながらバックミラーをちらっとのぞくと、分厚い雲間からわずかにあらわれた太陽が金属に反射した。

あらためてよく目を凝らす。まさか、車のバンパー？

やはりそうだ。間違いない。

グレース王妃じゃあるまいし。どこかの誰かが崖から転落したのか？

まったく。

ジョッコとの距離はすでにだいぶ広がっているはずだ。これ以上、一秒たりとも無駄にはできない。だがあれが本当に交通事故なら、いったん停車して救助に当たらないわけにはいかない。

時間は刻々と過ぎていく。キャシーに危険が迫っている。とはいえ、乗っている人間が大けがをしている可能性もあるし、前後にほかの車の気配はない。

ためらったら負けだ──幼いころ父に何度も言い聞かせられた言葉が、不意に思い出される。**なんとしても勝利をものにするんだ。**

だが、助けを必要としている人を見殺しにはできない。それに彼は、ひとつの教訓を学んだばかりだ。勝利を焦りさえしなければ、キャシーの生命を危険にさらすことはなかった。ここで車を停めて救助に向かえば、なんらかの償いになる。

胃がぎゅっとなり、いまするべきことを訴えてくる。Uターンしなければならない。ここで止まるのが、ジョッコを追うという本能にどれだけ背くものであろうと。

デイヴィッドはブレーキを踏み、車をUターンさせた。速度を落として、破壊されたガードレールの手前で車を停めた。エンジンを切り、車を降りて、崖の端まで歩く。足元で砂利が音をたてた。

崖の上から慎重に身を乗り出した途端、視界に映ったものに息をのんだ。

やはり交通事故だった。

なんの変哲もない黄褐色のレンタカーのテールライトが点滅している。トランクが全開になり、ルーフがイトスギの幹にめりこんでいる。あの木がなかったら、車は真っ逆さまに谷底まで落ち、乗っている人間は間違いなく命を落としていただろう。

焦りと恐怖が全身を突き抜ける。どうやら自分は第一発見者らしい。車内には家族が乗っている可能性だってある。母親に父親。子どもたち。彼らが助けを求めている。いてもたってもいられず、デイヴィッドは崖を下りた。できるだけ速くでこぼこの地面を下りていった。心臓は激しく鼓動を打ち、額や鼻の下に玉の汗が噴き出した。

ようやく運転席の脇にたどり着いた。体が九〇度傾き、イトスギの根や枝につかまってバランスを保つ。

男性がひとり、ハンドルの上に覆いかぶさって倒れているのが見えた。ほかには誰もいない。鼓動がいっそう速くなるのを覚えつつ、ドアをぐいっと引いた。

男性がうめき声をあげた。

デイヴィッドはまず英語で、次にフランス語で、がんばれよ、いま助けを呼ぶからなと男性に呼びかけた。

しまった。崖を下りる前に救急車を呼ぶべきだった。いったいなんのためにさまざまな訓練を受けてきたんだ。どうして近ごろは、まともに頭が働かない？

マディーのせいだ。

いや、違う。ことごとく間違った判断ばかり下しているのは彼女のせいじゃない。ほかならぬ自分の責任だ。デイヴィッドは上着のポケットから携帯電話を取り出した。画面をじっと見つめる。

だがそこにはなにもあらわれない。彼はあらためて電源ボタンを押してみた。

そのとき、ハムみたいに太い指に首をつかまれ、絞め上げられた。

ぎょっとして頭を上げた瞬間、視界に入ったもの。それは、傷だらけで血まみれになりながらも、ぴんぴんしているジョッコ・ブランコの顔だった。

「わたしを追ってくれたのね。そうして、わたしを救ってくれた」キャシーはアイスクリーム販売車の助手席で、シュライバーにすり寄った。エル・グレコは、あのあとふたりで崖を下り、ジョッコが気絶している間に車のトランクから救出した。キャシーはシュライバーの肩に頭をもたせ、男らしい匂いにうっとりとした。

「あんまり人を買いかぶらないでもらいたいな。ぼくが救ったのは、きみだけじゃない」

「あそこに置いてきぼりにすることもできたはずよ。でもあなたはそうしなかった。わたしを好きだからだわ」

ジョッコの車に乗っているのがエル・グレコだけだったとしても、あるいは、そもそもジョッコがエル・グレコを盗んでいなかったとしても、シュライバーは同じことをしただろうか。その答えは聞くまでもない。シュライバーにとって一番大事なのは絵。キャシーを助けたのはついでだったに違いない。

「本当は、ジョッコと一緒にあそこに置き去りにするつもりだった」

「そんな……」不安が胸をかすめるのを覚えたが、キャシーはそれを無視した。あれこれ気にするのはマディーに任せておけばいい。「どうして？」

「きみに裏切られたと思ったから」

「そんなふうに思うなんてひどい」冷や汗を見破られないようにしなくちゃ。

「パリできみを見たとき、ぼくを欺いてレヴィに寝返ったんだと思った」

「パリになんか行ってないわ」

「ああ、いまはぼくにもわかってるよ。でもあのときは、すぐには事情がのみこめなかった。きみに双子のお姉さんがいることを思い出すまではね。まさかあんなに似ているとは思わなかったし」

「マディーに会ったの？」

シュライバーは後頭部を撫でてしかめっ面をした。「ああ、会ったよ。とんでもない女だな」

「姉をそんなふうに言うのはやめて」

「あのネックレスがなかったら、いまもまだ、きみをデイヴィッド・マーシャルの手下だと思っていただろうな。でも、あいつがぼくをきみのお姉さんから救ってくれたんだから笑っちゃうよ」

「意味がわからないんだけど？」

「パントマイマーのかっこうで、ルーヴルの下見をしていたんだよ。美術館を出たところで群衆の中にきみの姿を見つけた。実際には人違いだったわけだけど、あのときはそうとは知らなかったからね」

「マディーはパントマイムが大嫌いなの」

「だろうと思った。きみの……いや、お姉さんのまねをしてからかってやったんだ。マドリードでプラドのキュレーターに取り入っているはずのきみがパリにいると知って、猛烈に腹が立ったから。そのときふとネックレスに目が留まった。ハートの右の片割れだった。きみのは左だろう?」シュライバーは言いながらキャシーの首に手を伸ばし、ゴールドのチェーンを指先でもてあそんだ。「それできみじゃないと気づいた。気づいたのと同時に、彼女に襲いかかられ、危ないところでマーシャルが引き離してくれた」

「マディーがあなたを襲った?」まさか、そこまでパントマイムが嫌いだとは思わなかった。

「雌ライオンみたいにね。つかんだときにネックレスのチェーンが切れて、盗まれると思ったみたいだよ」

なるほどそういうことか。あの池での事故以来、マディーはおそろいのネックレスを死ぬほど大切にしているから。「姉にとっては大事なものなの」

「みたいだね」

「デイヴィッドはあなたに気づかなかったの?」

「メークもしていたし、すぐに走って逃げたから……それに、マーシャルは相当酔っていたし」

「まさか。そんなの、まるでデイヴィッドらしくないわ」

「彼の習性にずいぶん詳しいんだね」

「もしかして、やきもち？」キャシーはからかう口調で言い、シュライバーの気を引こうとした。

「やきもちじゃない。きみの忠誠心のほどが気になっただけ」

シュライバーが疑いの目を向けてくる。キャシーはなんとかして彼に味方だと伝えなければならないと思った。そう、いまこそわたしの計画に、彼にもちょっぴり参加してもらうべきときだ。

「ねえペイトン」キャシーは歌うようにささやき、いっそう彼に寄り添いながら、耳元に唇を寄せた。「あなたの女になるために、わたしがどんなに一生懸命か見せてあげる。実はね、セザンヌとエル・グレコの儲けを二倍にする方法を思いついたの」

「儲けを二倍にする？」シュライバーは俄然その気になったらしい。「わかりやすく説明してほしいな」

キャシーは彼の耳たぶをかんだ。「すごく簡単な方法よ」

「早く言えよ」

「競売にかけるの」

「意味がわからないな」

「ジェローム・レヴィとコーリー・フィルポットに言って、世界中の大物コレクターを集めてもらうの。彼らの持っている……盗品を、闇オークションにかけないかって持ちかけるのよ。参加者から集める仲買料は、レヴィとフィルポットに山分けさせればいいわ」

「ぼくにはどういうことだか……」

キャシーは人差指で彼の口を押さえた。「いいから聞いて。これであなたは、レヴィとフィルポットの信頼を取り戻せるはずよ。オークションはベニスの優雅な五ツ星ホテルで開催するの。ちょうどカーニバルの時期だから、ふたりのクライアントの多くはすでに来ているはずだわ」

「ぼくの役目は？　どうやって儲けを得るんだい？」

「レヴィとフィルポットには、オークションの目玉は例のセザンヌとエル・グレコだと言うの。そしてふたりからコレクターたちに、今回は緊急のオークションなので、売主は特価での取引にも喜んで応じると伝えさせる」

キャシーは鼓動が速くなるのを覚えつつ、シュライバーがえさに食いつくのを待った。お願い。その話、乗ったと早く言って。

「でも、特価で売ってどうしてぼくの儲けを二倍にできるんだい？」

「単純なからくりよ。贋作を用意するの。もちろん鑑定者には本物を見せるわ。ただしオークションに出すのは贋作のほう。本物は、あとで美術館に高額で買い戻しを持ちかけるの」

「でも、そんなに短期間で贋作を描ける、信頼できる人間なんてどこで探すのかな？」

「目の前にいるわ」

「きみ?」

「そう、わたし」

「冗談だろう?」

「ねえ、わたしは子どものころ何カ月もベッドに寝たきりで、絵を描くことしかできなかったのよ。水彩画が大好きで、画集の絵をまねて描くようになったわ。短時間で本物そっくりに描けるまでに上達した。オリジナルな作品を描く才能がこれっぽっちもないと気づいたときは、心から自分に失望したけど。でも、コピー機みたいにそっくりに描けるの」

「仕上げるのにどれだけかかるの?」

「大量のチョコレートとコーヒー、キャンバスに絵の具を用意したら、わたしひとりにして。そうしたら、二四時間で描けるわ」

「本当に? そんなにすぐに描けるの?」

「しかも、上手にね」キャシーはあつかましくも、自慢げな顔をした。

「スイートハート、きみって最高」シュライバーは彼女の頬にキスをした。

「わたしを助けてよかったでしょ?」

「まあね。さあ、さっそくベニスに行こう。きみは絵を描くことに専念、ぼくはオークションの準備に取りかかる」

「交渉成立ね」キャシーが言い、ふたりは握手を交わした。

彼女はシートにもたれ、内心でほっと安堵のため息をついた。シュライバーが計画に乗ってくれてよかった。これで手はずはすべて整った。セザンヌは二枚、そしてエル・グレコはもう一枚、偽物を用意する。贋作は合計二組できる。ただし、二組あることはシュライバーには秘密。それこそが、切り札になるのだ。

シュライバーはレヴィとフィルポットに連絡し、破格の値段で売りに出される名品をえさに、世界中のコレクターや仲買人を集めさせる。その間にキャシーはデイヴィッドとコンタクトを取り、シュライバー、レヴィ、フィルポットの三人、さらには貪欲なコレクターどもを一気に逮捕する場所と日時を伝える。

うまくいかないわけがない。

ぶちのめされ、あざだらけの状態で、デイヴィッドは崖の中腹に転がっていた。眼下には険しい斜面が切り立ち、道は手の届かないはるか頭上にある。彼は片目で、地中海の空を覆う分厚い雲をにらみ、もうだめだと観念した。

すでに時間の感覚すらない。もう何日もここに転がっている気がする。助けを求めて叫びつづけたせいで喉がからからだし、唇もひび割れている。右手首は骨が折れ、左目は腫れて開けることもできず、崖を上るだけのエネルギーさえ残っていない。

ジョッコにピストルで死ぬほど殴られたせいだ。

「おまえは世界一の間抜けだ、マーシャル」デイヴィッドは小さくうめきつつ、これ以上大声をあげるのはよそうと思った。自分の声で、ますます頭が痛くなるからだ。

まったく、これではキャシーを笑えない。衝動的に崖を下り、ハンドルに覆いかぶさっている男がジョッコである可能性を考えもせず、ひしゃげた車のドアをいきなり開けてしまうとは。

それでもFBI捜査官のつもりか？　恥を知れ。

彼は目をつぶり、唾をのみこんだ。キャシーといえば、もう彼女の行方すら考えたくない気分だった。ジョッコと一緒じゃなかったのはたしかだ。だがそれは、自力で逃げたということだろうか？　あるいは、やつにすでに消されたのでは？

今度マディーに会ったときに、いったいなんと言えばいいのだろう。

いや、正確には、もしも今度マディーに会う日が来るなら、だ。

そう思った途端、どうしようもない喪失感に襲われた。おれはいったいなにをしでかしたのだろう。仕事をしくじり、自分に失望し、ふたりの女性を危険な目に遭わせているなんて。

物心ついてからずっと、負けることを恐れてきた。父が求める高い水準に応えられないこと、マーシャル家の名を汚《けが》すことを、ずっと恐れてきた。それなのに、最も恐れていたことが現実のものになってしまった。

おれは負けたんだ。どうしようもない負け犬だ。

そうとも。おれはもうおしまいだ。ひたすらシュライバーを追いつづけ、なにがなんでも勝利をものにすると脇目もふらずがんばってきた。だがあれは全部、この情けない負けを喫するためだったのだ。

これからどうすればいい？　マディーはプラド美術館に置いてきた。アントニオには、自分が戻るまで絶対に彼女をどこにも行かせるなと厳しく言っておいた。だからマドリードからの助けは期待できない。

気絶するまで彼を殴りつけたあと、ジョッコは銃と車を奪って逃げた。だからもう、自力でこの苦境から這い出る術はない。

携帯電話で助けを呼ぼうとも思った。そのときになってやっと思い出した。三日前にキンベル美術館で最初の事件が発生したときから、ずっと充電をしていなかった。シュライバーにセザンヌを盗まれてから、まだ三日しか経っていないなんて信じられなかった。

いったいどうすればいい？　ここに横になったまま自分を哀れみつづけるか、それともなにかするべきか。彼は負傷していないほうの目を開け、かろうじて踏み止まっている切り立った斜面から、頭上の道路までの距離を目測した。

直線距離で二〇〇メートルはある。

残された選択肢はただひとつ。片手が折れ、片目がつぶれ、割れるような頭痛を抱えた状態で、雨に打たれながらこの斜面をよじ上るのみ。あまり楽しそうじゃないな。

それでも、ハゲタカに見つかるのをただ待っているよりはマシだ。深呼吸して勇気を振り絞り、痛みをこらえて、彼は斜面を這い上り始めた。

「もっとスピードを出すのよ」マディーはひとりごちた。「速度違反は罪だけど、キャシーとシュライバーに追いつきたかったら、もっとアクセルを踏まなきゃだめ」

彼女はこわごわアクセルを踏みこんだ。マドリードからニースに飛び、そこでレンタカーを借りたのだ。それにしても、パウロを出し抜くのはほとんど一大事業だった。もう一度火事を起こす羽目にならずに済んだのがせめてもの幸いだ。彼女はようやく外に出られて、そしていまいましいデイヴィッド・マーシャルから逃れられて、ほっとしていた。

あとはキャシーとシュライバーがまだモナコにいることを祈るのみだ。もちろん、モナコに行ったところでどうやってふたりを探せばいいのか、見当もつかないが。

先のことをあれこれ考えちゃだめよ。一度に一歩ずつ進めばいいの。

実に適切なアドバイスだ。でも、果たしてそのとおりにできるだろうか。

ラジオをつけてみた。フリオ・イグレシアスの力強い歌声が流れてくる。余計にいらいらして、結局ラジオは消した。アイソメトリック・エクササイズをしてみたが、どうにも集中できなかった。小雨がぱらついてきたのでヘッドライトをつけ、エアコンもいれて車内に新鮮な空気を取りこんだ。服から葉巻の煙と、焼け焦げた紙と、これから先の不安の匂いがする。

そのときふと、荷物のことを一日中すっかり忘れていたことに気づいた。最後にスーツケースを見たのはどこだっただろう。列車の中？　きっとそうだ。でもあんなものどうでもいい。荷物はなくなった。服なら新しいのをあとで買えばいい。キャシーを捜しだしたら、ふたりで一緒に買い物ざんまいだ。

「キャシー……。がんばるのよ。いま行くからね。美術館を襲ったのは、脅されたからなんでしょう？　無実だって信じてるからね」

遠くにモナコの街のまばゆい明かりが見える。マディーはさらにスピードを上げた。どんなもんよ。時速はすでに一三〇キロで、制限速度を一〇キロもオーバーしている。わたしだって、思いきったことができるんだから。

そうよ、リスクを冒すくらいなんでもない。

彼女は山道のカーブを車を走らせた。そのとき、前方になにかが見えた。スピードを落とし、雨でけぶる視界に目を凝らす。ヘッドライトが、道の真ん中によろめきあらわれた男を照らしだす。

「きゃあー！」マディーは叫び声とともに急ブレーキをかけた。車は、デイヴィッド・マーシャルを轢き殺す寸前で停まった。

15

「マディー？」デイヴィッドはまぶしいヘッドライトに目をしばたたきながら、雨の中を駆け寄ってくる世にも美しい女性の姿を見つめた。

まぼろしだろうか。そうだとしたら、この薄ぼんやりした脳でよくもあれほど美しいまぼろしを作り出せるものだ。

だが、どうして彼女がここに？　どうやってアントニオ・バンデラスのもとから逃げてきたのだろう。アントニオを説き伏せたのだろうか。あるいは逃げ出した？　そういえば彼女は逃げるのがとてもうまい。ひょっとしたら彼に飲み比べを持ちかけたのかもしれない。もしもそうなら、彼には本当にすまないことをしてしまった。

それともおれはもう死んでいて、あの世で妄想を現実にしようとしているのか？

いや、それは無理だ。デイヴィッドの妄想は、男らしさを思う存分に発揮してマディーを歓喜の極みに導くこと。でもこの状態では、ぬいぐるみさえ満足させられそうにない。

「デイヴィッド！」彼女が叫びながらかたわらに来たちょうどそのとき、デイヴィッドは膝から地面にくずおれた。

甘い香りで鼻孔が満たされる。やっぱりマディーだ。彼女の匂いを間違えるはずがない。どうやって捜しだしたかわからないが、とにかく来てくれた。

助かった。

彼女が両脇に腕を入れて立たせようとする。痛みに叫びそうになるのを、唇をぎゅっとかんでこらえ、デイヴィッドはうめきながらぐったりと身をもたせかけた。

「大丈夫？」

「腕が」息をするのもやっとだ。

「大変。手首を折ったのね」

「ああ」

「それにその顔！　いったいどうしたの！」彼女はおろおろして、懸命にデイヴィッドを介抱しようとした。よしてくれとは言えなかった。「ハンサムが台無しじゃない！」

彼女、おれをハンサムって言ったのか？　口がこんなに痛くなければ、にやにや笑ってしまいそうだ。

「かわいそうに」彼女は腫れあがって開かない左目にそっと触れた。

「大したことない」

「かわいそうなデイヴィッド」彼女は優しく頰にキスをしてきた。

女性にこんなふうに慰められるのが、これほど心地よいものだとは夢にも思わなかった。

幼いころに母を亡くしてから、デイヴィッドは早く強い男にならなければと努力を重ね、甘ったるい感傷を捨て去り、友人たちが運動場で泣けばせせら笑った。だがいまは、マディーに心配されて、傷が痛くてたまらないと弱音を吐きたい気分だ。もっと触れたり、キスしたり、慰めたりしてほしい。

「いったいなにがあったの？」

「いまは話せる状態じゃ……」デイヴィッドは食いしばった歯の間からつぶやいた。意識を保つだけで精一杯だ。

「そうね、そうよね。ごめんなさい。わたしにつかまって。痛いところにぶつからないように気をつけるわ」

デイヴィッドは無事なほうの手で彼女の腕につかまった。「車に戻ろう」

「本当に大丈夫？」

「心配するな。雨の中にずっと立っていて、肺炎さえ起こさなければ大丈夫」

「ああ、ごめんなさい」彼女はまた謝った。「ぼろぼろになったあなたを見たら、動揺しちゃって。ここが痛くてたまらないの」そう言いながら指先で自分の胸を押さえる彼女を見て、デイヴィッドはなんだかよくわからない気持ちがこみ上げるのを覚えた。

そんなもの忘れるんだ。

意を決して片方の足を前に出し、わきおこるめめしい感情から目をそむけた。やっとの思いで車までたどり着くと、手を貸してもらいながらのろのろと助手席に乗りこんだ。

体が芯まで冷えきり、腫れあがってふさがった左目は足の巻きづめみたいにずきずきと痛む。歯の根が合わず、錫《すず》のコップの中で揺れるコメ粒みたいに、カチカチカチカチと音をたてる。寒くて、頭の中がぼんやりして、ナイフで切り刻まれるように全身が痛む。しっかりしろ。だらしないところを彼女に見せるな。

「深呼吸して」マディーは言い聞かせるように言った。「すぐに病院に連れていってあげるからね」

デイヴィッドはやっとの思いでうなずいた。彼女の冷静な判断力に安堵を覚えた。シートに背をもたせ、痛みをやり過ごすことに意識を集中させた。

彼女がそれ以上なにも訊いてこないのがありがたかった。まだジョッコのことを話す気にはなれない。崖で間抜けな失態を演じたことも。

「マディー、アントニオのところに置いてきぼりにしたのは、きみのためを思ってのことだったんだ。一緒に連れていって、きみになにかあったらと思うとぞっとして」

「シーッ。話さなくていいわ。話ならあとでしましょう。いまは休んでて」

置いてきぼりにした彼を、どうやら許してくれるらしい。恨むつもりも、言い争いを始めるつもりもないようだ。

なんてできた女だろう。

車内は彼女の香りに満たされていた。いい香りだ。とても女らしい、マディーらしい香り。

車は雨の中を疾走している。

「どいてどいて、もっと速く走ってよ、こののろま」マディーは前方をのろのろ進む車に向かって毒づいた。「こっちは緊急事態なんだから」

いざとなったときのマディーの行動力に、デイヴィッドは惚れ惚れしていた。無傷の右目でじっと見つめる。彼女は両手でハンドルを握りしめ、視線をまっすぐ道路に向け、真剣な面持ちで歯を食いしばっている。その勝気さがいまは心からありがたい。普段は、あのずうずうしさや強引なところにいらいらすることもある。でもいまは、こうして運転席にいてくれるのが本当に嬉しい。

「どいてったら、このうすのろ」マディーは手のひらでクラクションをたたいた。「ちょっと、わたしに向かって中指を立てるってどういうこと？　やり返してやるんだから」

デイヴィッドは笑いそうになった。折れた手首がこんなに痛くなければ、大笑いしていただろう。

あの威勢のよさ。おれはマディーのそういうところが大好きだ。

「着いたわ、デイヴィッド。病院よ」

車を降りたマディーは、緊急出入口に大きな赤十字マークが掲げられた背の低い白い建物に猛ダッシュで向かった。聖なんとか病院と書いてある。文字がよく見えない。片目がふさがっただけで、ろくに文字も読めなくなるとは。

だが、駆け足で病院に向かうマディーのかわいいお尻が左右に揺れるのは、ちゃんと見えた。彼女のお尻を見ていると、列車の中での出来事が思い出されてきた。そして列車でのことを思い出した途端、あのあとアンリから電話があり、お互いの荷物を降ろすのを忘れたのも思い出した。

失敗した。スーツケースにコンドームが入っていたのに。もちろん、あわよくば、などと思って入れたわけではない。去年、ひとり者向けのリゾートに行き、結局おいしい思いができなかったとき以来、ずっとサイドポケットに入れっぱなしにしてあるだけだ。

独眼で片腕のマーシャル捜査官よ。それじゃまるで、コンドームさえあればおいしい思いができるとでも思ってるみたいじゃないか。

だがコンドームがないとわかっても、マディーと愛を交わすことを考えずにいられなかった。体中が痛いのに、したくてたまらない。

さんざん失態を重ねてきたんだ。妙なことを考えるのは、いいかげんにやめろ。

だが、痛みについて考えるより、このほうがマシなのは事実だ。

じきにマディーは看護師と付添い夫を伴って戻ってきた。三人がかりで車椅子に乗せられる。

付添い夫が診察室のほうへ車椅子を押してくれる。その間、マディーは受付で係の人間の質問に答えていた。

看護師はデイヴィッドがストレッチャーに移動するのに手を貸し、アレルギーの有無をたずねた。それから、骨折していないほうの手に点滴を打ち、診察室を離れた。しばらくすると注射を持って戻ってきた。

注射をされて二分後には、デイヴィッドは笑みを浮かべていた。痛みがだんだん和らいでいく。看護師はドアを半開きにしたまま、ふたたび出ていった。

「支払いはどうされますか？」受付係がフランス語でたずねるのが聞こえてくる。

「フランス語は話せない《ノ・パルレ・フランセ》の」マディーが答える。「あなた、スペイン語はわかる《アブラ・エスパニョル》？　英語は《アブラ・イングレス》？」

マディーと受付係は、フランス語とスペイン語と英語が入り交じった片言の会話を始めた。モルヒネが効いてきて意識が朦朧とし、デイヴィッドはふたりの会話をきちんと追うことができなかった。唯一追えるのは、マディーの優しく軽やかな声だけ。深い眠りに落ちそうになっては、彼女の声に意識を取り戻すのを繰り返した。

「デイヴィッド」

なんだい？

「ねえ、デイヴィッド」戸口のほうからマディーのささやき声が聞こえた。

彼はしぶしぶ目をこじ開けた。自分では「呼んだかい？」と言ったつもりだったが、耳に響いたのは「ろんらかい？」に近かった。

「保険に入ってる？」

彼はうなずいた。

「番号とか教えてもらってもいい？　受付の人が支払いのことで大騒ぎするから、あなたの妻だって言っちゃったの。夫婦だって言ったらやっと面会も許可してくれたわ。でも今度は、支払いのほうはどうするんだってうるさくて」

「妻？」

そいつはいい。マディーがおれの妻とは。デイヴィッドは、仕事から帰宅すると彼女が夕食を作っている、というシーンを想像した。いや、ちょっと違うな。マディーは良妻賢母のイメージじゃない。じゃあ、これならどうだ？　今度は、毎朝夜明けとともに起き、ふたりで一緒に一〇キロほど走り、家に帰ると汗に濡れたまま床の上で愛を交わすシーンを想像した。うん、このほうがずっといい。

「だから本当のことは言わないでね。また面会はだめなんて言われたら困るから。あなたが本当に大丈夫かどうか、この目でたしかめないと心配だもの」

マディーは優しいなあ。「おれなら大丈夫だよ」

「じゃあ、夫婦のふりをしてね」

「ああ。結婚したのはいつ？」

「電撃結婚して、ハネムーンの途中だって言ったの」

マディーがストレッチャーに近づいてくる。彼女の視線を全身に感じる。かわいい顔が心配のあまりゆがんでいるが、目が合うと笑みを浮かべてくれた。

「ハネムーンの途中か」

「あなたの病歴を知らない理由をほかに思いつかなくて。すごくロマンティストな夫ってことになってるからよろしくね。摂政時代の衣装でベニスのゴンドラに乗っているときに、プロポーズされたって言ったから」

「いいね。おれがすごい間抜け男に聞こえる」

「子どものときから、そういうプロポーズがずっと夢だったの」

「わかってる」デイヴィッドはほほ笑んだ。

「わかってるって、なにが？」

「きみは、見かけよりずっとロマンティックなんだ」

「小さいときの夢よ。でもこの夢のおかげで、嘘が本当っぽく聞こえて助かっちゃった」

「それで、初夜のおれはどんなふうだった？」デイヴィッドはウインクしてみせたが、最初から片目なのでかっこうよくできなかったし、ろれつもあまりまわらなかった。

「デイヴィッドったら！　鎮痛剤で頭がヘンになってるんでしょ」

彼は無事なほうの手で親指を突きたててみせた。

「まったくもう」マディーはつぶやいた。「最高だわ。薬で朦朧としてる、片手の折れたFBI捜査官なんて」

「財布だ」

「なにが？」

「保険カードが財布に入ってる。クレジットカードも持っててくれ。アメリカの保険がきかないといけないから。フランスの医療保障制度がどうなってるかわからないし。ひょっとするとカードで先に払って、あとから保険会社に払い戻してもらうのかもしれない」

「お財布はどこ？」

「尻の右ポケット」

マディーは室内を見まわした。「ズボンはどこ？」

「まだはいてる」

「どうして看護師が脱がしてくれなかったのかしら？」

「さあね」デイヴィッドは魔法のじゅうたんで飛びまわっているみたいな、ふわふわした気分を味わっている。「花嫁に任せようと思ったんじゃないか？」

「あなたって、ラリッてるときのほうが愛想がいいのね。自分で気づいてる？」マディーはぼやいた。「あの仏頂面のマーシャル捜査官が懐かしいわ」

「どうして？　あんな自分勝手なやつ、どうだっていいじゃないか。優しいおれのほうがずっといいぞ。きみを一生、一番大切にする」

「だからいやなの」

「優しくされるのを怖がるなんて妙だな。自分は優しいくせに」

「そんなことより、お尻を少し上げてくれる？」マディーは太ももの裏側に手を当てた。

デイヴィッドはげらげら笑いだした。「くすぐったいよ」

「お尻を上げて」

「なあ、そんなに嬉しいこと言われたの、生まれて初めてだ」

「かわいそうな人ね。ほら、早く」

デイヴィッドは膝を立て、背中を弓なりにさせた。「これでいい？」

マディーは両手を彼の背中のほうにまわし、ポケットを探った。「お尻を動かさないで」

「無理だよ」

「わざとやってるんでしょ？」

「まさか」デイヴィッドは口をぎゅっと閉じて笑いをこらえた。笑いは百薬の長なのに。

「ごほん！」戸口のほうから、看護師の咳払いが聞こえてきた。「お手伝いしましょうか？」と看護師はフランス語でたずねた。

「いや、妻が……」妻という言葉を口にして、笑いをこらえることなどもうできなかった。あるいは、マディーの長く細い指がいつまでもお尻をくすぐってくるからかもしれないが。

「奥さん？」

「ウイ」デイヴィッドは嬉しそうに返した。

するとと看護師はストレッチャーにつかつかと歩み寄り、マディーの手に小さなプラスチックのコップを押しつけた。

「なんですか、これ？」彼女はコップを凝視した。

看護師は早口のフランス語で説明すると、さっさと出ていってしまった。

「なんて言ったの？」マディーはなおもいぶかる顔でコップを見つめながらたずねた。

「まだおれの花嫁のふりをつづけるつもり？」

「ええ、どうして？」

デイヴィッドはにんまりと笑った。「だんなさんの服を脱がして、コップにおしっこを採ってくださいってさ」

16

デイヴィッドはやっと眠ってくれた。もしも彼に、愛しいきみとか、かわいいマディーとか、そういう甘ったるい言葉をあれ以上聞かされたら、なにをしでかすか自信がなかった。

それにしても、彼が鎮痛剤ごときであんなに感傷的になるなんて。

病院に着いてからすでに六時間以上が経っている。いまは夜の一一時過ぎだ。医師は検査のあと折れた手首にギプスをはめ、抗生物質を投与してから鎮痛剤を処方し、たっぷり休むよう指示を出して診察室をあとにした。

たっぷり休め、か。

マディーはホテルを探して、闇に包まれたモナコの街中を車を走らせている。後部座席からデイヴィッドのかすかな寝息が聞こえてくる。できることなら、こんなところで一泊したくない。キャシーを捜しに行きたい。でも、彼はひとりにしておける状態じゃないし、見捨てるわけにはいかなかった。

それに、少し眠りたいのも事実だった。それから、食事をして、お風呂にも入りたい。熱いお風呂のことを考えたら、もういてもたってもいられなかった。いずれにせよ、キャシーとシュライバーだって夜は休むはずだ。彼女は最初に見つけたホテルで車を停めた。

数時間前から妻のふりをしている延長で、チェックインのときにも夫婦を名乗った。心の底から、今夜は彼をひとりにしてはまずいと思ったからだ。これだけ鎮痛剤が効いた状態では、うつぶせに寝て窒息死してしまう恐れもある。ただし、ダブルではなくツインルームにしてもらうのは忘れなかった。

「デイヴィッド」チェックインを済ませると、車に戻り、彼を起こそうとした。

「ううん……」

「ねえ、起きて。ベッドで寝ましょう」

「なに？」

マディーは同じ言葉を繰り返した。

「人を起こしておいて、また寝ろって？」

「ちゃんとベッドで寝るの」

「きみと一緒に？」彼はまたもや、どこかちゃめっ気のある、セクシーな笑みを浮かべた。病院で薬を打たれてから、ずっとそんなふうに笑ってばかりいる。

「残念でした。ベッドは別々よ」

「ちぇっ」彼はぼやきながら手を伸ばし、ポニーテールからほつれた髪を指に絡ませた。

「きれいな髪だな。やわらかくて、つやつやしてる」

「調子いいんだから。ほら起きて。けがしてないほうの手をこっちに寄越して」

何回か失敗を繰り返したあと、ようやくデイヴィッドを車から降ろすことができた。自力で立たせて、ホテルのほうに連れていく。ぐったりと寄りかかられたせいで、部屋に着いたときには彼の体から伝わった熱で左半身がうずくほどだった。

デイヴィッドをいったん壁に寄りかからせ、ドアを開ける。振り返ると、彼はずるずると床にへたりこんでいくところだった。

「だめ、だめ、そんなところで寝ないで。ちゃんと立ってよ」床にお尻をつく寸前のところで抱きかかえた瞬間、彼の顔がどんなにひどい状態になっているか目の当たりにした。マディーはショックを覚え、その痛みを自分のもののように感じた。

「なあ、マディー」デイヴィッドが不意に陽気な声を出した。「どうしてこれまできみと出会わなかったのかなあ？」

「わたしがあなたみたいな男性を避けてたからでしょ」

「どうして？」

「どうしてって、なにが？」左わきの下に肩を入れ、よいしょと体を持ち上げる。

「どうして、おれを避けてたの？」

「静かにして」

「なんで？」デイヴィッドは廊下を見まわした。「誰か来るのか？」

こんなに疲れて、おなかが空いて、不安に駆られていなかったら、マディーだっていまの状況を笑い飛ばせたかもしれない。でも実際には、一刻も早く彼を部屋に入れて、ベッドに寝かせてしまいたかった。

そして部屋に足を踏み入れた瞬間、ベッドが一台しかないのを見つけて動揺した。こんな時間にフロントに文句を言って部屋を換えてもらうなんて、考えるだけでうんざりする。彼女はすぐにあきらめた。デイヴィッドはあっという間に寝入ってしまうだろうし、こっちは服を着たままカバーの上に横になればいい。別に問題はない。ゆうべだって、手錠を掛けたままふたりでひとつのベッドで寝たのだし。

でも、ゆうべは彼に腹を立てていたから……。

だからなに？

でも今夜は、彼に同情してる。まるで状況が違うわ。

それじゃまるで、今夜、なにかいけないことが起きるみたいじゃない。デイヴィッドなら、歩く——かろうじて歩く——薬局状態だから大丈夫よ。

彼をベッドに横にさせたあと、マディーは電話のところに行き、ルームサービスを頼んだ。

「あいにく一〇時までとなっております」受話器の向こうで女性の声が答える。

「お願い」マディーは食い下がった。「ハネムーン中なのに、夫は手首を骨折するし、荷物は行方不明になるし、どうしていいかわからないのよ」

女性は同情する声でつぶやいて、「では、簡単なものでしたら」と折れてくれた。「スープとクラッカー、チーズ、果物でいかがでしょう？」

「完璧よ。どうもありがとう。あなたは命の恩人だわ」電話を切り、振り返ると、デイヴィッドが誘うような目でこちらを見ていた。

「やあ、ベイビー」

「ルームサービスを頼んだから。シャワーを浴びてきちゃうわね」

「一緒に入っていい？」ケイリー・グラント張りの気取った笑みを浮かべてじっと見つめてくる。

「だめ」

「固いこと言うなよ」今度はふくれっ面をした。

「シャワーを浴びている間にルームサービスが来たら、ドアを開けてあげてくれる？」

「お安い御用だ」というデイヴィッドの発音はまだどこか曖昧《あいまい》だった。いったいいつになったら鎮痛剤が切れるのだろう。

「手首の具合はどう？」

デイヴィッドはギプスの巻かれた手首を見おろした。「大丈夫そうだな」

「痛みは？」

「ない」彼はナイトテーブルの引き出しを開け、その中に頭から突っこんでしまうのではないかと思うくらい低くかがみこんだ。

「なにを探してるの？」

「くし。髪がくしゃくしゃだから」

「髪ならいつもくしゃくしゃじゃない。それに、わたしはそのほうが好きよ」

「本当に？」彼はギプスをしていないほうの手で髪をかきあげ、またにんまりとした。

「似合ってるわ。さてと、五分でいいからおとなしくしててくれる？　子どもじゃないんだから、できるわよね？」

「了解」

マディーはバスルームに向かい、閉めたドアに寄りかかってため息をついた。セーターを脱ごうとして鏡を見たときにハッと気づいた。

なんてこと！　こんなひどい顔をしてたなんて。こんな女に言い寄るくらいだから、やはりデイヴィッドは頭がおかしくなっているに違いない。髪は張りを失ってぺったりと頭にはりつき、目の周りには黒いくまができ、頬にはデイヴィッドの血が点々と飛び散っている。ぼんやりと、彼はどうして崖から落ちたのかしらと思ったが、いまはその質問をすべきではない。マディーは服を脱いでシャワーの下に立った。

熱い湯を浴びていると天国にいる気分だった。できればこのままのんびり湯に打たれていたいが、彼をずっとひとりにしておくわけにはいかない。伸びたすね毛をなんとかしたいが、かみそりはスーツケースの中だし、スーツケースは行方不明だ。しばらくは、ちくちくするすね毛で我慢するしかない。

シャワーを終えると、タオルで髪をくるみ、ドアに掛かっている純白のテリー織のバスローブを一枚取り、洗面台にためた湯に下着をつけた。デイヴィッドを寝かしてから、手洗いしてタオルラックに掛けておけばいいだろう。

ベッドルームに戻ると、デイヴィッドはクラッカーをむしゃむしゃ食べながらシャンパンをすすっていた。

「なにしてるの」ベッドに駆け寄り、さっとグラスを取り上げた。

「シャンパンを飲めば痛みが消えるだろ」

「頭がおかしいんじゃないの？　鎮痛剤を打ったばかりなのに、お酒を飲むなんて。六〇年代のロックスターじゃあるまいし」

「そんなにやばい？」

「昏睡状態になったって知らないから」マディーはボトルに視線を投げた。「そもそも、どうやって開けたの？」

「ルームサービスに頼んだ」

「働き者だこと」

「クラッカー食べる？」デイヴィッドはクラッカーとチーズの載った皿を差し出した。「半分こしようよ」

「ベッドの上で食べるのはやめて。くずだらけじゃないの」たしなめながら内心では、ハニー、本当はわたしのベッドでクラッカーを食べるのはいつでも大歓迎よ、と思っていた。

「うちの親父みたいだな」

「あなたのお父さん？　お母さんの間違いじゃないの？」

「いいや。親父は完璧主義者でね。軍人だから。規則に従わないと痛い目に遭わされる。おれが腕立て伏せを何回できるかわかる？」

マディーは折れた手首をちらりと見やった。「いまこの場で？」

「いや、いまは無理だけど。でも普段は五一七回できる」

「五一八回じゃだめなの？」

「親父の記録が五一六回だったから」

「ああ、なるほど。お父さんと競争したのね。じゃあ、息子に記録を破られて喜んだでしょう？」

「記録を破ったときには、親父はもうこの世にいなかった」

「そうなの……残念だったわね」

デイヴィッドは肩をすくめ、ややためらってから言った。「ひどい父親だったから、別に」

彼の口調にマディーは胸が痛んだ。「お父さんに、つらい目に遭わされたってこと？」

「いや、いまのおれがあるのは親父のおかげだ」という声音には誇りが感じられた。

「亡くなった理由は？　よかったら話してくれない？」デイヴィッドは自分のことを話したがらないとアンリから聞いている。でも、今夜は薬のせいで口が軽くなっているようだ。マディーはこのチャンスを逃すつもりはなかった。

彼はまた肩をすくめた。「父も母も、おれが一二歳のときに殺された。第三世界のとある国で、通りで銃に撃たれてね。親父は陸軍大将で、和平条約締結のために駐留していたんだ」と言うと、父親の皮肉な運命を思い、かすれ声で笑った。

「ひどい話ね」マディーは胸に手を当てた。少年だったデイヴィッドがあまりにも哀れで、喉の奥が詰まり、胸が痛んだ。

「大使館は大混乱だった。おれはショック状態で、大使館の裏口からおもてに出て、三日間街をさまよい歩いた。食うや食わずのところを当局が見つけてくれた。それからニューヨークにやられ、母の姉と一緒に暮らすことになった」

「キャロライン伯母さんね」

「ああ」デイヴィッドは驚きの表情を浮かべた。「どうしてそれを?」

「アンリに聞いたの」

「まったくフランス人ってやつは。大方、プライベートな話を聞かせれば、きみがおれにますます夢中になると思ったんだろう」彼はあきれ顔になった。

「どういうこと?」

「フランス人は恋愛のことしか頭にないから。おれたちが一緒に飛行機を降りるのを見たときから、恋人同士だと勘違いしてるんだよ」

マディーは息苦しさを覚えた。「どうしてそんなふうに思ったのかしら」

「おれがきみを見る目つきでわかったんだとさ」

マディーは狼狽《ろうばい》し、すかさず話題を変えた。「ご両親を殺した犯人は捕まったの?」

「いいや」

なるほど、そういうことだったの。だからデイヴィッドは、こんなに粘り強い、意志の強い人になった。ご両親の事件がきっかけで、正義を貫き、なんとしても勝利をものにしようと考えるようになったのね。

なんと返せばいいのかわからなかった。どんな言葉も、いまはただ愚かしく、見当違いで、押しつけがましいものにしか聞こえないだろう。代わりにマディーは、自分の母親について打ち明けることにした。父が出ていってから、母がちょっとおかしくなってしまったこと。お酒ばかり飲んで、支払いや日用品の買出しを忘れるようになったこと。ろくでもない男たちとっかえひっかえつきあい、どこへ行くにもふたりの娘を連れまわしたこと。

「当時わたしは一五歳だったけど、ナイトクラブから帰ってこない母を待って、夜中の三時まで起きていたこともあった。普通は逆でしょ。おかげで子どもらしい楽しみなんて全然味わえなかった」

「そう。そいつは大変だったな」

「あなたほどじゃないわ。それにわたしの話にはハッピーエンドが待ってたから。母はいまの夫のスタンリーと出会い、めちゃくちゃな暮らしから抜け出せた。スタンリーはすごくまじめな人なの。母はそれまでの数年間を埋め合わせようと、必死にがんばったわ。だからもう母にわだかまりはないの。あの人だって一生懸命だったのよ」

「話してくれてありがとう」デイヴィッドは人差指で彼女の頰をなぞった。「さぞかし勇気がいったろう?」

マディーは咳払いをし、親密な空気を懸命に振り払おうとした。「あの、ひとりでスープを飲める？」

「普段のおれならイエスって答えるけど。人に頼るのが嫌いだからね」デイヴィッドはギプスのはまった手を上げた。「でもいまは片目が腫れて遠近感がおかしいし、利き手が使えないし、恐竜の生肉だって食えそうなくらい腹ぺこだから、お言葉に甘えさせてもらおう」

マディーはベッドの端、彼の隣に腰を下ろした。途端に心臓がどきどきいい始める。彼が身を乗り出して首筋で鼻をくんくんいわせた。「石けんのいい匂いがする」

「ありがとう」マディーは澄まし声で返した。温かな息がうなじの毛にかかり、ぞくぞくするような興奮を覚えたが、必死に忘れようとした。

「それに、タオルで髪をまとめているとすごくかわいいよ。でもそれ、いったいどうやってるの？」

「古来からの女性の秘密。この秘密を知った男は殺されるの」マディーはチキンスープをすくい、こぼさないようにスプーンの下に手を添えた。「はい、お口を開けて」

「なんかばかみたいだな」

「別に誰も見てないんだから。ほら、開けて」

しぶしぶ開けた彼の口に、マディーはスプーンを運んだ。

開いたほうの目とぴったりと目が合う。

けが人にスープを飲ませるのは、刺激的でも、挑発的でも、エロティックでもないはずだ。でも彼女は、どうしようもなくどきどきしていた。

スープを飲もうと彼が舌を出すのを見た途端、胸の奥が温かく、とろけるようになるのを覚えた。

「ううん」デイヴィッドは唸った。「スープがこんなにおいしいなんて知らなかったな」

わたしは、スープを飲んだときの男性の唸り声がこんなにセクシーだなんて、知らなかったわ。ほんの少し触れるだけ、わずかに目が合うだけ、ちょっと声を聞くだけで、気持ちがどんどん高ぶっていくみたい。

デイヴィッドの唇がスープに濡れて光る。マディーは、そこに口づけ、垂れたスープを舐めとりたい猛烈な衝動に襲われた。

お願い！　誰か助けて！　彼女は心の中で祈った。急速に自制心を失いつつあるのを感じた。

ごくりと唾をのみ、震える手でもう一杯スープをすくう。わたし、いったいどうしちゃったんだろう？

「こんなけがさえしてなかったらな」

「けががなによ？」声がパニクッているのが自分でもわかる。いったいどうして、この場ではだかになり、彼と全身を絡ませたい圧倒的な欲求に駆られたりするの？

「けがをしてなかったら、きみにスープを飲ませてもらわなくて済んだのに。なんだかきみは、少々お困りのようだから」

「そもそもあなたがけがをしていなかったら、こうしてベッドで並んで座ることもないわ」

「おれは見たままを言ってるだけだよ。寄り添ってスープを飲ませたせいで、きみは興奮してる」

「興奮なんかしてないわ」

「でも、乳首が立ってるよ」

最低！　でも、デイヴィッドの言うとおりだった。

「人の胸を見ないで」

「刺激するつもりはなかったんだけどな」

「興奮なんかしてませんから」

「でも、してるように見えるよ」

「してません」あなたがほしくてたまらないのは、わたしの勝手な衝動で、あなたにどうこうしてもらいたいなんて、これっぽっちも思っちゃいないんだから。「ほら、もう一口飲んで」マディーはあわててスプーンを口に運んだ。

「落ち着けよ。もっとのんびり楽しもう」

も、も、もっとのんびり楽しもう、だなんて。あからさまな誘い文句だわ。マディーは彼の顔を見ないようにした。

こんなばかな話ってない。満たされない欲望で痛いほどなのにも、気づかないふりをした。狼狽したマディーはスプーンの下に手を添えるのを忘れてしまい、スープが彼の胸元にこぼれた。

「ご、ごめんなさい」トレーからナプキンを取り上げ、シャツの胸をとんとんとたたくようにふいた。「わたしって不器用で」

「不器用じゃないさ。誰かにものを食べさせるのは難しいからね」

　とりわけ、その誰かがいやらしいことばかりほのめかすときにはね。

「はい――」あらためてスプーンに手を伸ばす。「もう一回やり直し」

「クラッカーとチーズとりんごにしたほうがいいんじゃない？」デイヴィッドはハスキーな声で言った。

「名案ね」

　ふたりは無言で食べた。クラッカーやチーズをかじりながら、お互いを見ようともしなかった。食事が済むと、マディーはトレーを廊下に運んだ。部屋に戻るとデイヴィッドはベッドのかたわらに立っていた。

「悪いけど、服を脱ぐのを手伝ってもらっていいかな？」

「もちろん。全然問題ないわ」

　嘘つき。

　手を伸ばし、シャツのボタンを外しだす。一番危険が少ないところから始めたほうがいい。

「そういえば――」彼の声が聞こえてくる。「いま気づいたけど、この部屋にはベッドがひとつしかないな」

「そうよ。ツインルームを頼んだのに、入ってみたらこれ」

「ひとつのベッドで寝たら、なにか問題あるかな？」

「ゆうべもひとつのベッドで寝たわ」

「ああ、でもおれは酔ってたから」

「そして今夜は、薬で朦朧としてる」

「じゃあ、今夜も何事も起きない？」

「あなたが問題ないなら、わたしも問題ないと思うけど。ただし、あなたが妙なことをしようとしなければね」

デイヴィッドはギプスをはめた手首をあごで示した。「どうせなにもできやしないよ」

「だったら、なにも問題ないんじゃないの？」シャツのボタンを外し終えると、分厚い筋肉に覆われた広い胸板があらわれた。

すごい腹筋！　女子校の寮生なら、この腹筋をさかなに酔い明かせるだろう。

胸毛に覆われた引き締まった隆起に指先を這わせたい衝動を懸命に振り払い、マディーはベルトのバックルに手を伸ばした。

すると指の関節が偶然、ファスナーに当たってしまった。

途端に彼のものは硬くなった。

すごい。こんなの見たことない。

「ごめん」デイヴィッドは謝った。黒や青のあざだらけの顔は、きっと真っ赤になっているはずだ。

「大丈夫よ」マディーは嘘をついた。もう限界だ。ハイウェーで危うく彼を轢きそうになったときからずっと、ぎりぎりのところで我慢していたのに。

「きみを軽く見てるわけじゃないんだ。こんなふうになったりしてごめん。でも、きみがあんまりセクシーで、この間からずっとふたりで愛しあうことばかり考えていたもんだから。それにきみはいい匂いがするし、おれは頭が朦朧としてるし、それで……」

「シーッ」マディーは人差指で彼の唇を押さえた。

「いや、本当にごめん。こんなに自制心がないなんて、恥ずかしいよ。言い訳の言葉もない。本当に、なんて謝ればいいのか……」

「デイヴィッド、黙っててくれる？」マディーはささやき、彼に口づけた。

17

いかにもアスリートらしく、マディーは自分の体にじっと耳を傾けた。すると、流れに身を任せろという声が聞こえてきた。肌がカッと熱を帯び、筋肉が波打つように震え、規則正しいけれども激しい自分の息づかいに、これまでにないくらい感情が高ぶるのを覚えた。

デイヴィッドはシャンパンとチキンスープとカマンベールチーズとセサミクラッカーの味がした。そのいたずらな舌が唇を舐め、あごのほうへと下りていく。マディーは頭をのけぞらせて首筋をあらわにし、熱い唇が激しく脈打つ部分を探しあててくれるときを待った。

彼は一ミリたりとも狂いなく、一番感じやすい部分を探りあて、結婚の宴のファラオのようにそこをかんだ。左の手のひらでマディーの頭を支えながら、熱い肌をむさぼるように舐めまわした。

「キスマークがつかない?」

「つけてほしいの?」

「ううん。そう。ああ、そのままつづけて。つま先に力が入っちゃう」

「正直な答えだ」デイヴィッドはいいほうの腕を彼女の腰にまわして抱き寄せた。

彼がまだ薬でハイなのはわかっている。アドレナリンの過剰放出と、睡眠不足と、彼が今夜死にかけたという身近な恐怖のせいで、自分がまともにものを考えられない状態なのも。でも、彼が助かったことをここで祝わないのは、神への冒瀆《ぼうとく》に思えた。歓喜の淵にこのまま落ちていけると信じるほどばかじゃないけど、それでも流れに身を任せようと思った。あの悪名高き良識はどこにいっちゃったの？　用心深さはどこにいっちゃったのよ？

それはドアの向こう、窓の外、世界の果てにいってしまった。でも、そんなの誰にわかる？　誰が気にするの？　わたしは気にしない。少なくともいまは。後悔する時間、自分を責める時間なら明日たっぷりある。でもいまは、なにか衝動的なこと、まるで自分らしくないこと、完璧に無鉄砲なことをしたい。

デイヴィッドがバスローブのベルトをほどき、床に落とす。熱い肌を冷たい空気に撫でられて、マディーは息をのんだ。なんてすてき！　でも、首筋のくぼみに口づける彼の唇の感触のほうが、その二倍もすてきだった。

彼の舌が、ちろちろとくぼみを舐める。下腹部が、カーッと熱くなってくる。

こんなふうに、ほしくてたまらない気持ち。痛いくらい、自分を見失うくらい夢中な気持ちになったこと、いままでにあった？

自分の激しい思いに、マディーは怖くなると同時に解放感も覚えた。いまわたしはモナコで、知りあったばかりの男の人と、いけないことをしようとしている。

キャシーだってきっと、やったじゃないと言ってくれる。

それにママだって。

ううん、自分で自分を褒めてあげたい気分。こんな無鉄砲、できるなんて夢にも思わなかったのに。マディーはデイヴィッドにぴったりと寄り添い、彼の体から立ち上る熱を味わい、純粋に肉体的な喜びを堪能した。いま、わたしたちは生きている。大切なのはそれだけだ。デイヴィッドは頭を下げ、胸の谷間のほうへと軽やかに口づけていった。マディーは身を震わせながら深く息をのんだ。ああ、すてき。

彼はさらに頭を下げていき、硬くなった乳首を口に含んだ。マディーはえもいわれぬ心地よさに危うく叫びそうになった。

頭の中のさめた部分が怯えだす。膝の鳴る音が聞こえる気がした。

こんな向こう見ずなことをしてもいいのと自分に問う暇もなく、ふたたびむさぼるように口づけられた。すると、用心深い声はかき消え、最後の抵抗の糸もぷっつりと切れた。

ふたりは抱きあったままベッドに倒れこんだ。折れた手首を痛めないよう気をつけたけど、それ以外の部分はどうでもよかった。デイヴィッドは乱暴にバスローブをつかみ、襟を左右に開いた。マディーはベルトをまさぐり、なめらかな平たい革をベルト通しから引き抜き、部屋の隅に放り投げた。

仰向けに横たえられ、全身に口づけられる。唇、まぶた、頬、あごにも。歓喜の波に全身を洗われるみたいだ。

喜びと恐れ。欲望と優しさ。興奮と不安。

ふたりは息を荒らげ、同じリズムで、同じ空気をともに吸い、吐いた。

マディーはズボンのホックを外そうとした。彼は胸に広がったきらめくブロンドの髪を指先で撫でた。

彼はうめいた。

マディーは喘いだ。

ズボンのウエストから、さらに下着の中へと片手を忍びこませる。マディーは息をのみ、彼の体が発する熱におののきながら、硬くなったものを探りあてる寸前のところで手をうごめかした。

ふたりは同時に、お互いの体を探っていた。

「こんなに真っ平らで引き締まったおなかは生まれて初めて見るよ」デイヴィッドが賞賛をこめて言いつつ、おなかを撫でまわす。

「斜めにした板の上で一日二〇〇回、腹筋するの」マディーは誇らしげに答え、体を褒められた喜びに胸を高鳴らせた。筋肉質すぎると言う男性も中にはいる。でも、デイヴィッドは違った。

彼の指がゆっくりと太ももの間に忍びこんでくる。マディーは思った。ここで、こんなふうにしているのが信じられない。このわたしが、くよくよ考えず、自分を解き放てるなんて。

彼の指が太ももの間をまさぐり、舌がおなかの上をさまよい、まるでロリポップキャンデーみたいに舐めてくる。

丹念な愛撫に乳首が硬くなり、彼がほしくて胸が重たくなってくる。鎮痛剤で朦朧としていてもこんなに上手なら、絶好調のときにはいったいどんなふうなの。マディーは想像して身を震わせた。

だけど、彼はいま弱っているのよ。わたしはそれを利用しているのよ。

そう思った瞬間、はっとわれに返り、下着の中をまさぐる手が止まってしまった。

「どうした?」デイヴィッドが喘ぎながら、頭をもたげて顔をのぞきこんでくる。その腫れあがったまぶたを目にするなり、罪悪感に胸を衝かれた。「どうかした?」

「けが人のあなたを相手に、こんなことをするなんて。本当は、あなたを介抱して、大事にしてあげなくちゃいけないのに」

「シーッ」彼は人差指でマディーの唇をふさいだ。「おれはこういう癒し方のほうがいい」

「でも――」

「なにも言うな」

「本気でしたいわけじゃないんでしょう?」唇をふさがれたまま訴えた。

「静かにして」

「いまのあなたに必要なのは白衣の天使なのに、わたしったら……」

今度は手のひらで口をふさがれた。「しゃべるなって。何度言えばわかるんだ?」

「ベイビッボ」汗ばんだ手のひらで押さえられているので、彼の名を呼ぶ自分の声がそんなふうに聞こえた。

「いまのおれに必要なのは、きみと愛しあうことだよ。だから、あれこれ考えすぎて、ぶち壊しにしないでくれ、いいね？」

「わかった」

「さてと、どこからだっけ？」彼がふたたび頭を下げる。

その肩をとんとんとたたく。「できないわ」

「なんで？」

「コンドームがないから。あなた持ってる？」

「スーツケースの中にある」

「スーツケースはどこ？」

「たぶん、パリ・マドリード間を往復中の高速列車の中」

「やっぱりね」

「どこかで調達してくるよ。そのままの体勢で待ってて」

「あなたはろくに歩けない状態だし、そもそも真夜中よ」

デイヴィッドはため息をついて仰向けに横になった。「だから？」

「だから、やっぱりこんなことしちゃいけないのよ」

「名案なのに？」

「どこが名案なの？　キスなんかするべきじゃなかった。どうしてしちゃったんだろう？」

デイヴィッドはまたうめいた。だが今回は歓喜のあまりではない。「そうやってなんでもかんでも分析しなくちゃ気が済まないのか？　ふたりともこんなにやる気まんまんなのに。せっかくいい感じになってたじゃないか。しょせん良識には勝てないんだな。わかったよ。もう寝よう」

「そうね。ここまでにしましょう。ふたりとも、いまのことは全部忘れるの。……ほら。もう忘れたわ」

そのとおり。デイヴィッドだってすでに寝息をたてている。

上出来だ。彼はベッドに斜めに寝ていて、マディーが横になる余地はない。まあいい。髪を乾かして、下着を洗ってしまおう。彼はこのまま寝かせておけばいい。休息を必要としているのだから。

でもわたしは、脚の間のこのうずきをいったいどうすればいいの？

全部忘れるなんて、できるわけがなかった。

デイヴィッドは寝たふりをつづけながら、マディーがバスルームでがさごそやっている音に聞き耳をたてていた。鎮痛剤が切れて、さまざまな痛みがふたたびあちこちを突き刺し始めている。

小さくハミングする声が聞こえる。耳をそばだて、ようやくそれがカントリーシンガーのフェイス・ヒルの曲であることがわかった。うっとりするようなキスの歓びを歌った歌だ。

デイヴィッドは天井を見つめながらにやにやした。当人が認めようが認めまいが、彼女はおれに惹かれている。

問題は、おれも彼女に惹かれていることだ。

しかも、久しぶりに強烈に。いや、たぶん生まれて初めてだ。デイヴィッドはかつての婚約者のキーリーについて、彼女と一緒にいたときの気持ちについて思いを巡らしてみた。正直言ってそれは、いまマディーに対して覚えているこの奇妙で不可解な感情の足元にも及ばないものだった。

マディーの香りがよみがえり、焦《じ》らすように鼻孔をくすぐる。舌の上にはまだ、ハチミツを思わせる甘い味が薄れることなくこっくりと思わせぶりに残っている。デイヴィッドはかぶりを振った。ちょっと触れられただけで、あっという間に股間が硬くなってしまったことを思い出したのだ。

これ以上自分に嘘はつけない。キーリーも含めて、いままで誰にも感じたことがないくらい、マディーがほしくてたまらない。この気持ちを、とにかく抑えられない。

マディーのことを筋肉質すぎるとか、あごがとがりすぎてるとか言う男も中にはいるだろう。でもデイヴィッドは、意志の強さを感じさせるあのあごと、弧を描くやわらかな唇の取り合わせが大好きだ。それに、秀でた頬骨も、鮮やかにきらめくエメラルドグリーンの瞳も。彼女の体の造作を観察するのは実に楽しい。あの女性らしい体を作り上げているさまざまな直線や曲線、角度、丸み、すべてを観察するのが。

だがこの思いは、外見的な魅力だけによるものじゃない。愛する者を優しく、思いやり深く支えるところもいい。意欲にあふれ、常に信頼に足るところもすごいと思う。デイヴィッドはすっかり彼女に魅了されていた。ついにその日が来たらしい。こんなふうにひとりの女性に夢中になる日が来るなんて夢にも思わなかったが、ついにその日が来たらしい。

彼女の誠実さも好きだ。きまじめな人生観も、正義感の強さも。彼女といると楽しくて仕方がない。機知に富んだユーモアセンスで好奇心に火をつけてくれるし、面倒が起きたときには、現実的な対処方法を授けてくれる。

あの心配性な性格さえいとおしく感じる。他人のことを心の底から気にかけている証拠だからだ。慎重すぎるのがたまにきずだが、欠点というわけではない。家族のことを聞かせてもらったおかげで、いまでは彼にも理解できる。マディーは、自分がそうするのと同じように愛する者がずっと自分のそばにいてくれるかどうか、確信が持てないのだ。

容易に他人を信じない性格のくせに信頼うんぬんを語るのは、おかしなことかもしれない。でも、マディーの不安をすべてぬぐい去り、一〇〇パーセントの信頼を得られたなら――それは、素晴らしい恵みとなるだろう。

だがおれにそんなことを望む権利はあるのだろうか。高望みではないのだろうか。

しかし、ジョッコにぶちのめされた彼を発見したのが彼女だったのは、単なる偶然ではないはずだ。デイヴィッドは運命論者ではないが、あのとき彼女は間違いなく、なにものかに導かれてあそこにあらわれたのだと思っている。誰かに必要とされたとき、彼女はその場所だろう。

を直感的に察知できるのだ。彼がいまこうして息をしていられるのは、たぶん彼女のおかげだろう。

そんな彼女を、マドリードに置き去りにしたなんて。

罪悪感と、見当違いのことをした後悔にさいなまれる。彼女を信じてやれなかった自分が恥ずかしい。シュライバーのもとからジョッコがキャシーを拉致した可能性があると、どうして話してやらなかったんだろう。イザベラに聞いたキャシーの計画について、どうして隠したりしたんだろう。いまこそ、すべてを打ち明けるべきだ。

彼女だって知りたいはずだ。

そう。マディーはいつだって事実をありのままに話す。駆け引きなんかせず、自分の周りでなにが起きているのかを正確に知りたがる。現実から目をそむけたり、逃げ出したりしない。

そんな彼女がほしくてたまらない。

デイヴィッドはベッドの端からさっと足を下ろし、脱ぎ捨てたシャツを取り上げるとドアのほうに向かった。コンドームを調達しに行くつもりだった。手に入れるまでは、決してここには戻らない。

それから二〇分後、彼は片手に四角い箱を握りしめ、痛む顔に満足げな笑みを浮かべて部屋に戻ってきた。これから起きることをしっかり目に焼きつけておくために、鎮痛剤を水無しでのみくだした。今夜おれはマディーと愛を交わす。折れた片手と、黒く腫れあがったまぶたと、ほかにもあちこち痛む体で。

「どこに行ってたのよ？」マディーは腰に両手を当てて問いただした。心配のために眉間にしわが寄っている。「バスルームから出てきたら、どこにもいないんだもの。心臓が止まるかと思ったじゃない」

デイヴィッドはコンドームの箱を掲げてみせた。

「嘘でしょう？」眉間のしわが消え、はにかんだようなモナリザの笑みが広がる。

「本当」

「デイヴィッド……わたし……」

「怖くなった？」ゆっくりと歩み寄り、マディーの腰にいいほうの腕をまわす。

「考えたんだけど……」

「考えるのはもうやめ。ただ感じればいいんだよ……」

問題は、彼自身も考えていることだ。決定的な出来事が待ちかまえている予感があるのに、それがなんなのかはっきりと言葉にあらわせない。だから彼は、行動で示してみせようと決めた。

痛いくらいの欲望に飢えた指で、彼女のバスローブをゆっくりと脱がしていき、一糸まとわぬ姿にする。

デイヴィッドは呼吸さえ忘れた。彼女は信じられないくらいゴージャスだった。これ以上セクシーな体は見たことがない。その瞳をのぞきこんだだけで、胸の奥が激しくうずいた。

おれのマディーが、まるでおれが太陽や月や星々の創造主であるかのように、おれを見ている。

乳首は硬くなり、乱れた髪はほっそりとした肩の上に挑発するように広がっている。すべてをさらけだし、鎧を捨て去り、どこか頼りなげなのに、それでいて怯えた様子はいっさいない。尻込みする気配すらなかった。

勇気を振り絞って、彼を信じようとしていた。

デイヴィッドはひたすら見とれた。目もくらむほど美しい肢体の隅から隅まで見つめた。喉元のくぼみ、丸い乳房、なめらかに引き締まったおなか、太ももの付け根を覆うやわらかなブロンド。

じっと見つめていると、マディーの頬は薔薇色に染まった。瞳は彼のいやます興奮を映したようにきらめいている。彼女は舌で唇を舐め、視線を決してそらそうとしなかった。

デイヴィッドはこぶしを握り、いますぐ彼女を抱きしめて床の上で交わりたくなる衝動を抑えた。最初のときは、気だるくゆっくり楽しみたい。時間をかけて。彼女の期待をさらに上まわるくらい喜ばせてやりたい。

股間が激しく脈打ち、喉がぎゅっと締めつけられるように感じる。マディーの手が伸び、今夜二度目となるシャツのボタンを外す作業に取りかかる。その手の動きは優しく、それでいて誘うようだ。信じられない。

おれは世界一幸運なやつだとデイヴィッドは思った。マディーみたいに思いやり深く、強く、しなやかな女性に、まるで混じりけのない黄金みたいに大切に扱われるなんて。本当は彼女のほうこそ、この世にふたつとない宝物、輝きを放つダイヤモンドなのに。彼女に比べたら、おれなんかほこりまみれの石炭のかたまり同然だ。

途端に脳裏に疑念がわいてくる。彼女みたいな女性に、おれがいったいなにを与えてやれる？　ＦＢＩはおれの人生だ。興奮と、追跡のスリルがなければ生きていけない。だからこそキーリーに捨てられた。心の奥底で、愛情あふれる関係を築きそこに安寧してしまうことに、恐れを抱いているのだ。どうして恐れるのか。それは、いずれその関係を壊してしまうとわかっているから。マディーが必要としている堅実で意志の強い男に、どうやったらなれるのか見当もつかない。

マディーが体をあずけてきて、軽く唇が重ねられた。「考えるのはやめて……あなたは考えすぎなの。いまこの瞬間を楽しんで」

すっかり形勢逆転されてしまった。彼女は思いがけないことをするタイプだと思った途端にこれだ。

デイヴィッドはキスを返し、長いこと忘れていた熱い思いを口づけに注ぎこんだ。

数分後、マディーは苦しげに唇を離した。

「すごい……くらくらしちゃった」

「まだまだ序の口だよ」デイヴィッドはからかった。

マディーは熱心なしぐさで、肩からシャツを脱がし、ギプスをした腕を袖から引き抜き、布地が床に落ちるに任せた。指先がファスナーに触れたとき、デイヴィッドは思わず息をのみ、その手をつかんだ。

「自分で脱ぐよ」

危うく転びそうになりながら記録的な速さでズボンを脱ぎ、部屋の隅に蹴った。マディーが背中を向け、なめらかな曲線を描いたおいしそうなお尻を揺らしながら、ベッドのほうに向かう。

デイヴィッドはそのあとを追った。

18

切迫感が、マディーの体の奥深くで熱く高まりつつあった。それは液体の炎にも似て、水銀よりもなおとろりとし、ガソリンよりも火がつきやすい。

マディーは早く彼を自分の中に感じたかった。彼に満たされて、この激しいうずきが和らぐときが待ちきれない。いっそ一〇〇万個のかけらになって飛び散り、息もつけぬほどの狂おしさの中で永遠に横たわっていたい。切望感が、おりに閉じこめられ自由を求めて暴れまくる野生動物のように強くなっていく。

「あなたがほしいの」マディーは言った。「これ以上待てない」

「ああ、ベイビー」デイヴィッドはうめいた。

ベッドカバーが取り去られ、マディーの体は冷たいシーツの上に横たえられた。ぎゅっと抱きしめられると、心臓のとくとくという音が聞こえた。

「目を閉じて」

言われたとおりにすると、まぶたにキスをされた。まずは右のまぶたに、つづけて左のまぶたに、そしてまた右に。これまでまぶたにキスしてくれた人なんていなかった。その行為は、とてつもなくエロティックに感じられた。

いいほうの手で髪をまさぐられる。これもとてもエロティックだ。頭皮をゆっくりと、優しく、何度も撫でられる。

唇が鼻梁に押しあてられ、やがて口元に下りてくる。彼はそこで動きを止めた。

「やめないで、いじわる」目を開けると、じっとこちらを見つめていた。

「準備はオーケー？」

「グランドケイマンのモーテルであなたのはだかの胸を見たときから、準備オーケーよ」

「嘘つけ」

「わたしが信じられない？」

「嫌われてると思ってた」

「あなたといると胸がどきどきするのがいやだっただけ」

「あの日からおれがほしかった？」

「わからなかったの？」

「ああ」

マディーは彼のあばらのあたりをつついた。「いまもほしいわ。少なくともついさっきまではほしかった。ねえ、さっさと始めたら？」

「かしこまりました、マダム」彼は言い、唇を重ねてきた。

素晴らしい味だった。

マディーは喘いだ。いたずらな舌に口の中をまさぐられ、口づけたまま歓喜の声を漏らした。全身の力が抜けて意識が朦朧とした次の瞬間には、体中に力がみなぎり意識が覚醒する。めまぐるしく変化する感覚に、めまいさえ覚えた。

抱きしめる手にさらに力がこめられるのがわかる。男らしい手の感触に、やっぱり間違いじゃなかったんだわと思った。熱を帯びた手に触れられるたび、下腹部にいくつもの小さな炎が灯り、全身を焦がされ、さらに燃え上がり、ついには熱くとろけて小刻みに震える核だけになってしまう。

重ねられた唇が離れ、罪深い舌が熱い肌の上を這う。鎖骨に沿って三角形をいくつも描くようになまめかしく舐められて、首筋に灼熱の炎が絡みつくかに感じた。

彼はまるで、マディー自身よりも彼女の体をよく知っているようだった。感じやすい部分を一分《いちぶ》の狂いもなくひとつひとつ探りあて、丹念に愛撫を与えてくる。あごの下をなぞり、肘の内側やわきの下のやわらかな肌をそっと撫で、膝の裏をかみ、おへそを舐めてからそのすぐ下にふうっと息を吹きかけた。

耳元に温かな息を吹きかけられたときには、くすぐったくて笑ってしまった。そうすると、子どもに返った気がした。うきうきした気分。ふざけたい気分だった。

舌で愛撫を加えられると、歓喜は最高潮に高まった。身震いするほどの快感がさざなみとなって全身を洗う。耳の奥を舐められたときには、本気で身震いした。

彼の愛撫は魔法だった。いまこの瞬間以外のすべてを忘れさせてくれた。マディーは胸いっぱいに彼の男らしい匂いを嗅ぎ、その比類ない愛撫を堪能した。

彼の指先の持つ魔力。謎めいた舌の動き。

デイヴィッドはマディーの上に覆いかぶさっているが、体重は両肘で支えている。マディーは折れた手首が心配になった。でも当の本人は気にしていないらしい。下腹部に、すっかり硬くなって熱く脈打つものが当たる。彼は片手で頬を撫でながら、マディーの瞳をじっとのぞきこんだ。

その顔にあらわれた深い思いに、マディーは思わず息をのんだ。彼の心の奥底をじっと見つめながら、テレパシーで自分の思いを伝えた。

あなたは特別な人よ。

デイヴィッドの気持ちが手に取るようにわかる。ほかの誰にも、そんなふうに感じたことはなかったのに。キャシーにすら、ここまで深い結びつきを実感したことはない。彼とつながっているという感覚、深い結びつきは、言葉にする必要がないほど強烈なものだった。むしろ言葉にしたら、ふたりがいま抱いている思いの深さは、かえって薄められてしまうだろう。

デイヴィッドが頭を下げ、ふたりを結ぶ架け橋が一瞬消える。でもそれは、瞳から唇へと、架け橋が取って代わられただけのことだった。彼はそっと、小石みたいに硬くなった乳首を熱く燃える唇で吸った。

マディーは鋭く息をのんだ。散弾銃で撃たれるように全身に震えが走って、体中の全神経の末端が焦がされる。

　歓喜にふくらんだ胸が、愛撫を受けて激しくうずき、マディーはすすり泣きを漏らした。

「お願い、お願いよ、デイヴィッド」

「なにが？」

　痛いくらい心地よい切迫感に全身を包まれて、マディーは話すことすらできない。

「やめてほしいの？」彼は濡れた乳首を奪ったまま、顔を上げた。

「違うの、そうじゃないわ、やめないで」

「もっとしてほしい？」

　マディーはうなずいた。

「もっとこうしてほしい？」軽やかに乳首を舐めた。「それとも、こんなふうにするのがいい？」下半身を押し当てた。

「もうだめ。全部ちょうだい」

「もちろん、全部あげる」

　デイヴィッドは彼女の隣に横向きに寝そべった。

　そして彼女の体を探り始めた。指先を胸骨に這わせ、宝探しでもするみたいに徐々に下へ下ろしていく。すぐにマディーは頭のてっぺんから足のつま先まで全身をぶるぶると震わせだした。

「待って」快感にのまれそうになるところを必死に抵抗して彼女は言った。「あなたに言わなくちゃいけないことがあるの」

「まさか、前は男だったなんて言うんじゃないだろうね？　だって、そんなのまるで信じられないよ」

「からかわないで。まじめに話してるんだから」

デイヴィッドは片肘をついて半身を起こした。「わかったよ。まじめにね。ちゃんと聞いてるよ。で、どんなすごい秘密？」

「秘密ってわけじゃないの。ある程度関係が進んでからでないと、男の人には言えないこと」

「つまり、おれたちの関係はある程度進んだわけか」

「ええ、ある程度以上にね」

「ちゃんと聞いてるから。なんでも話してくれていいよ。ふたりの間に秘密はなしだ」

「本心から言ってる？」

「もちろん」彼はうなずき、いたずらっぽく笑った。「本当に以前男だったんなら、どう対処すればいいか学ぶだけの話だ」

「デイヴィッド、からかうのはやめて」

彼は眉根を寄せ、咳払いをした。「これでまじめに見える？」

「もう……」マディーはかぶりを振った。

「わかったよ、もうやめる」マディーの手を取り、あらためてじっと瞳をのぞきこむ。「なにを言わなくちゃならないんだい?」

「実はいままで……つまりその……どう言ったらいいのかわからないんだけど」

彼は目をしばたたいた。「マディー、まさかきみ、バージン?」

「ああ、ごめんなさい。そうじゃないの。がっかりさせちゃった?」

「ばか言うなよ。きみはもう二七歳で、こんなに魅力的なんだから。あなたに出会う日を待ってたなんて言われなくてむしろ助かった。そんなふうに言われたら大いなるプレッシャーだ」

「デイヴィッドったら」

「だいたい不公平じゃないか」彼は自分の額に手を当てた。「つまりその、おれはバージンじゃないから。きみにだけそれを期待するのは卑怯だろ」

「もう……」マディーはくすくす笑った。「でも安心した。だったら、あなたに愛の営みについて一から手ほどきする必要はないわね」

「もちろん、これから学ぶべきことはたくさんあるけどね。きみの体の隅々まで記憶しなくちゃ。だから、どうすれば気持ちいいかちゃんと教えて」

「いままでのところは完璧よ」

「話が脱線したな。で、結局なにが言いたかったの?」デイヴィッドは親指で彼女の手のひらをなぞった。

「いまの話とも関係があるの。つまり、どうすれば気持ちがいいか、とかの話」

「ふむ」

「実はわたし……いままで一度も……」

デイヴィッドは片方の眉をつり上げてみせた。「オルガズムを感じたことがない？」

「セックスではね」

「なるほど」

「わたしがいかなかったときに、あなたが失望したり、怒ったりするといけないと思って」

デイヴィッドは彼女の頬に触れた。それはきっと相手が悪かったんだよ……心の中でそうつぶやいた。「そんなこと気にしなくていい。でも、話してくれてありがとう」

「わかってくれたのならいいの」

「じゃあこうしよう――」デイヴィッドは仰向けになった。これまでセックスで達したことがないのなら、今夜はおれが絶対にいかせてやる。「いまからきみの好きにしていい」

「本当に？」

デイヴィッドは両手を頭の下にやった。「これでもう手は使えない。きみに言われるまでいっさい動かないよ。きみのやりたいように、好きにしてくれ」

ただし、おれだけ先にいかせないでくれよ。

マディーは彼のおなかの上にまたがり、身をかがめて、挑発するように乳房を胸板にこすりつけた。息もつけなくなるくらい、思うがままに情熱的に口づけた。

舌を口の奥深くに差し入れ、つづけて、下唇を大胆にかんでみせた。切迫感を隠すこともなく、両手で彼の体を抱きしめた。デイヴィッドは息づかいも荒く喉を鳴らしながら、彼女の腰を引き寄せた。

「手は使っちゃだめ」とたしなめると、ふたたび、しぶしぶ腕を頭の上にやった。

デイヴィッドは感嘆の思いだった。身を起こしたマディーは、バスルームから漏れる明かりと寝室の窓から差しこむ月明かりを受けて、自分の上にまたがっている。

まるで女神だ！

膝は脇腹にぴったりくっついて、お尻はちょうど下腹部の真上にある。彼女をすぐ近くに感じて、デイヴィッドは早くその温かく湿った中に入りたいと切望すると同時に、まだそのときを迎えたくないとも思った。

「教えて」と彼は言った。「どういうふうにするのが好きか。どうやってするのか」

一瞬ためらってから、マディーが彼の左手を取ろうとする。その官能的な動きにうっとりとなりながら、左手を彼女に預け、すてきなことに使ってもらえるときを夢心地で待った。

左手が下ろされ、ベルベットを思わせるなめらかな入口に指先が押しあてられる。

最高だ……。デイヴィッドは優しく、人差指をそこに這わせた。

「そうよ」マディーが甘くささやく。

張りつめたクリトリスを人差指で慎重にまさぐりつつ、温かくやわらかな入口から、しっとりと湿った秘所へと中指をすべりこませた。

体の奥を走り抜ける痛いくらいの興奮に、デイヴィッドはうめいた。「すごく熱くて濡れてる」

「あなたのためよ……全部あなたのため」

デイヴィッドは誇らしい気持ちになり、彼女への深い愛を感じ、まぶたの奥が熱くなるのを覚えた。

ぎゅっと歯を食いしばり、その熱い思いをのみこんだ。

ところが、なんの前触れもなく彼女が身を離した。

「マディー？」呆然とした表情で、いらだちを覚えながら見つめた。まさか、いまになっていやだなんて言うわけじゃないだろうな？　それだけはやめてくれ。

マディーの両手が流れるような動作で全身を這う。猫みたいな優雅さで体をくねらせ、しなやかな動きを見せる。熱い舌が探るように、おなかから下腹部へと移動していく。

「だめだよ。そんなふうにされたら、一分ともたない」

「回復するまでどのくらいかかるの？」ウインクされて、デイヴィッドは降参した。うめき声をあげながら髪をかきむしり、ちゃんと息をしろと自分に言い聞かせた。

全身への口づけが、想像を絶するエクスタシーを予感させる。丸めた舌の先がへそを焦らすように、誘うように舐めてくる。

下腹部の上で揺れる乳房がひどく気をそそる。デイヴィッドはちらちらと揺れる薔薇色の乳首にくぎづけになった。その可愛らしいつぼみに触れようとして、ペニスがいきり立つのを感じた。やがて彼女の手が伸びてきて、指先がヘアにそっと絡められた。

「きみの中に入りたくて我慢できない」

「そのうちね」

「こういうのが好きなんだな。おれをいじめるのが」

「そのとおり」マディーはまたウインクした。

「いたずらっ子め」

睾丸を握られる感触に、デイヴィッドは熱い吐息を漏らした。その手が上のほうに移動し、ペニスを撫でる。手の中でいってしまわないよう、彼は目を閉じてこらえた。

「とても大きくて、硬いのね」賞賛をこめた声で言われると、天にも昇る気分になった。つづけて、脈打つ先端に熱い息を吹きかけられた。彼女がほしくて、思わず腰が浮いてしまう。

「もうだめだよ」

それ以上、焦らされて我慢できる自信がなかった。デイヴィッドはマディーの腰に腕をまわし、ベッドの端から落ちそうになりながら、体勢を入れ替えて自分が上になった。足を床に下ろして、彼女の腰を引き寄せる。

「腰に両脚を絡めて」唸るように言った。

マディーは言われたとおりにした。

やっぱりこのほうがいい。今度はおれがいじめる番だ。

デイヴィッドはマディーのしなやかな、女性らしい体を愛撫し、麝香《じゃこう》を思わせる香りを鼻孔いっぱいに嗅ぎ、得意な気分になった。彼女はおれのものだ！

彼の手の下で、マディーが身を震わせ、全身を脈打たせている。指だけでいかせる自信はあるが、できることなら、もっと高みに連れていってやりたいと思った。交わりながら彼女をオルガズムに導く、最初の男になりたい。

そう思うなり、デイヴィッドは床に膝をつき、甘やかな秘所に口づけ、女らしい、温かな香りを存分に堪能した。彼女みたいな味の女性はこの世にほかにいない。彼女の存在が脳の奥深くに刻みこまれる感じがする。デイヴィッドは、いまこの瞬間を、この味を、マディーを決して忘れまいと思った。

ふたりは飽きることなく愛撫しあった。全身に触れ、指先で撫で、舌で舐め、歯でかじり、何度も何度もオルガズムの寸前まで達しながら、ぎりぎりのところで踏みとどまった。ついには切望感で息も絶え絶えになり、熱い欲望に瞳がきらめくまで。

「もうだめ……」

「わかってる」

「コンドームをして。お願い。いますぐよ、早く」

「オーケー」デイヴィッドはコンドームの箱を破って開け、小さな包みを歯でかみちぎった。そして、金メダルを狙うオリンピック選手並みの速さでコンドームを装着した。

「入れて」マディーが言い、デイヴィッドはベッドに乗った。

それ以上我慢できなかった。太ももの間にひざまずき、大きく脚を広げさせる。

脈打つ先端がのみこまれ、うずくほど締めつけられる。デイヴィッドは彼女に痛みを与えぬよう、ゆっくりと腰を動かした。

マディーの腰が突き上げられ、両腕が肩にまわされて抱き寄せられ、彼のものがさらに奥深く刺し貫いていく。

「ああ……」マディーが吐息を漏らし、温かな息が髪にかかる。「デイヴィッド……」

彼は心臓が狂ったように激しく鼓動を打つのを感じた。焦るな、と自分に言い聞かせたがだめだった。そのくらい気持ちよく、ぴったりとするものを感じた。

マディーは目を閉じたまま、背を弓なりにし、彼の動きに合わせて身をよじっている。枕の上に広がったブロンドの髪が、輝く太陽に見える。

きみはおれの太陽だ！　デイヴィッドは無謀にも思った。

歓喜に喘ぐマディーを、彼は思う存分に愛した。狙いを定めて感じやすいところを突くたび、それに反応してくれるのがわかる。彼女の腰が震え、歓喜の際に達しつつあるのも。もうすぐだ、とデイヴィッドは思い、にんまりとした。

腰を突き上げながら、一番敏感なところに指先でも優しく愛撫を加えた。小さくとがった部分が、そっとなぞるたびにふくらんでいき、彼にもっとと訴える。

高まる欲望を抑えて必死に息をしようとするために、肺が破裂しそうに苦しい。

「もうだめ」マディーがうめいた。「いきそう」

「わかってるよ、スイートハート、わかってる」

「デイヴィッド、デイヴィッド」マディーが彼の名を何度も叫ぶ。その声を、デイヴィッドは世界一美しいと思った。両手で肩をつかまれ、彼女の腰が激しく突き上げられる。「デイヴィッド、わたしもういっちゃいそう」

いいよマディー、これがとどめの一撃だ。

デイヴィッドは身をかがめ、すっかり硬くなった乳首を口に含みながら、なおもゆっくりと、休むことなく腰を動かしつづけた。それと同時に、左手で優しく、クリトリスに愛撫を加えるのも忘れなかった。さらに乳首を、最初はそっと、つづけて強く吸った。

マディーは身もだえし、背を弓なりにし、体を揺らして喘ぎ声を漏らした。ふくらはぎが攣《つ》りそうになっても、デイヴィッドはやめなかった。こんな痛みはどうでもいい。マディーに、彼女にふさわしい喜びを与えてやりたい。

背中につめが突き立てられ、髪をつかまれる。デイヴィッドはまぶたを閉じ、自分までいってしまわないようこらえた。あともう少し我慢できれば、一緒にいけると確信していた。頭をもたげて顔を見つめると、彼女は目を閉じ、美しく顔をゆがめていた。呼吸が信じられないほど浅く、頬が紅潮している。

「おれを見て。目を開けて、おれを見るんだ」

彼女の目がぱっと開けられ、ふたりはお互いの奥深くへと吸いこまれていった。途端にこの世界が目の前からかき消えた。モナコはもう存在しない。ホテルの部屋も。ベッドも。

この世界とは別の宇宙に浮かんでいるかのようだ。この深く広い宇宙にたったふたりきりで。デイヴィッドとマディーと、激しく鼓動を打つお互いの心臓だけ。

もっと深く。もっと奥に。ひとつの宇宙の力みたいに強く。

マディーのまぶたが徐々に閉じられていく。

「だめだよ。ちゃんと目を開けて、おれを見て」

彼女に見つめられる。

彼女を見つめ返す。

ふたりはひとつになった。ひとつの力に。ふたりを分かつものはこの宇宙にはなにもない。

ふたりは同時にエクスタシーに達し、同時に叫び声をあげた。まるで互いに鏡をのぞきこんでいるかのように、視線が離れることは決してなかった。

デイヴィッドはマディーで、マディーはデイヴィッドだった。完璧なハーモニーを奏でる陰と陽。ふたりでこの宇宙を形づくっている。ふたりはひとつになった。

歓喜の波は絶えることなく押し寄せ、ふたりの全身を洗い、すべてを解き放つ岸辺へとものすごい勢いで押し流していく。張りつめた緊張感の和らぎとともに、やがて穏やかで優しい、信じがたいほどの平穏がふたりを包みこんだ。

素晴らしい交わりだった。まさに完璧だった。

「デイヴィッド」マディーが畏怖の念に満ちた声で呼びかける。「ありがとう、デイヴィッド」

彼は優しくほほ笑みかけた。胸がいっぱいで言葉が出てこない。動くこともできなかった。

この瞬間をずっと味わっていたかった。

マディー。マディー。マディー。こんなに美しい響きの名前があっただろうか。

彼女はほほ笑みかえし、手を伸ばして、デイヴィッドの唇をそっと指先でなぞった。「あなたとこうしているのが大好きよ」

デイヴィッドはうなずいた。ひどく感情が高ぶって喉の奥が詰まり、口を開いたら泣きだしてしまうのではないかと思った。自分以外の誰かと、こんなに深い結びつきを感じられるなんて夢にも思わなかった。そういう結びつきを感じられる女性と出会えるとも思わなかった。愛なんて他人に降りかかる得体の知れないもので、自分にはいっさい縁はないものとずっと思っていた。だからこそ、キーリーと別れたときもなんの痛みも感じなかったのだろう。そこに本当の愛がなかったから。

だが、デイヴィッドはついに真実を知ってしまった。たしかに愛は得体の知れないものだ。でも、もう無縁ではない。極端な理想主義者の自分が、純粋な気持ちで無条件に人を愛せる日が来るわけなんてないと、かつては思っていた。だがそれは思い違いだった。

おれは、どれだけたくさんの思い違いをしてきたんだろう。

愚かな気の迷いと思っていたものは、本当は命の極みとも呼ぶべきものだったのだ。彼は小さいときから芸術の美しさを尊んできたが、詩を詠むタイプではない。けれどもいまは、息ができなくなるまで、ワーズワースやブラウニングやティーズデールの詩を謳《うた》いあげたい気分だ。

彼の胸は小鳥みたいに歌っていた。

春を迎えた桜のように咲き誇っていた。

虹のように豊かに、鮮やかに、誇らかに、輝きを放っていた。

彼、デイヴィッド・マーシャルは……仕事にすべてを捧げ、勝つことだけを生きがいにし、自分の本当の居場所を見つけられずにいた男は、今夜、恋に落ちた。


暗闇の中でマディーは、デイヴィッドの小さな寝息を聞きながら横たわっている。目もくらむセックスの余韻で、全身がまだ震えている。

嬉しくて泣きだしたかったが、圧倒されて涙すら出なかった。セックスでオルガズムを得られたのは生まれて初めてだった。決して感じることはできないと思っていたのに。

でも相手がデイヴィッドだったから……。ああ、デイヴィッド。マディーは胸に枕をぎゅっと抱き、漆黒の闇の中でにんまりとした。ありがとう、デイヴィッド。本当にありがとう。

心も体もすっかり満たされた気分だ。胸の奥は穏やかかつ晴れやかで、すっかり解放された感じ。こういう心持ちになれたからこそ、エクスタシーを感じられたのだろう。気持ちを楽にして、恐れを忘れられたから。心の枷《かせ》を外して、情熱に身をひたすことができたから。

気をつけなさい。いつものいじわるな声が聞こえてきて、見つけたばかりの平穏の海に波を起こす。結論を急いではだめよ。彼が正しいボタンを押したからって、それだけでいい関係が築けるなんて思ってはだめ。

では、どう思えばいいのだろう。自由奔放に情熱をほとばしらせ、素晴らしい一夜をともにした、ただそれだけのことだとでも?

自分を大事にしなさい。自制心を忘れないで。最高のセックスができたからってなに? しょせんデイヴィッドは敵だってことを忘れちゃだめよ。どんなに彼を好きでも、妹を刑務所送りにしようとしている人なんだから。

そうだった。

仕事と結婚した男に、ぼうっとなっている場合ではない。

いま考えるべきことは妹の身の安全。そして、遠い昔の一二月の寒い夜にたてたあの誓い。一番大切なのはキャシーだ。いつだって。

ではこれからどうするべきか。まずは冷静さを取り戻す。決定的な出来事なんて起こらなかったという顔をする。デイヴィッドにとってふたりの交わりがセックス以上の意味を持っているのなら、彼のほうが先に行動を起こせばいい。彼のほうから、心を開いてマディーに打ち明けるべきだ。こっちは思いきってリスクを冒し、この身を捧げたのだから。果たして彼に鋼の鎧を脱ぎ捨て、思いきって心を開く勇気があるかどうかは、時が経てばわかる。

それまでは、心乱さないようにしなければ。

19

「それで、これからどうするの？」翌朝マディーは、オムレツを食べながらデイヴィッドにたずねた。

彼女はいつになく無口だった。彼を朝起こすときも、夜が明けてほどなくしたころにそっと肘でつついて、ベッドのかたわらの時計をあごで示しただけだった。

それから言葉も交わさず、視線すら合わせないまま、身支度を整え部屋を出た。デイヴィッドのほうは、ゆうべの出来事の詳細をあまりよく思い出せずにいた。愛を交わしたことは覚えている。彼女がオルガズムに達したときの感覚も。そもそも、あれを忘れられるわけがない。

けれども、自分がどんなことを口にしたかが思い出せない。あるいは、彼女がなにを言ったかも。それに、彼女がふたりの未来に希望を抱くそぶりを見せたかどうかも。だいたい、自分がどんな気持ちだったのかをまったく思い出せないのだ。爆発するほどの肉体的な喜びに包まれたこと以外は、すべての記憶がぼんやりとしている。

ゆうべの出来事について、マディーはどう思っているのだろう。訊いてみるべきだろうか。

だが、自分の手に余る事実を突きつけられたらどうしようと思うと、やはり訊けなかった。だからマディーにならって、口をつぐんだままでいることにした。ゆうべのことはなんでもないと彼女が思いたいのなら、別にそれでかまわない。面倒は少ないほうがいい。

そうだよな？

なにも訊かない。なにも言わない。それが一番だ。

マディーが作った壁をよじ登るつもりはない。少なくともいまは。捜査が終わり、ふたりの立場がはっきりするまでは。

「え、なに？」デイヴィッドはクロワッサンに夢中なふりをし、ていねいにバターを塗る作業をつづけた。

「キャシーにつながる手がかりはもうない。行き止まりだわ。あなた捜査官でしょ。これからどうするつもり？　妹とシュライバーはまだモナコにいると思う？　そもそも、どうしてふたりがここに来ると思ったの？　近くに有名なコレクターか誰かが住んでいるの？」

「マディー……実は……」デイヴィッドはためらった。

「なに？」彼女は身を乗り出し、じっとデイヴィッドを見つめると小さく舌打ちした。「まぶたの腫れがひどいわ」

「心配無用だ。死にやしないから」

「そういえば、ゆうべの事故について聞いてなかったわね。いったいなにがあったの？　雨でスリップしたとか？」

デイヴィッドは咳払いをした。「事故ったのはおれじゃない」

「どういうこと？」マディーは困惑の表情を浮かべた。

「事故の現場にでくわして、助けに向かおうと崖を下りたんだ。ハンドルに覆いかぶさっていた運転手を助け起こした。起こしてみたら、そいつはジョッコ・ブランコだった。不意を突かれ、やつに殴りつけられて意識を失い、車と銃を盗まれた」

「まさか……」不安の色を瞳に浮かべ、マディーは喉元に手をやった。「ジョッコがこの街にいるの？　モナコに？」

「それだけじゃない」

「それだけじゃないって？」彼女は唇を震わせた。デイヴィッドは無表情をよそおい、冷静なふりをしてみせたが、彼女はなにかを感じとったらしい。なにかがおかしいことに、気づいてしまったようだ。

気持ちを奮い立たせて、デイヴィッドはプラドで話すべきだったことをついに口にした。

「嘘でしょう？」彼女は真っ青になった。

「残念ながら本当だ」

「やっぱりわたしが正しかったのね。キャシーは、自分の意志でエル・グレコを盗んだわけじゃなかったのね」

「ああ」

「ジョッコが妹をシュライバーのもとから誘拐し、あの子を人質にして美術館を襲った、そう考えているのね？」

デイヴィッドはうなずいた。

「あの子はいまどこにいるの？」という彼女の声はかすれていた。

「わからない」

「どこに行けばわかるの？」彼女はデイヴィッドをじっと見つめ、唇をかんだ。

自分を頼ってくるマディーを、デイヴィッドは失望させたくないと思った。彼女に手を貸してやることが、なぜかこの世で一番重要なことに感じられる。いますぐに決断しなければ。シュライバーを追跡しつづけるか、それとも、キャシーを捜しに行くか。

シュライバー逮捕というたったひとつの目標が、二の次になる日が来るかもしれない──四日前のデイヴィッドなら、そんな可能性は一笑に付していただろう。一〇年前に愛する伯母の尊厳とレンブラントを無残に奪われて以来、やつを刑務所にぶちこむ日をずっと頭に思い描いてきたのだから。

そのためにわざわざ大学の専攻を法律に替え、卒業後はFBIに入った。すべて、シュライバーを追い、落とし前をつけさせるためだった。何十人という女性を言葉巧みに騙して不正に富を築いたやつについに手錠を掛けるときの満足感を、眠れぬベッドの中で想像した夜もある。レンブラントを取り返し、伯母に返す日を何度も夢見たものだ。この一〇年間、シュライバー逮捕を知らせたときの伯母の嬉しそうな笑顔を、ずっと思い描いてきた。自分のために伯母がしてくれたありとあらゆることに、お返しがしたかった。

もちろんそれは、正義のためでもある。だが、復讐の意味合いがあるのも事実だった。愛する者をあんなふうに傷つけられて、黙っていられるわけがない。だからなんとしてもシュライバーに勝つと心に決めていた。

けれどもそれは四日前までの話だ。あれからいろいろあった。だがいったいいつ、シュライバー逮捕よりも、マディーの妹を助けることのほうが重要になったのだろう。

きっと、プラドに押し入ったスキーマスクの男がジョッコだと気づいたときだろう。思い出すだけで、いまだに背筋を冷たいものが走る。キャシーの命が危ない。そして人の命は、それが誰のものであれ、盗まれた美術品よりもずっと大切なものだ。

だがもしかしたら、運さえよければ、キャシーを救ったうえでシュライバーをぶちこむことも可能かもしれない。

「アンリに電話してみよう」デイヴィッドは言い、心の底から誓った。「約束するよ、マディー。たとえなにがあろうと、おれはきみの妹を見つけるまで絶対にあきらめない」

「その言葉を信じるわ」マディーがささやき声で答え、デイヴィッドは信頼を勝ち得たことを嬉しく思った。「でも、見つかったときあの子は生きてるかしら」

アンリから折り返し電話があるまで、行くところもないしすることもないので、ふたりはモナコの街中を当てもなく歩きまわった。この風変わりな小さな国までキャシーの残した手がかりを懸命に追ってきたけれど、ついに袋小路に迷いこんでしまったらしい。マディーは必死に、最悪のシナリオを考えまいとした。でも、持って生まれた性格には勝てない。

デイヴィッドの手が伸びてきて、彼女の手を握った。「悪いことばかり考えるのはよせ」

「どうしてわかったの？」

「そういうときはいつも眉間にしわが寄ってる」

「本当に？」マディーは人差指と中指で眉間をさすった。

「ああ」

マディーは彼のほうに顔を向けた。手首を骨折し、目の周りは真っ黒に腫れあがり、あごには切り傷があるというのに、早朝の陽射しの下で見る彼はとてつもなくハンサムだった。たくましく、頼りがいにあふれ、そして、いつも隣にいてくれる。

一番大切なのはそれだ。

いつも隣にいてくれること。わたしの手を握りしめて。

レストランで彼が口にした約束の言葉を思い出し、あらためてそれを胸に刻みこんだ。

〝約束するよ、マディー。たとえなにがあろうと、おれはきみの妹を見つけるまで絶対にあきらめない〟

きっとその約束を守ってくれる――そう思っている自分に気づいた。いつの間にか、彼を信じている自分がいる。

マディーは自分が怖くなった。

注意しなさい。本心を彼に知られてはだめよ。

ふたりはいま歩道に立ち、互いの気持ちを探るように見つめ合っている。恐ろしいほどの感情の高ぶりにマディーは愕然とした。うっかりしていると本気で彼を愛してしまうと思った。

そのことに気づくと、ますます怖くなった。

でも、絶対にそんなのありえないもの！

これまで本気で人を愛したことなんて一度もない。愛したいと思ったことすらない。愛と呼べそうなものはことごとく避けてきた。

なぜならマディーは、愛を信じてないから。

両親はかつて、狂おしいくらい熱烈に愛し合っていた。けれども結局、子どもの闘病生活をきっかけにふたりの心は離れ離れになった。結婚式の誓いの言葉すら信じられないのなら、ほかに信じられるものなどこの世にない。

「よせ」デイヴィッドが親指で彼女の眉間をなぞる。「悪いことを想像するのはもうやめるんだ」

認めなければならないと思った。これはわたしにとってはすごくいいことだ。こういう後ろ向きな気持ちを正してくれる人がいたほうがいい。わたしにはデイヴィッドが必要だ。でも、彼はわたしを必要としてくれるだろうか。

「よせったら」彼は強く眉間を撫でた。「そんなところにしわができたら、せっかくの若さも美しさも台無しだ」

そのとき、マディーの借りたレンタカーのシガーライターで充電し終えたばかりのデイヴィッドの携帯電話が、『ドラグネット』のメロディーを奏でだした。

ふたりは同時に跳び上がった。

デイヴィッドは右手を携帯電話に伸ばしたが、ギプスが邪魔になって届かない。すぐにまた電話が鳴りだす。

「早く、早く。切れちゃうわ」マディーは急かした。

今度は左手で上着のポケットをまさぐったが、道路に落としてしまった。

「わたしが拾う」マディーが言ってしゃがむのと同時に彼もしゃがみこみ、ふたりは頭を思いっきりぶつけた。

「きゃっ！」

「痛っ！」

デイヴィッドはしかめっ面のまま、五回目の呼び出し音で応えた。「マーシャルだ」

マディーはいらいらと親指のつめをかんだ。彼は真剣な表情で聞き入っており、ときおりうなずいたりもするが、いったいどんな情報が得られたのか、表情からはうかがい知ることができない。

「オーケー、アンリ。ありがとう」電話を切り、マディーに向き直った。

「どうだった？」

「おれのレンタカーを発見したそうだ。ジョッコの指紋があちこちに残っていたらしい」

「どこで?」

「ベニスの、ローマ広場の駐車場」

「キャシーについてはなにも?」マディーは両手をぎゅっと握りしめた。お願い。お願いだから。妹が無事でありますように。

「すまない、マディー」


詩情あふれる建築物が立ち並ぶベニス。

水の都を漂う幻想。霧と陽射しに包まれた白日夢。美しくも複雑に入り組んだ歩道と運河の迷宮。

物心ついてからずっと、マディーはベニスを訪れてみたいと思っていた。丸石敷きの小道をひとり散策し、優美なゴンドラで運河を渡り、リアルト橋でショッピングを楽しむ自分を何度も思い描いたものだ。美しいガラス工芸を職人が作るところを見学し、オープンカフェでベリーニを飲むのが夢だった。

〈ため息の橋〉の下で見知らぬハンサムな男性とキスをする自分を思い浮かべて、赤くなったりしたものだ。

けれども、夢にまで見た街に来ることができ、しかもちょうどカーニバルの時期だというのに、ちっとも楽しくなかった。頭の中にあるのはキャシーを捜すことだけだ。

目的地までは観光客でぎゅうぎゅう詰めのモーターボートで移動した。到着するころには、閉所恐怖症を吹き飛ばすためにヨガ式呼吸法を試みていた。

これは単なる閉所恐怖症だと、少なくとも頭の中ではそう自分に言い聞かせていた。でも本当に恐れているのは、この群衆の中で、歴史あふれる街の狭い歩道で、生きたキャシーを見つけられないかもしれないということだった。

二月のベニスは視覚と聴覚と嗅覚を圧倒する。風は刺すように冷たいが不快な寒さではない。マディーはデニムのジャケットの襟元に顔をうずめて、カーニバルのカラフルな衣装に身を包んで通りすぎていく人びとの群れを見やった。

手のこんだ仮面をつけているせいで、顔はほとんどわからない。髪の毛も派手なかつらの下に隠れている。あちらこちらから楽しげな叫び声や陽気な笑い声が聞こえてくる。

広場の端で股間のコッドピースが妙に目立つ男性とワルツを踊る、華やかなバッスルスカートのドレスを着た女性。マンドリンやリュートをつまびき歩く、ルネッサンス時代の衣装に身を包んだ吟遊詩人。羽根飾りとレースのついたドレスとたくさんの宝石で着飾った、若い女性たち。

マディーは立ち止まって彼らをじっと眺め、めまいを覚えた。

「こっちだ」デイヴィッドが言う。

カーニバルの真っ最中にベニスにホテルをとるのは、インターポールの協力がなければ不可能だったろう。アンリは有力なコネを使ってサンマルコ広場に程近い高級ホテル〈ホテル・インターナショナル〉のＶＩＰスイートを手配してくれた。

デイヴィッドがマディーの手をとる。彼女は安心感に包まれると同時にいらだちを覚えた。プラドでジョッコの企みに気づいたのにそれを隠していたデイヴィッドへの怒りは、まだ収まっていなかった。きみを守るために黙っていたんだと彼は言った。でも本音は、キャシーを誤解していた自分を認めたくなくて黙っていたのではないか――マディーはそんな思いを捨てることができなかった。

群衆は橋の真ん中あたりまではのろのろと進んでいたが、ついにそこから先に進まなくなってしまった。

橋の先になにかあるらしく、人だかりができて行列が動かない。頭上では真昼の太陽が、祝祭の日にふさわしい明るい光をベニスの街に降り注いでいる。そして橋の下では、ゴンドラやモーターボートや荷船が運河を走っている。

「ねえデイヴィッド、いまここで心臓発作を起こしたら、助けが来る前に死んでしまうわね」

彼はかぶりを振り、苦笑を浮かべた。

「なによ?」

「どうしていつもそうやって最悪のシナリオばかり考えるんだ?」

「そうすれば、万が一の覚悟ができるでしょ」マディーは言い訳がましく応じた。「心の準備をちゃんとしておきたいのよ」

「とにかく、いまはそんな心配はいらないよ。おれがついてるから」

マディーは鼻を鳴らした。「わたしがあなたを頼りにしてるみたいな口ぶりね」

「まだおれが信じられないの？」彼は傷ついたようだった。「もうずっと一緒にいるのにまだ？」

「そういう意味じゃないわ、いまのあなたは万全の状態じゃないんだし」マディーは骨折した手首を指さした。

「ゆうべのことは？」

頬が赤くなるのが自分でもわかった。そのことは話したくない。ゆうべは正気じゃなかった。どうかしていた。良識のかけらも無くなっていた。過ちを思い出させないでほしい。

「きみほど手ごわい女性は見たことないよ」と彼は言った。黒く腫れあがってないほうの目が、きらりと光った。

マディーは目をそらした。自分の気持ちにどう向き合えばいいのかわからなかった。他人を容易に信じない彼女の性格を、デイヴィッドはいったいどう思ったのだろう。そのくらい慎重なほうがいいと思ったのだろうか。それとも、神経質すぎると思ったのだろうか。

マディーは周囲の群衆に意識を移した。老若男女、実に多種多様だ。それに言葉も、フランス語にドイツ語、イタリア語、日本語まで聞こえる。

デイヴィッドがフランス人の男性に、どうしてみんな橋の上で立ち止まっているのかとたずねる。

「ショーがあるんだよ」男性は答えた。「あと一〇分ほどで始まる」

旅行中なら、マディーだってリラックスしてこの人ごみを楽しめただろう。でも現実には、濃いコーヒーを一〇杯飲み干したあとみたいに神経過敏になっている。

群衆はみな数百メートル先の鐘楼をじっと見つめ、ショーが始まるときを待っている。例外はマディーだけだ。彼女はひとり、周囲に忙しく視線を走らせ、人ごみの中にキャシーの影を必死に探している。

英国旗が描かれたTシャツを着た若い母親が、マディーたちの少し後ろに立っていた。行儀の悪い兄のほうを叱りつけるのに夢中になり、まだよちよち歩きの弟が橋の欄干に登ろうとしているのに気づいていない。もしも手をすべらせたら、あの坊やは運河に落ちてしまう。

マディーは口から心臓が飛び出るかと思った。あの記憶がよみがえってくる。

キャシーが池に落ちた日の記憶だ。

デイヴィッドに握られた手を引き抜き、人ごみをかきわけて親子のほうに向かった。

「危ない！」マディーは叫んだ。「赤ちゃんが！」

だが周囲の喧騒のせいで、彼女の声は母親の耳に届かない。

「マディー？」デイヴィッドが呼ぶ声がする。でもそれどころではなかった。あの坊やが落ちる前に助けなければ。マディーは肘で人を押しのけ、とにかく急いだ。

「赤ちゃんが、赤ちゃんが！」大声で叫びつづけた。

ああ、お願い。どうか手遅れになりませんように。

坊やは丸々とした短い脚で細い欄干の上をよちよち歩き、眼下の運河をのぞきこんでいる。

もう大丈夫。

必死の思いでマディーが腕を伸ばしたのと同時に、大きなハンドバッグを抱えたイギリス人とおぼしき女性が異変に気づき勢いよく振り返った。

「きゃー！」女性が叫ぶ。

女性が振り返った瞬間、大きなハンドバッグが宙を切り、したたかにマディーの背中を打った。石畳に足を取られた彼女はぶざまに欄干の上に倒れこんだ。ちょうど坊やの真横に。

「みて、みて！」坊やは言い、彼女に向かってほほ笑みかけた。

「大変……」母親が息をのむ。やっと事態に気づいたらしい。

マディーが坊やの体を母親のほうに押しやり、母親がしっかりと抱きとめた。だが勢いあまったマディーは完全にバランスを崩した。

次の瞬間、彼女は橋から真っ逆さまに落ちた。

20

落ちた先は運河ではなかった。

橋からすべり落ちたちょうどそのとき、大きな桶を積んだ荷船が通りがかったのだ。デイヴィッドは彼女がいた場所まで駆け寄った。彼女の足が桶のプラスチックカバーに突っこむのが目に入った。

桶が並んだ横の平らなところを目指し、デイヴィッドもつづいて飛び下りた。人びとが橋の上から大声で指示を出す。ドンッという音とともに荷船に落ち、床に膝をついた。すぐさま周囲を見渡すと、マディーの頭が桶のへりからのぞいていた。

あの中身はいったいなんだろう。まさか有毒物質では？　ひょっとして石油かなにかか？あるいは電解液かもしれない。

アドレナリンが体内を駆け巡る。デイヴィッドは桶に走り寄った。胸の内に恐れがわきおこり、どうか彼女が無事でありますようにと祈った。右手首を貫く激痛などどうでもよかった。

桶は彼の身長よりさらに高かった。かたわらに積み重ねられた木製パレットを踏み台にして桶によじ上る。中身の見当がつかず、口から心臓が飛び出そうになるくらいの恐怖に包まれながらのぞきこんだ。

彼の目に映ったのは、どろりとしたハチミツの海にゆっくりと沈んでいくマディーの姿だった。ハチミツ。ただのハチミツだった。

「間に合った」彼女が鼻までハチミツの海につかってしまう寸前にむんずと髪をつかんだ。マディーは懸命に手足を動かしているが、どろどろした茶色の液体の中で泳げるはずがない。

「助けて！」彼女はハチミツを口から飛ばしながら叫んだ。

「もう大丈夫だよ」デイヴィッドはつぶやくように言った。視線が絡まり、彼女の顔に安堵の色が広がった。それと同時にデイヴィッドは、激しい緊張感が薄らいでいくのを覚えた。

「おれがついてるから」

「早くここから出して。ありんこに食べられちゃう」

「かしこまりました、マダム」デイヴィッドは懸命に笑いをこらえた。

彼女は顔についたハチミツを、やはりハチミツだらけの手でぬぐおうとした。「もう《オー》、やんなっちゃう《ボザー》」

「クマのプーさんがしょっちゅうそのせりふを口にする理由が、やっとわかったな」

「あなたも橋の上にいた坊やを見たでしょう？　あの子がここに落ちていたらと思うと……」

「きっと大丈夫だったさ。きみがすぐにあとから飛び下りただろうから。きみは、他人を守ることにかけては消防隊員よりも勇敢だ」

「本当にそう思う？」

「あの群衆の中で、誰ひとりあの坊やを助けようとする人はいなかったからね」

「ほかの人は気づいてなかったのよ」

「きみは困っている人を見つける天才だ」

荷船の乗組員がふたり、いったいなんの騒ぎかとやってきて、マディーをハチミツの海から助け出すのに手を貸してくれた。

乗組員は懸命に笑いをこらえている様子だったが、こちらに背を向けると忍び笑いを漏らし、ついにはげらげらと笑いだした。やがてまじめな顔に戻って向き直ると、イタリア語で、早く体を洗ったほうがいいと言った。

正直言ってデイヴィッドも、笑いたくて仕方がなかった。なにしろマディーときたら、服は体にへばりついているし、一歩足を踏み出すたびにハチミツが全身をたらたらと垂れるのだ。

「あなたまで笑うことないでしょ！」と言いながら彼女が振った指の先からハチミツが飛び散り、デイヴィッドの胸元を直撃した。笑い声をあげそうになり、彼は手のひらで口元を押さえた。

「おもしろくもなんともないわ」

「いや、おもしろいよ」

「いじわるなんだから」

そういうマディーも口角がわずかに上がっている。自分でも、いまの状況がどれだけ珍妙か気づいたのだろう。「好きなだけ罵倒すればいいさ。でも、おれのおかげなんだぜ。おれがいなかったら、きみはハチミツの海で溺れてた」

「ごほうびはなにがいいの？　功労賞のバッジ？」

「キスがいいかな」

「本気で言ってるの？　この場でキス？　いますぐここで？」

「そう」

「どうなっても知らないわよ。抱きついて、全身ハチミツだらけにしてやるんだから」

「そいつは無理だ」

「どうして？」

「その前に、おれがきみの体をすっかりきれいにしてあげる」

「きざなやつ」

デイヴィッドはマディーに歩み寄った。早くキスがしたくて、唇がむずむずする。彼女の無事を確認できたことが嬉しくて、そんな場合ではないとわかっているのに、キスをせずにいられない。

マディーが軽くあごを上げ、こちらに頬を向ける。

「そんなんじゃだめ。唇だよ」

あきらめたようにマディーが唇をすぼめる。

デイヴィッドは身をかがめ、唇を重ねた。こんなに甘いキスは初めてだと思った。もちろんハチミツのせいではない。どこかでふたりっきりになり、最後のひとしずくまで甘い蜜を舐めとってやりたいというみだらな妄想が脳裏をよぎった。

いまのおれたちはあれにそっくりだな、と彼は思った。あれとは伯母の家にあったハト時計のことだ。真夜中の一二時を告げるとき、バイエルン地方の民族衣装に身を包んだカップルの人形があらわれ、ちゅっとキスをし、すぐにまたそれぞれの家に戻っていくハト時計。違いは自分が真っ黒に腫れあがった目で手首を骨折していることと、マディーが全身ハチミツだらけなことくらい。

橋の上で群衆が手をたたき、はやしたてる。

「見物客も大喜びだ」

「それは結構なことだけど、これからいったいどうすればいいの? 着替えはないし、高級ホテルのコンシェルジェはきっと、ハチミツまみれのアメリカ人が豪華なロビーをほっつき歩くのを見逃してくれないはずよ」

デイヴィッドは片言のイタリア語で乗組員に、彼女に掛けてやれるものがないかとたずねた。ひとりがうなずき、どこかに消えたかと思うと、新聞紙を手に戻ってきた。期待していたものとはちょっと違うが、ないよりはマシだろう。

「どうするつもり?」マディーはいぶかしげに新聞紙を見やった。

「せめてきみが、ベニスの野蛮人どもの注目を浴びずに道を歩けるようにね」デイヴィッドは新聞紙を広げてびりびりと破き、彼女の服の上にはりつけていった。「いったいなんて書いてあるんだろうな?」

「こんなばかなことない、って」

「さすがのきみも、ここまで最悪のシナリオは想像してなかったろ?」

「まあね」

服の上に新聞紙をはり終えたあとは脚もくるんだ。作業を終えたころには、デイヴィッドもマディーに負けないくらいひどいありさまになっていた。ギプスにハチミツと新聞紙の切れ端がべたべたとくっつき、手や顔はインクだらけ。その手で髪をかきあげようとして、ハチミツだらけになるのに気づき、あわててやめた。

乗組員はふたりを最寄りの桟橋で降ろしてくれた。そこから歩いてサンマルコ広場まで戻らねばならなかった。かわいそうなマディーは、一歩足を踏み出すごとに、地面に足の裏がへばりつかないよう勇ましく戦っていた。

「最高の気分だわ」あからさまな好奇の目で道行く人にじろじろ見られて、彼女は小さくぼやいた。「カーニバルよりも見ものだなんて」

「注目の的だな」

「不愉快だから違う話をして」

「不愉快な話題を持ち出すのはいつもきみだぜ」

マディーは歯をむいて唸った。

「きみの性格はもうよくわかってるからね。そんな顔をされてもちっとも怖くない」

「忘れないで。こっちは全身ハチミツだらけなんですからね。抱きついて、全身べとべとにしてやる」ゾンビみたいに両腕を前に突き出し、ふらふらと歩み寄ってくる。

デイヴィッドはすでにハチミツだらけの手を上げてみせた。「とっくにべとべとだって」

「甘い甘い。まだまだそんなもんじゃ足りないわ」

「おっと。着いたみたいだぞ。ホテル・インターナショナルだ」マディーのほうをちらりと見やり、こんなにかわいいミイラは見たことがないなと思った。

「わたしはどうすればいいの？」

「チェックインを済ませてくるから、ここで待ってて。一緒に通用口から入ろう」

「早くしてね。ハエが集まってきてるから」

チェックインを終えて通用口から顔を出すと、マディーはぶつくさ言いながらホテルの裏を行ったり来たりしていた。

「シーッ」ルームキーを目の前に掲げてみせる。「おいで、こっちだ」

「まるで『アイ・ラヴ・ルーシー』（五〇年代の米人気コメディドラマ）ね」

「じゃあ、おれはリッキーだな」

「むしろエセルじゃない？」

デイヴィッドはくすくす笑った。「言いたいだけ言えよ。いくらでも聞いてやる」

ふたりは階段で上階に向かった。マディーの触れた場所に、ハチミツ漬けの新聞の切れ端がべたべたとはりつく。部屋にたどり着くと、デイヴィッドはドアを開けて脇にどき、うやうやしくお辞儀をしてみせた。

室内に足を踏み入れたマディーが、そこで歩を止め、じっと目を凝らす。

「うわあ、すごい部屋ね」

デイヴィッドはドアというドアを開け、室内を確認してまわった。ジョッコがベッドの下に隠れていた——なんて奇襲攻撃はまっぴらごめんだ。後ろからマディーがついてきて、一緒に中を見てまわる。

「フォートワースのコンドミニアムと同じくらいの広さだわ」

アンティーク家具が並び最新設備が整った優雅なヨーロッパ風のしつらえの部屋だが、デイヴィッドはインテリアなどどうでもよかった。重要なのはセキュリティだ。間取りは広々とした居間に、寝室がふたつ、バスルームがひとつ。

ゆっくりとした足取りで窓辺に向かい、カーテンを開けて、フランス戸からおもてを眺める。部屋は二階で、バルコニーがサンマルコ広場に面していた。

見た目はロマンティックでいいかもしれないが、このバルコニーとブドウの蔓《つる》が絡まるトレリスは、セキュリティ面で問題がある。その気になれば簡単に壁をよじ上り、室内に侵入できるだろう。

フランス戸の鍵の具合をチェックする。「バルコニーに出るとき以外は、必ずこいつを掛けておけよ」

「オーケー」

窓辺を離れると、デイヴィッドはドアのほうを親指でさした。「アンリに電話してくる。ホテルに到着したって知らせないと」

「待ってよ！」マディーはあわてた声を出した。「こんなかっこうでひとりにしないで」

「でも、少しひとりの時間がほしいだろ？」

「そうだけど、待ってってば」

「なに？」

「ひとりでどうやってこれを脱げっていうの？」

「なんだよ」デイヴィッドはにやりとした。「はっきり言えばいいじゃないか」

「なにを？」

「あなたが必要だって」

「そんなこと言ってないでしょ」

「ああ、そう」いじめてはかわいそうだと思いながら、からかわずにいられない。「じゃ、またあとで」

「もう、わかったわよ。行かないで。あなたが必要なのっ」マディーは歯ぎしりしながら言った。「一緒にバスルームに来て、服を脱ぐのを手伝ってちょうだい」

「いいねえ、女王さまごっこ」

マディーはべーっと舌を出した。

「でも、女王さまごっこもいいけど、その前にまずシャワーだな」

「どうでもいいけど、なにをひとりで興奮してるの？」

「さあね。ハチミツの海で溺れかけているきみを見たせいかな」

「それよりも、昨日ジョッコに頭を殴られたせいじゃない？」

「いやいや、きみはなかなかのもんだから」デイヴィッドは言った。なにをばかみたいに浮かれているのか、自分でもよくわからない。

「とにかく、いつまでも目をむいて突っ立っていないで、セーターを脱ぐのを手伝ってくれない？」

べとべとする新聞の層の下に隠れたセーターの裾を探し当てる。デイヴィッドはセーターを頭からそろそろと脱がせていった。

するとセーターは、途中でくっついて動かなくなってしまった。胸がみごとにあらわになった。

「げほっ、ねえ、デイヴィッド」くぐもった声が聞こえる。「息ができないんだけど」

いいかげんにしろ、マーシャル捜査官。

いったいおれはどうしちゃったんだ？　彼女にいったいどんな妖しい魔法をかけられたんだ？　むきになってセーターを引っ張ると、今度は髪に絡まってしまった。

「あんまり力を入れないでよ。髪が絡まって痛いわ」

「ごめん、ごめん」

絡まった髪をやっとの思いでほぐし、数分後にようやく、ハチミツまみれのセーターを脱がせることができた。それを床に落としたとき、デイヴィッドは息苦しさを覚え、わきの下に汗をかいているのに気づいた。

視線が絡みあった瞬間、全身を電流が駆け抜ける感覚に襲われ、ふたりは同時に目をそらした。デイヴィッドは猫脚の真っ白なバスタブに手を伸ばし、磁器の蛇口をひねった。マディーはジーンズにくっついた新聞紙をはがし始めた。

湯にバブルバスを入れ、デイヴィッドはドアのほうに戻った。「あとはひとりでできるだろ」

「待って」マディーが人差指で指さしてくる。

くそっ。とっととここから出ないと、なにかしでかしてしまいそうだ。デイヴィッドは一瞬だけ目をつぶり、興奮を抑えようとした。

無駄な努力だった。

彼女がほしくてたまらず、強烈な欲望に怖くなる。いままで誰にも、キーリーにでさえ、仕事そっちのけになるほど心をかき乱されたことはないのに。

でもそれは数日前までの話。

マディーと出会うまでの話だ。

デイヴィッドは愕然とした。彼女が橋から転げ落ちたあの瞬間から、自分がキャシーのことも、シュライバーのことも、盗まれた絵のこともすべて忘れていたのに気づいたからだ。

そんな自分に、彼は当惑を覚えた。

マディーと一緒にいるといつもの自分でなくなってしまう。持ち前の闘争心が消え、ゆったりとした気分になる。彼は変わった。マディーが変えたのだ。

こんなふうになった理由も経緯もわからないが、望ましい状態でないのは事実だ。絶対によくない。いまにも自制心を失いかけているなんて。

デイヴィッドは鋭く息を吸った。

「どうしたの？　大丈夫、デイヴィッド？」

マディーが心配そうに見つめてくる。顔の周りに湯気が立ち上り、髪を湿らせる。一緒に遊びましょうと彼を誘う、かわいくていたずらな森の精霊。デイヴィッドはひたすらその顔を見つめ、首から下に視線を向けまいとした。

でも、そこに素晴らしいものが待っているのを彼はすでに知っている。それが彼を強烈に引きつける。ゆうべの出来事についてはちゃんと言い訳ができる。鎮痛剤で頭が朦朧としていたし、けがをして弱っていた。

でも今日は違う。意識は明瞭、薬も飲んでいないし、体の反応など意志の力でなんとかできる。

そう、すでに彼の下半身は、あるじをあざ笑うようにズボンの中ですっかり大きくなっていた。

早くここを出なければ。いますぐに。

「ああ……」彼はじりじりとドアのほうに後ずさった。「やっぱりおれはちょっと出てくるよ、きみもひとりの時間がほしいだろうから。お湯につかれれば、そのべたべたも取れるだろうし」

「そうね」

「そうだ、着替えを買ってこよう。サイズは？」

「六号よ。ついでに靴も買ってきてくれる？　このスニーカー、洗ってもだめそうだから。靴は九号ね。ああ、言わないで。デカ足だってことはわかってるから」彼女はにっと笑った。

「了解。服は九号で、靴は六号だな」

「違うわ、逆よ。六号の靴なんて、つま先を切らないとはけないわ」

「ああ、うん、わかったよ」デイヴィッドは天井を見つめ、つづけて床を見つめた。彼女のほうを見るわけにはいかなかった。見たが最後、彼女をバスタブに放りこみ、自分もその隣に跳びこんで、信じられないくらいセクシーなことをしでかしてしまう。

「ねえ、本当にわかったの？　なんだか様子がヘンよ」

「わかったとも。完璧にわかった。すぐに戻る」

デイヴィッドは一目散にバスルームをあとにした。

21

だが、デイヴィッドがマディーの着替えを買いにブティックに行くことはなかった。ホテルを出るなり、携帯電話が鳴った。

「マーシャルだ」吠えるように応じたが、カーニバルの騒音のせいで相手の言葉がほとんど聞きとれない。アンリだろうと思ったのに、声は女性だった。

「デイヴィッド?」

人差指を片方の耳の穴に突っこんで答える。「ちょっと待ってくれ。よく聞こえないんだ。どこかに入るからちょっと待って」

「急いで。あまり長く話していられないの」

背後でクラッカーを鳴らす音がした。デイヴィッドは顔をしかめ、比較的静かそうなタバコ屋に逃げこんだ。

「誰だ?」とたずねた。

「決まってるでしょ、キャシーよ」声だけでわかってもらえず、彼女はいらだった口調になった。

「キャシー！」デイヴィッドはうなじの毛が逆立つのを覚えた。「ああ、よかった、いったいどこにいるんだ？」

「ベニスよ」

「おれもだ。ホテル・インターナショナルにいる」

「さすがね、きっとここまで追ってきてくれるって祈ってたの」

「自分がいまどんなにまずい状態に置かれてるか、わかってるんだろうな？」

「わかってるわよ。FBIのスパイって思ったよりも大変ね」

「まだジョッコと一緒なのか？」

「いいえ、もう大丈夫。シュライバーが助けてくれたの。危ないところでね。考えるだけでぞっとするわ、もしもあのとき——」

「やつはどこにいる？」さえぎるように言った。

「それをいま言おうとしたところ。もうじき帰ってくるわ。どうもわたしを疑っているみたいなの。といっても、実際こっちが騙してるんだし、そんな彼を見てたらなんだかかわいそうになってきちゃったんだけどね。彼、最低の人間ってわけじゃないのよね。見当違いなところはあるけど」

「それで、ベニスのどこにいるんだ？」

「すぐ本題に入るから、ちゃんと聞いて」

「聞いてるとも」いらだった声を抑えた。

レジの男性がこちらをちらりと見やり、英語で「パイプタバコですか？」とたずねる。

デイヴィッドは首を振り、男性に背を向けた。「もしもし？」

「ねえ、タバコはやめたほうがいいと思うわよ」

「は？」

「マディーとこれからつきあうつもりならね。彼女、タバコが大嫌いなの」

「おれはタバコは吸わないし、きみの姉さんとつきあうつもりもない！」

「あら、そ」

「早く話を進めろ」彼はぴしゃりと言った。

「短気なんだから。その様子だと、マディーにさぞかし手を焼いてるわね。あのやたらと慎重すぎる性格に、相当いらいらしてるんじゃない？」

「長く話してる時間はなかったんじゃないのか？」

「そうそう。あのね、シュライバーはここで、盗んだ絵画を処分するつもりなの」

「どうして最初にそれを言わないんだ？」

「どならないでよ」

「わかったよ。すまない。もうどならないから」二度と大声を出すまいと、ゆっくりと深く息をした。「もう少し詳しく教えてくれ」

「ばっちり張ってやったわよ」

「張ったって、いったいなにを？」

「決まってるでしょ、わなよ」

「わな?」まったく、キャシーときたらどうかしている。これならマディーが命をかけた使命よろしく妹を監視するのも不思議じゃない。キャシーには庇護主が必要だ。

「エル・グレコとセザンヌの贋作を描いたの」

「なんのために?」

「シュライバーにある計画を持ちかけたのよ。闇オークションを開くの。シュライバーがレヴィとフィルポット、それから、盗品に関心のある世界中のコレクターに声をかけ、彼らを一カ所に集める。彼らを納得させるために、鑑定者には本物を見せるわ。ただしオークションに出すのは贋作のほう。うまくいったら、本物を美術館に売りつければ儲けは二倍になる」

キャシーのオツムの程度に心底驚かされて、デイヴィッドは「なんだって……?」とつぶやくことしかできなかった。

「勘違いしないでよ」キャシーはあわてて言った。「これはあくまでわななんだから」

「でも、贋作を描いたのは事実なんだろう?」

「シュライバーを騙すためにね。とにかく、オークションは今日の午後五時にホテル・ヴィヴァルディの六一七号室で開かれるわ。シュライバーと破廉恥なコレクターどもを現行犯で逮捕したいのなら、ホテルに来て」

「わかった」デイヴィッドはうなずいた。ひょっとしたらキャシーもそんなにばかじゃないのかもしれない。「ホテルに行くよ。マディーに伝えておくことはないか？」

「もう切らなくっちゃ。廊下にシュライバーの足音が聞こえたから」彼女はそう言うと電話を切った。

デイヴィッドはぱちんと音をたてながら携帯をたたんだ。アドレナリンが全身を駆け巡るのを感じる。キャシーの電話をどう解釈すべきかよくわからないが、ひとつだけはっきりしていることがある。シュライバーをなんとしても逮捕したい気持ちが、復讐心とともによみがえったのだ。彼はにやりと笑い、レジの男性に向き直ると、最寄りの交番はどこかとたずねた。


「誰に電話してたんだい？」戸口に立ったシュライバーがキャシーにたずねた。表情には失望の色が、そして声音にはあきらめの色が感じられる。

「ああ、あの……」キャシーは受話器を置いた。心臓が早鐘を打っている。「間違い電話だったみたい」

「もう少しましな嘘をついたら？」部屋に足を踏み入れた彼は、不意に残忍な表情になり、足で蹴ってドアを閉めた。そしてポケットに手を入れ、キャシーがジョッコから奪った銃を取り出した。

どうしよう。まずいわ。

「そんなもの出していったいどうしたの？」目をまん丸にして、いかにも驚いた口ぶりでたずねた。「銃なんて嫌いだって言ってたじゃない」

「好きになったほうがいいみたいだなと思ってね」

「どうして?」

「これがあれば身を守れる」

「誰から?」

「敵からだよ」

「わたしは敵じゃないわよ、ペイトン」

「でも、友だちでもない。だいぶ前から、ドアの向こうで聞いてたんだ」

ひっ。「誤解よ、ペイトン」

シュライバーは悲しげな笑みを浮かべた。だが、その瞳は冷酷そのものだ。キャシーは一歩後ずさり、目だけ動かしてドアを見やった。逃げようにも彼がその前に立ちふさがっている。

「嘘つきに嘘は通じないんだよ、キャシー」

「ペイトン……あの、あの、わたし……」言葉が見つからず、彼女はしどろもどろになった。

「デイヴィッド・マーシャルと話していたんだろう?」彼は抑揚のない声で言った。

あきらめちゃだめ。それらしい話をでっち上げるの。そういうのは得意でしょ。

キャシーは懸命に頭を巡らせた。でも、うまい言い訳はなにひとつ浮かばなかった。

「せっかく、きみとなら未来を築いていけると思っていたのに」シュライバーが舌打ちし、こちらに近づいてくる。キャシーは深呼吸し、後ずさりたい気持ちを抑えた。「甘い夢を見たぼくがばかだった」

「あなたは誤解してるんだわ」

「いや、誤解でもなんでもないね。きみは最初から、ぼくをマーシャルに売るつもりだったんだ。しかもオークションを開かせて、密売ルートまで粉砕しようとした」

「本気で怒ってるの？」キャシーは眉根を寄せた。「悪気はないのよ。ただ、お節介のマディーに、わたしだって世の中の役に立てるってことを証明したくて」

「美術品窃盗犯を捕まえることで？」

「ただの美術品窃盗犯じゃないわ」必死にシュライバーをおだてた。「あなたは世界一の大泥棒よ」

「きみのおかげで厄介なことになった。いつもはこんなことしないんだけど、仕方がないな」

「厄介なことになったのは、あなた自身の責任でしょう？　次の標的にわたしを選ばなかったら、そもそもこんなことにはならなかったんだから」

「ぼくの責任か……」シュライバーはつぶやいた。鼻がくっつきそうになるくらい近くまでやってくる。

恐怖心と戦いながら、キャシーは呼吸を整え、明るい笑みを浮かべようとした。彼がどう出るか見当もつかない。「わたしを許してくれる？」

「ぼくがこれからすることを、きみが許してくれるならね」

「あなたがすることって？」声が一オクターブ高くなる。

「ぼくのスーツケースを開けて」

「は？」もしかして、バラバラ死体にしてスーツケースに詰めこみ、アメリカに送り返すつもり？

シュライバーはベッド脇のラックに置かれたスーツケースのほうをあごで示した。「早く」

キャシーはおろおろと従った。彼のほうが体が大きいし、力も強いし、それに銃も持っているからだ。それでもまだ、うまいことを言ってなんとかこの場を切り抜けられると望みを持っていた。留め金を外し、ファスナーを開ける。服がきれいにたたんで並べられているのを見て、本当に几帳面ねと思った。

彼のほうをちらりと見やる。「次はどうすればいいの？」

「服の下」彼は銃でさし示した。「できれば使いたくないんだけど、きみのせいでほかの選択肢がなくなった」

「ペイトン……」

「シーッ。シャツの下にあるよ」

シャツの下に手をすべりこませると、指先がロープに触れた。

どうしてロープが？

「早く出して」

キャシーはゆっくりとそれを取り出した。

「いい子だ。こっちに持ってきて」

こんなものでどうするつもりなの？　両腕に鳥肌が立ち、口の中がからからに乾いてくる。

シュライバーがロープを取り上げる。「服を脱いで」

なんですって？　まさかレイプするつもり？　怯えているのを気取られまいとしているのに、思わず脚が震えた。

「はだかになるんだよ」

「いやよ」キャシーはキッとあごを上げてみせた。

「じゃあ、ぼくが脱がせてあげよう」ブラウスのボタンに手が伸びてくる。

その手をたたき払った。「やめて。自分でできるわ」

シュライバーはにやりとし、まぶたを半分閉じた。「きみと愛を交わすチャンスがなかったのは残念だな。せっかくのごちそうを食べ損ねた」

「そのとおりよ」キャシーはぴしゃりと言い、ブラとショーツだけになった。

「それも」

「なんですって？」

「下着も全部」

「ねえ、もういいかげんにして」

シュライバーが銃を振る。銃口は向けずに脅してくる。「全部脱ぐんだ」

「どうして？」

「いいから脱いで」

「ペイトン……」

いよいよ銃口が向けられた。「頼むから、こいつをぼくに使わせないで」

「わかった。わかったから撃たないで」キャシーはお尻を振ってショーツを脱ぎ、ブラのホックを外して床に落とした。屈辱的だ。

「両手を背中にまわして」

キャシーは従い、息をひそめて、次はなにをされるのかと待った。

「後ろを向いて」

「うふ、なんだかSMみたい」からかうように言った。陽気に振る舞うことで、彼の気を変えられればと必死だった。

「これはおふざけでもなんでもないんだよ。さっさと後ろを向いて」

キャシーは言われたとおりにした。少なくとも、これでもう表情を見られずに済むと思うとありがたかった。瞳に恐怖の色が浮かんでいるのが自分でもわかったからだ。

「きみは運がいいよ。縛られて、ここに置き去りにされるだけなんだから」彼は言い、ロープを手首に巻きつけた。

ロープで縛る間、彼が銃をどうしているかはわからない。でもすっかりびくついていたキャシーは、行動を起こす気になれなかった。負けるのは決まっているし、銃を奪いあううちに、自分がけがをする恐れがある。彼女は姉ほど強くないし、体もきたえていない。

「あなたって本当に心が広いのね。ありがとう」キャシーはいやみっぽく返した。

「もっと恐ろしい目に遭わせてやってもいいんだけど。ジョッコに電話をして、きみの居場所を教えるとか」

「嘘でしょ」心臓が口から飛び出そうになる。

彼の指先があごを撫でた。「嘘じゃないよ」

「あなたたち、憎みあってるんじゃなかったの？」

「仲直りしたんだ」

「ねえ――」キャシーはいぶかしみ目を細めた。「どうしてロープなんて持ってたの？　まさか最初から、わたしを見捨てるつもりだったの？」

「ふと思いついて持ってきただけさ」

「被害者面するのはもうやめてよ。嘘をついていたのはお互いさまでしょう？」

彼は寂しげにため息をついた。「ロープなんか必要ないかもしれないって、本当にそう思っていたのにな。でもやっぱり、そんな期待は抱くべきじゃなかった」結び目がぎゅっと締めつけられる。「さてと、バスルームに移動だ」

「バスルーム？」

「便器に縛りつけるんだよ」

「いくらなんでもそんな。はだかにした上に、便器に縛りつけるなんて」

「じゃあベッドのほうがいい？　トイレに行けないと困ると思うけど？」

キャシーは一瞬考えてから「わかったわよ」と答えた。

追い立てられながらバスルームに連れていかれ、便器に座らされ、その背に手を縛りつけられる。

「ところで――」作業を終えるとシュライバーは言った。「一応断っておくと、きみの服はぼくが持っていくからね。逃げようなんてばかなことを考えるといけないから」

「その可能性は極めて低いわ」

彼は肩をすくめた。「愛と戦争ではどんなことだって起こりうる」

「わたしたちは愛しあってなんかいなかったけど？」

「そのとおり。ああ、それともうひとつ。デイヴィッド・マーシャルへの電話だけど、あれでオークションを阻止できると思ったら大間違いだよ」

「どういう意味？」キャシーは眉をひそめた。すっぱだかでも、冷静さと落ち着きと平常心を失っていないふりをした。

「きみにはわざと間違った時間を教えておいた。五時開始ってのは嘘」

「なんですって？」

「残念だったね」シュライバーはにやりとし、身をかがめて彼女の頰にキスをした。「あと三〇分で始まるんだ」

デイヴィッドったら、なにをもたもたしているんだろう？

ハチミツはとっくに石けんとお湯で洗い流され、バスタブには新聞紙のかけらがぷかぷかと浮いている。すでに二度も、ぬるくなった湯を捨てて熱い湯を入れ直したのに、湯はまたぬるくなり、泡も消えてしまっている。

少なくとも一時間は湯につかったままだ。手足が白っぽく、しわしわになって、ぬるま湯に体が震える。キャシーはバスタブの縁から身を乗り出し、タイルの床にへばりついた服を見やった。業務用の洗濯機で洗わなければ到底着られそうにないし、そこまでしても元通りになる保証はない。スーツケースはいまごろ、ヨーロッパ大陸のどこかを旅しているだろう。つまりいまの彼女は、外国ですっぱだかのままひとり、どこまで信じていいかわからない男性に完全に頼っている。

大丈夫よ、マディー。デイヴィッドはＦＢＩ捜査官なんだから。ここで見捨てるわけがないじゃない。きっとサイズが見つからなくて手間取っているだけ。

男という生き物には、面倒から逃げ出す習性がある——男性に関するマディーの信念のひとつが、頭の中をぐるぐると駆け巡る。

ばかなことを考えないの。どうしてデイヴィッドが、バスタブの中で途方に暮れるわたしを置いてきぼりにするの？

その理由は、プラド美術館で置いてきぼりにしたときと同じだ。自分の手でキャシーを見つけ、逮捕するためだ。完璧なチャンスを逃さず、それに飛びついたのだ。

ううん、そんなのありえない。

でも、ここを出ていくときの様子を思い出してみなさいよ。

結論を焦ってはだめ。落ち着いて。

だが自分を叱咤《しった》激励しながら、彼女はタオルに手を伸ばしていた。そうだ。一五分以内に彼が戻らなかったら、二度と男を信じるのはよそう。

てきぱきと体をふき、ベッドルームに戻る。最悪なのはデイヴィッドまでスーツケースをおかげで服を借りることもできない。

マディーは部屋の真ん中に立ち、なにかないかと考えた。ふうむ。シーツをトーガみたいにまとってカーニバルの衣装に見せかけ、館内のギフトショップで服を買ってくるのはどうだろう。

最高のプランとは言いがたいが、ほかに選択肢はなさそうだ。

バスルームに戻って裁縫セットを見つけ、それから一五分かけてシーツをトーガのように縫った。間に合わせの服がなんとか着られるものになったところで、フランス戸を開き、バルコニーに出た。自力でどうにかする前に、最後にもう一度だけデイヴィッドにチャンスをあげようと思ったのだ。

窓の下では、カーニバルが最高の盛り上がりを見せていた。騒々しい音楽が聴こえる。あたりには甘い香りが漂っている。思い思いの衣装と仮面に身を包んだほろ酔い気分の人びとが通りで踊っている。

マディーはデイヴィッドに腹を立てる一方で、彼を心配してもいた。ひょっとしたら意図的に置いてきぼりにしたわけではないのかもしれない。なにか恐ろしいことが起きたのかも。

もしかして、またジョッコに遭遇したのでは？

いずれにしても、服が必要だ。ハチミツだらけのショルダーバッグに入っているクレジットカードを取りに室内に戻ろうとした。だが振り返る瞬間、視界の隅になにかをとらえ、その場に釘づけになった。

広場の向こう側の群衆に、あのペイトン・シュライバーがいた気がした。彼女はバルコニーの端まで進み出ると、目を細めてみた。

もっと近くに来て――心の中で祈る。

するとテレパシーが伝わったのか、本当にこちらに向かって歩きだした。

やっぱり。あれはシュライバーだ。カラフルなカーニバルの衣装の中で、彼の着るベージュのコートはかえって目立っていた。群衆の中にキャシーもいるのではないかと目を凝らしたが、どうやら悪党ひとりらしい。

下に行って追わなければ。

でも、見つかったらどうしよう。もしも、彼とジョッコが反目しているというのはデイヴィッドの思い違いで、本当は手を組んでいるとしたら？　もしも……。

もしもはもうやめ！　慎重に、用心深く行動してきて、いったいなにが得られたの？　シュライバーはすぐそこにいる。せっかくのチャンスなのよ。ホテルの部屋で縮こまり、デイヴィッドが戻ってきてすべてを解決してくれるのをいつまでも待つつもり？　それとも、ここで思いきってチャンスに飛びつき、シュライバーを追いかける？

行くのよ、マディー。ほら、早く。キャシーの声が聞こえる気がする。まるで、すぐ隣に妹が立っているかのようにはっきりと。

マディーは群衆をじっと見つめた。シーツを体に巻いてあの人ごみを歩きまわるのだと思うと、つい怖じ気づいてしまう。大丈夫、できるわ。彼女はあごを上げた。そうよ。やってやる。

見まわすと、ベージュのコートは視界から消えていた。大変！　シュライバーはいったいどこ？

優柔不断なせいでキャシーにつながる唯一の手がかりをなくしたのではないかと思うと、マディーはパニックに陥りそうになった。必死の形相で人ごみの中にシュライバーの姿を探した。

ああ、よかった。彼はホテルから程近い教会に入っていくところだ。

絶対に見失ってなるものですか。マディーは決意を固めると、背筋をしゃんと伸ばして部屋を出た。階段を下り、ロビーを横切り、サンマルコ広場を目指す。

数分前にシュライバーが入っていった教会から一瞬たりとも目を離さず、カーニバルの衣装をまとった人びとの間を縫うように進んでいった。その場しのぎのトーガに目を留める人はいない。カーニバルの真っ最中で本当によかった。

だがカーニバルの群衆のせいで、標的を見失いそうになるのも事実だった。

絶対に逃がしちゃだめよ。

胸元をいやらしい目つきでじろじろ見る、マルコポーロの衣装に身を包んだ酔っ払いを肘で小突き、竹馬に乗ってオレンジ色に光るボールを器用に操る大道芸人をよける。焼きたてのパン、こんがりと焼けた七面鳥、ハーブをきかせて蒸し焼きにした魚――広場にはおいしそうな匂いが漂っているが、マディーはほとんど気づかなかった。

店先の階段でジェラートを食べている二歳くらいの坊やの上をジャンプする。手をつないでのんびり歩く若い恋人たちの脇をすり抜ける。カーニバルに見とれてのろのろ進む観光客の群れの脇を迂回する。

サンマルコ広場の向こう側にある教会が、とてつもなく遠く感じられた。ゴールをこんなに遠くに感じるのは生まれて初めてだ。といっても、実際には三分とかかっていないだろう。そしてついに教会の扉を開けた。開けた瞬間、おもてのまぶしい陽射しと、薄暗い明かりの違いに目をしばたたいた。

扉から離れると、しばらくその場で足を止めて、方向感覚が戻り暗さに目が慣れてくるのを待った。信者席に数人、祈りを捧げる人がいる。マディーはあたりを見渡した。

シュライバーの姿はなかった。

彼は消えた。見失ったのだ。

マディーはがっくりと柱にもたれた。

これからどうすればいいの？

と思ったとき、窓の外を彼が行くのが見えた。すでに教会を出ていたのだ。まるで自分よりも背の低い相手、あるいは座っている人に話しかけるかのように、頭を心持ち下げている。素早く、そして物音をたてず、マディーははだしの足で、入ってきたのと反対側の扉を目指した。

扉を出ると、鼓動が急に速まり不規則に打つのを覚えた。

頭上から影が差すのに気づき、見上げたマディーは息をのんだ。

漆黒の長いマントに身を包んだ不気味な男が目の前に立っていた。見たこともないくらい気味の悪い衣装だ。胸当てにはモザイク状に鏡が並んでおり、手には巨大な、ぎらりと光る鎌《かま》を持っている。顔は骸骨の仮面で隠していて、仮面にも胸当てと同じ小さな鏡が並んでいた。その鏡に、シーツをまとった小さな自分の姿が無数に映っていた。

男は残忍さと邪悪さを感じさせる低い声で笑った。

死神だわ。

マディーは凍りついた。これは現実じゃない、きっと悪夢よと思った。

だが死神は鎌を肩にかつぐと、彼女の脇をすり抜けて、膝までの黒い革のブーツの靴音を響かせながら、広場へとつづく丸石敷きの遊歩道を行ってしまった。

片手で胸元をぎゅっとつかみながら、マディーは震えるため息を漏らした。恐ろしくてたまらなかった。自分で認めたくないくらい恐ろしかった。

冷静になるのよ。これはただのカーニバルなんだから。死神男のことなんか忘れるの。シュライバーを追わなきゃ。

まだ落ち着かないものを覚えながら、最後にシュライバーを見た左のほうに視線をやった。ゴンドラが一隻泊まっているのが見えたが、彼の姿はない。

やはり見失ったのだ。

なんてこと。

ううん、違う。ちょっと待って。向こうよ。運河。シュライバーはゴンドラに乗り、どんどん離れていくところだった。やがてゴンドラは、角を曲がり視界から消えた。

これからどうすればいいかしら。現金は持っていないからゴンドラで追うのは無理。それにはだしだし、一時しのぎのトーガ姿だ。

マディーは負けたのだ。プランBに移行しなければならない。

だがプランBなどない。

だったらこの場で考えればいいのだ。いますぐに。マディーは親指のつめをかんだ。残された方法はただひとつ。ホテルに帰り、留守中にデイヴィッドが戻っていることを祈るのみだ。

いい考えとは思えなかったが、ほかにどうしようもない。マディーはホテルに戻ろうとした。振り返ると、世にも恐ろしげな銃が目の前に突きつけられていた。

22

こんなヘマをやらかすなんて。

キャシーは便器にちょこんと座っている。はだかの全身に鳥肌がたち、やわらかな手首の皮膚に粗いロープが食いこむ。シュライバーがドアをばたんと閉める音が響いた。この窮地から抜け出したあかつきには、絶対あいつにこの落とし前をつけさせてやる。

その前にまずは、ここからなんとしても逃げ出さなければ。

考えるのよ。キャシー、頭を働かせるの。

無理だ。キャシーは考えるのは得意じゃない。では、マディーならどうするだろう？

この質問も意味がない。マディーがこんなヘマをやらかすわけがない。

でも、もしも彼女がこんな状況に陥ったとしたら？　彼女ならいったいどうする？

『ワンダーウーマン』（七〇年代の米人気テレビシリーズ）も真っ青の彼女ならたぶん、あの超人的なパワーでロープをぶっちぎり。

ハハハ……なんて笑っている場合ではない。まじめに考えなければ。

三〇分以内にこのいましめを解き、デイヴィッドに電話をして状況を説明しなければならない。そうしないと、午後五時にホテル・ヴィヴァルディに行った彼が、誰もいないじゃないか、やっぱりキャシーはシュライバーに寝返ったのだなと勘違いしてしまう。そうなったらキャシーは、『アート・ワールド・トゥディ』誌の表紙を飾る予定が刑務所行きだ。

そんなの絶対にいやだ。そもそもあのしましま模様の囚人服が似合うはずがない。あんな、ただただ監視を楽にするためだけのしましま。

考えるのよ。キャシー、頭を使うの。

バスルーム内に視線を走らせる。棚に自分の化粧品やら美容グッズやらが並んでいる。でもビューラーやリップは、いまこの瞬間はなんの役にも立ちそうにない。

そのとき、オピウムの瓶の後ろに、旅行用の電池式のヘアアイロンがあるじを挑発するようにのぞいているのが目に入った。

ひらめいた！

勝負はこれからだ。キャシーはヘアアイロンに手を伸ばした。

サンマルコ広場を横切ってホテルに戻るデイヴィッドの携帯電話がふたたび鳴った。彼はやっとアンリと地元警察の署長との話しあいを終えたところだった。ジョッコに奪われた銃の代わりも新たに支給してもらった。地元警察とインターポールが、午後五時のホテル・ヴィヴァルディ急襲に合流する手はずになっている。盗んだ絵画をオークションにかけるシュライバーを現行犯で逮捕するのだ。

「いよいよだな、シュライバー」と上機嫌でつぶやいたそのときだった。『ドラグネット』のメロディーが流れてきた。

ぱちんと音をたてて携帯電話を開く。「マーシャルだ」

「デイヴィッド、たびたびごめんなさい、キャシーよ」息を切らし、焦っているように聞こえた。

「ちょっと待ってくれ。いまサンマルコ広場で、よく聞こえないんだ。広場から離れるまで待ってくれ」教会の角を曲がり、運河に沿った狭い遊歩道に入る。「いいぞ」

「大変なのさっきの電話をシュライバーが聞いてて彼に服を脱がされトイレに縛りつけられて……」

「おいおい、もうちょっとゆっくり話してくれよ」

「無理よ。時間がないの。ちゃんと聞いて」

「聞いてるとも」

「彼が言った時間は嘘だったの。オークションは五時じゃなくて、あと一〇分で始まるのよ！」

「なんだって？」

「ごめんなさい。どうやらあの人、わたしを信じてなかったみたいで、嘘の情報を教えられて」

「場所はさっき言ったホテルなのか？」ひょっとしてキャシーにからかわれているのだろうかと思った。あるいは、彼女もついに自分の置かれている状況を把握し、そこから逃げ出そうとしているのか。

「ええ、そうよ。そうだと思う。あのホテルのはずよ」

カーニバルの真っ最中に、街のちょうど反対側に位置するホテル・ヴィヴァルディまで一〇分で行かねばならないとは。スーパーマンでも不可能かもしれないが、やってみるしかない。シュライバーを逮捕するために、何年もの月日を費やし、さまざまな犠牲を払ってきた。この大勝負を逃してはならない。ここでやつに勝てなければ、FBIの笑いぐさだ。デイヴィッドは想像して顔を真っ赤にした。そんなの絶対に許さない。きっと勝ってやる。シュライバーとフィルポットとレヴィを捕まえ、キャロライン伯母さんのレンブラントを取り返してみせる。

そのとき、女性の悲鳴が聞こえた。引ったくりにでも遭ったのだろうか。

悲鳴の聞こえたほうを振り返る。狭い遊歩道の二〇〇メートルほど先で、いやがる女性をスキンヘッドの男が停泊中のモーターボートのほうに引っ張っていこうとしている。女性はシーツのようなものを身にまとっている。

「タマが大事ならその手を放すのよ！」女性がわめいた。

あの声を聞き間違えるわけがない。あの威勢のよさも。

マディー！

しかもあのスキンヘッドはジョッコだ。デイヴィッドの背筋に冷たい恐怖が走った。

「もしもし？　デイヴィッド？」電話の向こうからキャシーが訊いてくる。「ねえ、どうかしたの？　もう時間がないのよ。早くホテル・ヴィヴァルディに行かないと、シュライバーに逃げられてしまうわ！」

「シュライバーなんてくそくらえ！　マディーがジョッコに捕まった」デイヴィッドは携帯をたたみ、全速力で走りだした。

だが手遅れだった。ふたりが争っていた場所にたどり着いたときには、無理やりマディーが押しこまれたモーターボートは猛スピードで運河をベニス湾に向かって走っていた。

「トーガがいい感じだ」と男が言った。片手で銃を、もう一方の手でモーターボートのハンドルを握っている。「それにノーブラも。ところで、乳首が立ってるようだが、さっきの取っ組みあいで興奮したのか？　それともただ寒いだけか？」

「寒いのよ」マディーはぶっきらぼうに返した。

「シーツ一枚でボートに乗る前に、もうちょっとよく考えるべきだったな」

「好きで乗ったわけじゃないわ。あなたが無理やり乗せたんでしょ」

「逃げたりするからだよ。ところで、いったいどうやって逃げたんだ？　シュライバーは、おまえをはだかにしてホテルのトイレに縛りつけたと言っていたが」男はいやらしそうに舌なめずりした。「その光景を見てみたかったな」

いったいなんの話？　マディーは男の顔をまじまじと見つめた。このぼけなすの言っていることが、さっぱり理解できない。さらに相手を観察してみる。頭髪を剃りあげ、太っていて、どくろと交差した骨のいれずみを手にほどこしている。この男、以前に見たことがある。エッフェル塔のてっぺんで、ジェローム・レヴィと話していた男だ。

「あなた、ジョッコ・ブランコ？」

「おい、ベイビー。まさかもう忘れたなんて言うんじゃないだろうな？　マドリードであんなに楽しい思いをさせてやったっていうのに」ジョッコは口をとがらせた。「せっかく再会したと思ったら、名前すら覚えてないなんて。あんだけ仲良くしてやったのに」

そうか！

やっとわかった。ジョッコはわたしをキャシーと勘違いしているのね。たぶんシュライバーが妹をどこかのホテルのトイレに縛りつけておき、ジョッコに連れてくるよう命じた。でも、いったいなんのために？

ジョッコはウインクをして、チッチッと舌を鳴らした。「心配無用だよ、かわい子ちゃん。二度と忘れられないようにしてやるから。なにしろおまえのそのおいしそうな口から出てくるのは、このおれさまの名前が最後になるんだからな」銃口でマディーのあごを撫で、彼女が尻込みすると声をあげて笑った。「両手を前に出せ」

「なんですって？」

「口ごたえせずに、言うことを聞くんだよ」

マディーはあきれ顔で両手を前に出した。

ジョッコは床に置かれたスコップの上から銀色のダクトテープを取り、彼女の手首にぐるぐる巻いた。

「ねえ、そんなにきつくしないで」

「甘えたこと言ってんじゃねえよ」

こっちは空手の黒帯三段よ。あんたなんか屁でもない。

一週間前なら、恐怖のあまりへたりこんでいただろう。でもこの七日間でいろいろなことが変わった。まともな食事もせず、ろくに睡眠もとらずに過ごした。橋から転がり落ちてハチミツの桶で溺れかけた。ベニスの街をはだか同然で走った。正直言って、もう限界を超えていた。

あばた野郎、日が悪かったわね。狙いを定めて、マディーはジョッコの股間に蹴りを入れた。

つま先がつぶれるほど硬いものに当たった。

ぎゃっ！　マディーは仰天してジョッコをにらんだ。

「アルミ合金の特製サポーターをつけてんだ」ジョッコは邪悪な笑みを浮かべた。

「女性にしょっちゅう蹴られるからでしょ？」

「こいつがあれば一〇〇パーセント大丈夫。嘘だと思うかい？」ジョッコは得意になって言った。「やってみな。もう一回蹴ってみろ」

「結構よ。もういいわ」

「ならいい。そこに座っておとなしくしてろ」

　そうね、そうするわ。マディーはどうにかして逃げられないかと湾内を見渡した。「助けて！」と通りがかった水上バスに向かって叫んだ。「誰か助けて！」

「喉がかれるぜ。どうせやつらは英語はわからねえ」

「助けて！　こいつに殺される！」

「ちょっとした痴話げんかでね」ジョッコは脇を通る水上バスに向かって歌うように言い、笑みを浮かべて手を振りつつ、スピードを上げた。

　水上バスが見えなくなると、ジョッコは撃鉄を引き彼女のこめかみに銃口を押し当てた。

「ここで殺《や》ることもできるんだぜ。それでもまだ殺らずにいるのは、おまえの血で汚れたボートの掃除をしたくねえからだよ。そういう面倒は大嫌いなんだ」

　マディーは唾をのみこもうとしたが、恐怖のあまり唾さえ出なかった。股間への攻撃はうまくいかなかった。次はどうすればいいだろう。

　説得してみようか。少なくとも、時間稼ぎにはなるだろう。

「いずれにしてもわたしは殺されるわけね？」

「そのとおりだ」

「理由は？」

「シュライバーの邪魔になる」

「彼にいくらもらっているの？　わたしならもっと多く払うわよ」

ジョッコは鼻を鳴らした。「美術館の給料で？　まず無理だな」

はったりをかましてやればいいわ。早く、マディー。こけおどしよ。でっかい嘘をつくのよ。こんなとき、キャシーならなんて言うか考えるの。

「セザンヌもエル・グレコも偽物だって言ったらどうする？」マディーは最初に頭に浮かんだことを口走った。キャシーには、名作の複製を短時間で描く素晴らしい才能がある。だから偽物を描いた可能性は大いにある。あの子は自分の才能をひけらかしたがるから。

「おれを騙して、逃がしてもらおうって魂胆なんだろう？」

「そうじゃないって言ったら？」

ジョッコはしばらくじっとマディーを見つめた。「つづきを聞かせてみな」

「シュライバーの裏をかいてやろうと思って、こっそり計画を立てたのよ」わらをもつかむ思いで、マディーは必死に話をでっち上げた。心の中では、どうかジョッコの欲が美術品に対する知識に勝りますようにと祈っていた。その点では、まず安心していいと思う。この男は、ベルベットを着たエルビスとか、ポーカーをする犬とか、そういう絵にしか興味がなさそうだから。「それに彼、あなたに罪をかぶせるつもりよ」

「どういう意味だ？」

「あの人、ずっと前から今回の計画を練っていたの。わたしを仲間に引き入れたのも、セザンヌとエル・グレコの精巧な偽物を描けるからよ」どうかジョッコが、偽物を用意した理由を訊いてきませんように。マディーは祈った。そこまでは彼女自身も考えていないのだから。

「なんのために?」

一巻の終わりだ。

「どうした?」ジョッコは両の眉をつりあげた。

「それは……ええと……シュライバーは絵が大好きで、自分用にも取っておきたかったし、大金も手に入れたかったからよ」マディーは息を詰め、苦しい言い訳に思わず顔をしかめそうになるのをこらえた。

驚いたことに、ジョッコはなるほどというふうにうなずいた。「たしかにやつは、つまんねえ絵が大好きみたいだな。おれには、どうもよさがわからねえけど。大昔に死んだ野郎がキャンバスに絵の具を塗りたくったものを、みんなが名作と呼ぶのが不思議でならねえ。だったら写真のほうがいいぜ。ずっとリアルだ」

「アンセル・アダムズとか?」

「ああ」ジョッコはうなずいた。「アダムズはいいな。リチャード・アヴェドンも好きだぜ。ふたりは全然スタイルが違うけどな」

「アニー・リーボヴィッツはどう?」

「だめだね。くり抜いたかぼちゃに赤ん坊が入った写真なんて。おれには感傷的すぎる」

「それって、アン・ゲデスと勘違いしてない? アニー・リーボヴィッツは有名人の写真を撮った人よ。ほら、よく『ローリング・ストーン』に載ってるじゃない」

「ああ、そういえばそうだ。彼女はクールだ」ジョッコは指をぱちんと鳴らした。「おまえ、あれ知ってるか？　道路とか、妙な場所にはだかの人間が寝そべった写真を撮るやつ？　あいつの作品は素晴らしいな」

ジョッコとは気が合うようだ。マディーはもう一押しだと思った。「ねえ、ジョッコ。シュライバーはあなたを利用しているのよ。汚い仕事をあなたに押しつけようとしている。わたしを殺させ、警察に通報してあなたを逮捕させる魂胆なの。気づいたときには、あなたは牢屋でじだんだ踏んでるってわけ」

ジョッコはげらげらと笑いだしたが、表情はどこかこころもとない。「牢屋でじだんだ、だって？　おまえ、昔のギャング映画の見すぎじゃねえのか？」

マディーは肩をすくめ、できるだけ平静をよそおった。ジョッコをたきつけてシュライバーと対立させることができなければ、自分もキャシーもおしまいだ。

そうなったら、デイヴィッドにも二度と会えなくなる。

ふたりでココナッツ林を匍匐前進《ほふくぜんしん》することもできなくなる。病院の診察室で軽口をたたきあうことも。災難のたびに助けあうことも。

酔わせるような彼の唇が恋しい。厳しいときもあるけど、普段は優しい、あの低い声も。男らしい匂いも。

双子の妹ではなくデイヴィッドのことを真っ先に考えた理由は、自分でもよくわからない。でも、デイヴィッドに二度と会えないと思った瞬間、かみそりを思わせる鋭いトラのつめで心臓を引き裂かれる感覚に襲われたのはたしかだ。

そもそもキャシーはどこにいるのだろう。面倒を見てくれ、助けに来てくれる姉がいなくて、あの子はどうなってしまうのだろう。そのときは、デイヴィッドがあの子の面倒を見てくれるかもしれない。

ううん。やっぱり彼を頼るわけにはいかない。これまでだって、自分以外の誰にも頼らずに生きてきた。この窮地を自力で抜け出さなければ。妹を助けなければ。

だが状況はかなり厳しい。なにしろ誰も彼女の居場所を知らないのだ。ホテルに戻ったデイヴィッドが彼女の不在に気づいたところで、なにがあったか想像するのは不可能だろう。彼女の死体を見つけ出す手がかりさえないのだから。

なんとかしなくちゃ――キャシーは思った。デイヴィッドはマディーを助けに行ってしまった。キャシーは一瞬、そのシーンを思い描いて楽しんだ。ついにマディーが、助ける側ではなく助けられる側になった。だが、デイヴィッドがジョッコ追跡に向かったいま、シュライバーを止める人間はいない。自分以外には。

でも、いったいどうやって？

ここからホテル・ヴィヴァルディまで少なくとも三〇分はかかるし、そもそもホテルに行ったところでどうすればいいのか。シュライバーは警備員を手配していた。それに、二度も彼女に騙されるほどばかじゃない。警察に行けば、逃亡犯として逮捕されてしまう。

愛嬌も運も使い果たしてしまった。

万事休す。

つまり、これまでとはまったく違う方法を考えなければならないということだ。考えるのよ。ホテル・ヴィヴァルディに警官隊をただちに集結させる方法を考えるの。頭を使って考えるの。早く。早く。急いで。

ひらめいた！

キャシーは電話に駆け寄り、警察署にかけた。相手はイタリア語で応えた。キャシーは英語を話せる人を出してと頼んだ。頭がヘンになりそうなくらい長い時間——実際には三分くらい——待たされ、ようやくセクシーな声の男性に代わった。

「ドミニク・サルヴェートです。英語を話せます」

キャシーは深呼吸し、おふざけを言いたくなる気持ちをこらえた。一大事なんだから。いい声の警官が出てきたくらいで、脱線してはだめ。

「ドミニク——」彼女は歯を食いしばり、まじめな声音で嘘をついた。「ホテル・ヴィヴァルディの六一七号室に爆弾が仕掛けられているの。あと一五分で爆発するわ！」

借り物のイタリア警察のボートで、デイヴィッドは大運河をひた走った。ジョッコのボートとの距離は、時間にして一〇分以上。あの悪党は海を目指しているはず。その推理が当たっていることを、ただ祈るしかなかった。

あいつの撒き散らす菌のせいで万が一マディーが風邪でもひいたら、どこまでもあいつを追い、ゴキブリみたいにひねりつぶしてやる。おのれの残忍さにぎょっとしながらも、デイヴィッドは自分を抑えられなかった。はらわたが煮えくりかえり、頭の中に憎悪が渦巻き、恐怖と不安と、それよりももっと深い思いが胸を締めつける。

もう善も悪もない。大切なのはマディーだけだ。

ホテルの部屋に、彼女をひとりっきりになんかするんじゃなかった。一緒にいれば、愛を交わすことだってできたのに。

そうしたらいまごろは、彼女はこの腕の中で安らかに横になっていられたのに。

だが彼は部屋を離れた。マディーへの強烈な思いが自分でも怖くて、その上シュライバー逮捕というほとんど狂信的な欲求で頭がいっぱいになり、彼女をひとりにしてしまった。

彼女に、本当に必要とされているときに。

デイヴィッドは警察から借りた双眼鏡を取り上げ、目に当てると、水平線のあたりを見渡した。だいぶ離れた前方で、数隻のボートが群れをなして走っている。

目撃者、あるいは救助に当たれそうな人間がいる場所は、ジョッコも避けるはず。デイヴィッドは双眼鏡を右に向けた。こちらにもボートが二、三隻。さらに左を見た。こちらはボートが一隻だけ。

ルート変更は大きな賭けだ。マディーの生死はまさにこの手にかかっている。デイヴィッドは直感を信じて進路を北に取った。

「待ってろよ、マディー。いま助けに行くからな」声に出して言い、直感が間違っている可能性を振り払った。この方向で絶対に合っている。合っていなければならないんだ。おれはマディーを救い出す。

彼女がすでに殺されていない限り。

23

結局、ジョッコはマディーの作り話を信じなかった。どんなに言葉を尽くして話を脚色してもだめだった。

「どんだけおれをばかだと思ってんだよ?」ジョッコは鋭い口調で言った。

とてつもないばかよ——と思いながら、マディーはまつげをひらひらさせてみせた。「ばかなんて思ってないわ」

「だったらそっちが、シュライバーの言うとおりのアホなんだな」

「あの人、わたしをアホって言ったの?」

「殺すのだって簡単。殺されかかってるのもわからないくらいのアホだからって言ってたぞ」

妹の代わりに愚弄までされるなんて。「まるで、ご自分たちは原子物理学者みたいな口ぶりね。言っておくけど、あなた人違いしてるのよ」

ジョッコは眉をひそめた。「どういう意味だ?」

「あなた、ホテルに行って、トイレに縛りつけられたわたしを捕まえる予定だったのよね？」

「そうだが」

「じゃあ、遊歩道でわたしを捕まえることになった理由はいったいなに？」

「おまえが逃げたからだろう。シュライバーは人を縛るのが下手くそで有名なんだ。マニキュアがはがれるようなことはなにひとつできねえ」

「違うわ。そんな理由じゃない。本当の理由はね、わたしがキャシーじゃないからよ」マディーはもぞもぞとお尻を動かした。硬い木のシートとお尻の間には、薄っぺらいシーツ一枚しかない。

「仕方ないから聞いてやるか。で、おまえはいったい誰なんだ？」

「一卵性双生児の姉のマディーよ。さあ、わたしを殺しなさいよ。違うほうを殺したら、シュライバーにめちゃくちゃ怒られるわよ」

「贋作の話のほうがよほど本当らしかったな。おれだったら、さっきの嘘をつきとおしたぜ」

「わたしを信じないの？」

「一分たりとも信じられねえ」

「わかったわ、あとはあなた次第ね。わたしはちゃんと警告したわよ。ベニスに戻って、逃げたキャシーが警察に通報したのを知ったとき、初めてあなたは自分の愚かしさを悟るんだわ」

「勝手に言ってな」

「あの子を脅してプラドに強盗に入ったんだから、本人と会ってるんでしょう？　あの子のほうが一〇キロは体重があるし、マシュマロみたいに柔らかそうだったのにわからないの？」マディーはそう言って、上腕二頭筋を見せた。「まさか、違いがわからないわけ？」

ジョッコは彼女の筋肉をちらりと見た。「お利口さんよ、キャシーじゃないなら、どうしておれがプラドを襲った犯人だってわかるんだよ。マスコミはシュライバーの犯行だって言ってるぜ。おまえはその共犯者。おれの名前はどこにも出てこねえ」

「そういえば、いったいどうなってるの？　あなたとシュライバーのことだけど。どうしてあなたたち、あるときは手を組んだり、あるときは反目したりしているの？」

「複雑な話さ。それに、おまえはとっくに答えを知ってるはずだ」

「知らないけど？」

「ふうむ……」

「シュライバーとの関係が複雑ってどういう意味？　もしかして、あなたたち恋人同士？」

「ばか言うんじゃねえ！」ジョッコはわめいた。「おれたちは腹違いの兄弟だ。父親が一緒なんだよ。親父はシュライバーの母親と結婚したけどな」

なるほど。兄弟間の確執か。おかげでいろいろわかったわ。ジョッコはシュライバーが嫡出子なのを妬んでいるのね。「それで、ふたりの間になにがあったの？」

「ジェローム・レヴィがシュライバーとおれに金を払い、とある有名コレクターのためにキンベルからセザンヌを盗めと指示した。ところがシュライバーは、コーリー・フィルポットからもっといい条件を提示された。しかもおまえに熱を上げ、足を洗おうとした。つまりおれを裏切ったんだ」

「ひどい男ね」

「どうも」

「わたしも、自己中心的な妹に頭を悩ましているから」同情するように言いながらも、頭の中ではこの窮地を脱する方法を必死に考えていた。

「だから仕返しに、おまえとシュライバーがプラドを襲う計画を邪魔してやったのよ。やつの狙っていたエル・グレコを盗んだから、これであいこだ」

「それで、いつ仲直りしたわけ？」

「おまえがまだFBIのスパイをつづけてるとわかり、じゃあ厄介払いしようと決めたときだ」ジョッコは口をゆがめてののしった。「あのお坊ちゃんは、自分の手を汚したくないのさ。それでおれに電話をしてきた。おまえを片付けたら、オークションの儲けを山分けするって条件でな」

「オークションの儲け？」

「とぼけるんじゃねえよ。いいかげん、おれもいらいらしてきたぞ」ジョッコは彼女の顔の前で銃を振った。「もう黙れ」

ジョッコは船首の向こうをじっとにらんでいる。いったいなにを見ているのかと思い、マディーは座ったまま体の向きを変えた。前方に小島が見える。小島には廃墟と化した修道院らしき建物がある。

もしかして、あそこで眉間に銃弾を撃ちこみ、適当に墓を掘って捨てようってわけ？

このわたしの死体を？

大丈夫よ、マディー。いまのはいわゆる一般論。

ジョッコがエンジンを切り、小石だらけの浅瀬にゆっくりとボートを進める。小石が船体をこする音がした。あたりには死んだ魚の臭いがたちこめている。マディーは口の中に恐怖の味が広がるのを覚えた。

パニクッちゃだめよ。落ち着いて。最悪のシナリオは考えないで。実際に最悪のシナリオどおりなんだから、新たにもうひとつ想像する必要はないわ。

ジョッコに拉致されてからどのくらい経ったろう。もうデイヴィッドはホテルに戻っただろうか。無骨だけどハンサムな彼の顔が心配そうに曇るのを想像した途端、涙があふれてきた。

もう二度と会えないのかな。

強烈な切望感が胸を刺す。手に入れられなかったすべてのものを強く求める思い。その激しい思いに息すらできなくなる。マディーは自分の中になにかがわきおこるのを感じた。胸の奥深くに、まるで違う自分があらわれる気がした。絶対に死にたくない、デイヴィッドとの関係がこれからどうなるのかを見届けたい。

ばかね、現実と向きあいなさい。どうせ望みはないんだから。

「ボートから降りるんだ」ジョッコが命じる。

「うるさいわね」マディーはジョッコではなく自分に向かって言った。ずっと昔から頭の中に聞こえる、あの小うるさい、心配性の声に向かって。人生に、人との深い結びつきに、愛に賭けようとするのを阻む、あの悲観的な声に向かって。

「降りろ」ジョッコが繰り返し言い、銃口を向ける。一瞬頭の中が真っ白になって、いますぐこの場で撃たれ、わたしの死体は海に浮かぶのねとマディーは思った。

だがジョッコは自らもボートを降り、濡れた岩に足を乗せた。マディーは身を震わせた。骨の髄までひやりとした寒気に襲われた。

「早くしろ。二度と口ごたえするんじゃねえぞ」

わずかによろめきながら岸辺に降り、ジョッコの前に立つ。両手をテープで巻かれているのでバランスがうまく取れない。それでも、どうにかして時間稼ぎをし、生き延びる方法を考えなければと思った。

「歩け」

「どっちに?」

「修道院のほうだ」

名案ね。教会で殺すなんて。どう見ても神を信じているとは思えないのに。マディーだって神の存在など信じていない。でも、信仰の場で人を殺すなんて断じて許してはならない。

マディーは阻止しようと決心した。その場に立ったまま、動かなかった。

「行けと言ってるだろう」ジョッコが吠え、後頭部に銃口を突きつける。不吉な火薬の臭いがする。

奇妙な穏やかさに包まれながら、マディーは思った。殺りたいなら殺ればいい――いらだっていた声が急に落ち着きを取り戻し、解き放たれた気分になった。

「いやよ」マディーは静かに応じ、ジョッコに向き直った。

鼻先に銃口を突きつけられても、尻込みひとつしなかった。ジョッコは当惑した表情だ。

「おれは銃を持ってるんだぞ」彼は言わずもがなのことを言った。

「わかってるわ」

「動かないと撃つぞ」

「どうぞ。どうせ撃つんでしょ。だったらどこで撃とうと同じだわ」

「人に見られたら困る。上空を飛行機が通りかからないとは言いきれねえ」

「悪いけど、あなたの言いなりにはならないわ」

ジョッコは吠えた。「行けったら！」

「いや」

ジョッコは歯ぎしりした。「気の強い女は何人も見てきたが、おまえほど強情なのは初めてだぜ」

「お褒めいただきありがとう」

「褒めてんじゃねえ」

マディーは肩をすくめた。

「早く歩け！」

かぶりを振る。

ジョッコは引き金に指をかけた。

マディーは動かなかった。まばたきひとつしなかった。体の防衛反応でいったいどんな精神安定ホルモンが作用したのかわからないが、ちっとも怖くなかった。

小さいときからずっと、ささいな心配事やごくちっぽけな危険やつまらないリスクにでくわすたび、不安に駆られ、焦り、頭を悩ませてきた。あれはいったいなんのためだったんだろう。

「おまえ、あいつじゃないな？」ジョッコはぎょっとした表情で、口をあんぐりと開けて彼女を見つめた。「おまえは、あいつの双子の片割れだ」

「だから言ったじゃない」

「くそっ！」ジョッコはじだんだを踏んだ。「くそっ、なんてこった。シュライバーに怒られる」

そのとき、フルスロットルで海原を駆けるモーターボートのエンジン音が聞こえた。ふたりはそろって視線をそちらにやった。

マディーはすでにそちらを向いていた。テープで巻かれた手を体の前でぎゅっと握りしめて。だがジョッコは、振り返って何事か確認しなければならなかった。

青と白の警察のボートが視界に入り、マディーの胸は高鳴った。もしかして……。まさか……。目を細めてみる。操縦席にいるのは、ひょっとしてデイヴィッド?

男という生き物には、面倒から逃げ出す習性がある。

でもデイヴィッドは違う。わたしのヒーローはちゃんと助けに来てくれた。

舞い上がるような気分だ。

でも、そんな気分はつかの間だった。ジョッコがボートのほうに銃口を向けたからだ。

「デイヴィッド! 気をつけて! 彼は銃を持ってるわ!」

ジョッコが引き金を引くのと同時に、デイヴィッドは身を伏せた。頭を低くしてボートの後方に転がり移動する。

大変! ジョッコの弾は命中しなかったはずだが、確信があるわけではない。デイヴィッド、無事でいて。

ジョッコがまた引き金を引いた。

デイヴィッドはボートから飛び下り、海の中へと消えた。

水は凍りそうに冷たい。ものの数分で低体温症になってしまう。ジョッコから銃を奪わなければ。いますぐに。

受け身な人生はもうおしまいよ。ジョッコに撃たれるかもしれない。でも、あいつに愛する人を傷つけさせるわけにはいかない。

マディーは高らかに鬨《とき》の声をあげると、狙いを定めて足を蹴り上げ、ジョッコの手に握れた銃を水中に沈めた。

デイヴィッドは冷たい水の上に顔を出した。肺が空気を求めて叫び声をあげている。海水に目が焼けるようだ。彼は目をしばたたき、海岸にマディーとジョッコの姿を探した。ボートが視界をさえぎっていた。ふたりの姿は見えないが、銃声はやんでいる。なぜだ？どこに行った？荒々しい自分の息づかいが、大きく耳障りな時計の針の音のように聞こえる。

浅瀬に足をつき、万が一ジョッコが待ち伏せしている場合に備えて腰を折って身をかがめ、重たい足で必死に前に進む。

低い体勢のままモーターボートの脇をまわりこみ、慎重に頭を上げる。すると、いやがりもがくマディーの首をつかんで、ジョッコが古い修道院のほうに向かうのが見えた。修道院の隣、反対端の岸辺に、朽ち果てた鐘楼がそびえ立っている。

鐘楼を目にした途端、デイヴィッドはジョッコの狙いを悟った。

「あの野郎」と毒づき、服に染みこんだ海水をぶるんと振り払うと、全速力で駆けだした。

修道院にたどり着いたころには、息が切れ、マラリア患者のようにぶるぶる震えていた。ジョッコとマディーはすでに建物内に姿を消していた。

勢いよく扉を開け、がらんとした教会内に足を踏み入れる。目の前をねずみが一匹さっと走り抜け、後ろ足で立って怒った鳴き声をあげた。デイヴィッドは歯ぎしりした。ねずみが大の苦手なのだ。

嫌悪感を振り払い、ほこりを舞い上げ、へびみたいに絡みあったくもの巣を手で払いながら建物の奥へと突き進んだ。鐘楼のほうから、ジョッコがいやがるマディーを引っ張って階段を上るどすん、どすんという音が響いてくる。説得を試みているのか、あるいは言い争っているのか、マディーのくぐもった声も。

海水よりも冷たい恐怖に、デイヴィッドは骨の髄まで凍りついた。恐怖がその冷たく白い指で彼の心臓をむんずとつかむ。マディーが塔の上から突き落とされる前に、追いつかなければ。

一秒たりとも無駄にはできない。急げ。急ぐんだ。マディーがおれを呼んでいる。

デイヴィッドは鐘楼へと続く階段を一段抜かしで駆け上がった。足下で階段がぐらついていることにも気づかなかった。水につかって使い物にならないかもしれないと思いながら、銃を取り出そうともがいた。

階段の一番上にたどり着いたときには、激しい震えに立っているのがやっとだった。生まれて初めての寒さだ。目の前には、鐘楼へと続く扉がある。

急げ。早く彼女を助けるんだ。

だが破れかぶれの状態でも、警察官としての本能を忘れはしなかった。その本能が、焦るんじゃないと警告してくる。閉じられた扉の向こうには必ず危険が待っている。彼は立ち止まり、銃を抜いて、耳を澄ませた。

しんとした静けさに不安が募る。

おれの勘違いだったかもしれない。彼女が連れ去られた場所は鐘楼ではなかったのかも。

デイヴィッドは乾いた唇を舐め、次に取るべき行動を考えた。

そのとき、叫び声が聞こえた。

24

口をふさぐジョッコの汗ばんだ手に、マディーは力いっぱいかみついた。臭い足みたいな味がする。

ぺっ。唾を吐き出した。

かみつき攻撃はリスクを伴うものだった。ジョッコは片手を彼女の腰にまわし、もう一方の手で口をふさいでいた。すぐ目の前の床には、ぽっかりと空いた穴。

もしもジョッコが一歩前に足を踏み出したら、彼女は宙にぶら下がることになるだろう。床板は何年もの年月を経てすっかり傷んでいる。落ちたらきっと、水面に突き出した鋭い岩の上に真っ逆さまだ。

閉じた扉の向こうの階段をデイヴィッドが全力で駆け上がってくる音が聞こえたとき、彼女の脳裏に恐ろしいイメージがあらわれた。扉を蹴破ったデイヴィッドが、崇高な勝利への思いに駆り立てられ、勢いあまって目の前の穴から落ちていく……。

その前に警告しなければ！

ジョッコにかみついたら、下に落とされる恐れもある。でもほかに選択肢はなかった。デイヴィッドを死なせてはならない。

歯で皮膚をかみちぎると、ジョッコは女の子みたいな金切り声をあげた。

泣き虫ね。

口をふさいでいた手をぐいと引き、よろよろと後ずさる。幸いにも腰にまわした手はそのままだ。石壁にどしんとぶつかって倒れた彼の分厚い胸板の上に、マディーは倒れこんだ。その衝撃に塔全体がぐらぐらと揺れ、天井から細かな砂やモルタルが雨のごとく降ってきた。

マディーはうめいた。

鐘楼は倒壊寸前だ。ここで乱闘にでもなったら、古ぼけた建物はひとたまりもなく海の上に崩れ落ちるだろう。

よろめきながら立ち上がったジョッコは、腰にまわした手を決して放そうとしなかった。

塔がふたたび揺れる。

ジョッコの指が食いこんであばら骨が痛いし、ダクトテープが擦れて手首が焼けるようだ。だがそんな痛みはなんでもなかった。死に直面しているのだから。

マディーとジョッコはぽっかりと開いた穴の南側、閉じた扉の真正面に立っている。

穴の両脇にある石敷きの通路は幅六〇センチ足らず。頭上のくぼみにすでに鐘はなく、その空洞にぼろぼろのロープが一本垂れている。一か八《ばち》かの選択を迫られたときに備えて、マディーはそのロープをじっと見つめた。

なに寝ぼけたことを考えているの。あんなぼろぼろのロープじゃ、ぬいぐるみひとつ支えられやしない。そもそも両手を縛られた状態で、あれをつかめるわけがない。

ギーッと音をたてながら、扉がゆっくりと開かれる。

マディーは息を詰め、デイヴィッドがあらわれるのを待った。

扉の向こうから彼の声が聞こえた。「彼女を放せ、ジョッコ」

「この穴にかい？　いいとも。まったく問題ないぜ」また穴の端まで押しやられる。マディーは一瞬目を閉じ、吐き気と戦った。

「落としたら、きさまを殺す」

デイヴィッドが姿をあらわす。

マディーのいとしい人が。

広くたくましい肩で戸口をふさぐように立った彼は、いいほうの手に銃を握っていた。全身びしょ濡れで、髪は頭にはりつき、ギプスは泥まみれなのに、やっぱり世界一いい男だった。

視線が絡まりあう。大丈夫か？　目でそう訊いてきた。

マディーも無言でうなずいた。

ジョッコは自分が撃たれないよう、彼女を盾に身をかがめた。「生きた女にまた会いたいなら、その階段を下りてボートで引き返すんだ。見逃してくれたら、女はこの島に置いていってやる」

「だめだ」

「どうして?」

そうよ、どうして? わたしには最高のプランに思えるのに――マディーは思った。

「第一に、連邦警察の刑務所の独房に、すでにきさまの名札を掛けてある。きさまは、払い戻し不能の刑務所行き片道切符を持ってるんだよ。旅行代理店はおれだ」

マディーはあきれ顔をした。最高じゃない。まったく最高としか言いようがないわ。デイヴィッドの頭の中には、悪党を刑務所にたたきこむことしかないの?

ジョッコを終身刑にできるわけでもないのに。もちろん個人的には、彼を独房に閉じこめ、鍵を焼却処分して、お祝いに木靴のダンスを踊りたい。イエーッて歓声をあげながら。でも命が助かるなら、この卑劣漢を見逃がす案に大賛成だ。勝利をものにしたって、どうせ死んでしまうのならなんの意味もない。

「埒が明かねえな」ジョッコが言った。

「そうだな」デイヴィッドはこわばった声で応じた。

「どうせはったりだろ」

「どういう意味だ?」

「銃を海に捨てな。さもないと女は穴から突き落とす。本気だぜ」

「いや、きさまにはできない。人質が死んだらもうこっちのもの。逮捕するほうが簡単だが、別に殺したっていいさ。正義を貫くためなら方法は問わない」

人質？　そんな呼び方、全然ロマンティックじゃない。ちゃんと名前があるのに。どうしてそれを使わないのだろう。

「あいにく、おれを捕まえるために女の命を危険にさらす男だとは思えねえんだよ」ジョッコはあざ笑った。

「どうしてだ？　その女はおれにとってでかいお荷物でしかないぞ」デイヴィッドはしらっとした声で応じた。

なんですって？　頭にきた。今度こそ本当に頭にきたわ。マディーはデイヴィッドをにらみつけた。だが彼は目を合わせようとしない。どうしてあんなことを言うのだろう。好かれていると思っていたのに。好きだと思っていたのに。

いやだ……嘘でしょう？　わたしは彼を愛してる。でも彼は、わたしをなんとも思っていない。つまりこれは、胸張り裂ける失恋なの？

いいえ、その前に頭蓋骨が張り裂けるかもしれない。

ジョッコが突然、行動に出た。マディーの体をぐっと押したのだ。かろうじてつま先が床についているだけで、彼女の体は奈落へとつづく穴の上で揺れている。

ひっー！

「やめろ！」デイヴィッドが叫び、彼女を助けようと突進してくる。

まるで、心の底から気にかけているみたいに。マディーは胸を高鳴らせた。

「銃を捨てろ」ジョッコが繰り返す。

デイヴィッドと目が合う。歯を食いしばっている。瞳に葛藤の色が見える。どっちに転んでも負けるなんて、勝利を愛する男にとっては最悪のシチュエーションだ。

「おまえみたいに頭の固いおまわりが相手で、この女もかわいそうにな。早いとこ決心しないと、握力がもたないぜ」

「彼女を安全な場所に立たせろ」

「やなこった」

デイヴィッドが撃鉄を引く。かちりという音に、マディーの全身を冷たいものが走った。

「その体勢だと、きさまの頭は丸見え。かっこうのターゲットだ」

「おれを殺せば、女も死ぬぞ」

「いずれにしても彼女は死ぬ」

ジョッコは一瞬ためらってから言った。「わかったよ。女を引き戻すのと同時に、銃を捨てろ」

「いいだろう」

「右に行け。そこのアーチ窓から銃を投げ捨てるんだ」

デイヴィッドは横歩きで右に移動した。ジョッコは反対に動き、開け放しの扉を目指す。その間もマディーは奈落につづく宙にぶら下がったままだ。ジョッコもいいかげんに疲れているはず。万が一うっかり手を放してしまったらどうなるのだろう。マディーは焦った。どうすればわたしは助かるの？

「足を止めるんじゃねえぞ」ジョッコが言い、デイヴィッドは唯一の退路からじりじりと離れていく。

ふたりが動いたせいで、塔がぐらりと揺れた。

最悪。こんな最悪なことってない。

「いまだ」ジョッコが掛け声をかける。

その声と同時に、デイヴィッドは肩越しに銃を投げ捨て、ジョッコはマディーを床の上に戻した。銃はアーチ窓の向こうへと消えた。一秒後、遠くのほうで水しぶきがあがる音がした。

ジョッコが彼女をデイヴィッドのほうに押しやり、扉めがけて突進する。

マディーは落ちていく恐怖に金切り声をあげた。ぽっかりと開いた穴が、彼女をのみこもうとする。

「マディー！」

デイヴィッドはいいほうの手を伸ばし、マディーの足首をつかんだ。恐怖のあまり、口から心臓が飛び出そうになる。彼女は高さ一〇〇メートルの塔の上で宙にぶら下がった状態だ。彼女と目前に迫る死を隔てているのは自分だけ。恐ろしい破滅の予感に、頭皮にまで鳥肌がたつ。

この足首を放すわけにはいかない。だがすでに、必死でつかんだ指の感覚がなくなってきている。

「大丈夫だよ、スイートハート」われながら落ち着き払った声に驚いた。「心配はいらない。おれがついてるから」

でも、いったいいつまで？

塔がまた揺れた。

建物の一部が崩れる。頭上からがれきが降ってくる。

「階段が落ちるわ！　下に下りられなくなる」

マディーが叫ぶのと同時に、建物から階段が分離し崩れ落ちた。そして石が崩れる轟音《ごうおん》とともに、ジョッコの悲鳴が聞こえてきた。脳に突き刺さるような声だった。

デイヴィッドは穴の縁から下をのぞきこんだ。マディーは、服代わりのシーツがめくれて頭にかかり、ダクトテープが巻かれた手が頭の下にぶらりと下がった状態だ。デイヴィッドの手にすべてを委ねて、風に吹かれて揺れている。彼は恐怖に吐き気すら覚えた。この手を放すわけにはいかない。絶対に。

いますぐなんとかしなければ。

指がしびれてくるのを覚えながら無我夢中で解決策を考えた。ギプスをした手で尻のポケットを探ると、手錠があった。顔をゆがめながら、自分の左手と彼女の足首に手錠を掛けた。

「デイヴィッド！　なにをしてるの？」

「手錠でつないだんだよ。きみが落ちるときは、おれも一緒だ」

「ばかなことしないで。あなただけでも生き延びて」

「面倒から逃げ出す男じゃないんでね」ギプスをした右手を伸ばし、もう一方の脚が風に揺れて逃げる直前にその足首をとらえる。

次はどうすればいい？

重みで手錠が手首に食いこみ、痛みにうめきそうになるのをこらえるので精一杯だ。ギプスをした右手の状態は決してよくない。彼は歯を食いしばった。

「腹筋を何回できるって言った？」とたずね、両腕と両手に走る猛烈な痛みから気をそらそうとした。

「二〇〇回」

「じゃあいい知らせだ。今回はたった一回でいいぞ。両方の足首を持っているから、一回だけ腹筋するんだ。床のところまで上体を持ち上げたら、あとは両腕をおれの首にまわせ。できるか？」

できなければ困る。ほかにチャンスはない。

マディーが肘を曲げて上体を起こすと、手首の痛みは耐えがたいものになった。恐ろしいほどの苦痛が腕のほうまで伝わってくる。それはさらに肩から背中へと伝わり、デイヴィッドは自分が激しくうずく苦悶のかたまりになったような気がした。

マディーのうめく声が聞こえ、彼女も苦しいのだと気づいた。

「がんばれ、絶対にできるから」自分自身にも言い聞かせるように励ました。

歯を食いしばり、脚を石柱に掛けて踏ん張る。もう少しだ。もう少しで穴の縁に届く。だがすでに彼女は苦悶の表情を浮かべており、デイヴィッドも筋肉が焼けつく痛みに苦しんでいる。

「もうちょっとだぞ」

マディーの顔は真っ赤だった。首筋と額の血管がふくれ上がっている。

もしもできなかったら？

考えるな。彼女ならできる。

「マディー、がんばれ。二〇〇回できるんだろう？　そうだ。もう一息」

デイヴィッドと同じくらい荒い息を吐きながら、マディーの頭が穴の縁からあらわれる。

ふたりの視線が絡みあった。

その瞬間、ふたりはひとつになった。ひとつの力に、ひとつのチームに……ともに高揚感に包まれる。

「腕を首にまわして」息をするのもつらくて、デイヴィッドはささやくように言った。全身がひどく痛む。

マディーはテープで手首を縛られた状態で、両肘をできるだけ大きく広げた。手首をデイヴィッドの首の後ろにまわし、不器用に抱きついた。

最後の力を振り絞り、デイヴィッドは大きくうなりながら彼女とともに後方に転がった。

マディーの体が穴から抜け出る。

ふたりは石の床にごろりと横たわり、ぜえぜえと息をした。デイヴィッドの左手は彼女の足首につながれたまま。彼女の両腕は彼の首にまわされたまま。ともに全身の筋肉をけいれんさせながら。ともに汗とほこりにまみれたまま。

「助かった。わたし、生きてるのね」マディーが歓喜の言葉を繰り返すかたわらで、デイヴィッドはそっと手錠を外し、ダクトテープをはがした。手首がすりむけ、血がにじんでいる。それは彼も同じだった。ふたりの血が交わる。

「ああ」デイヴィッドはばかみたいに笑った。「助かったんだ」

「あなたが助けてくれたのね。手錠でふたりをつないで」マディーがじっと見つめてくる。同時にデイヴィッドは彼女にキスをしていた。唇で刻印を押すような、最高に心のこもったキスを。

「危なく死なせるところだった」デイヴィッドはささやき、長い髪に顔をうずめてぎゅっと抱き寄せた。「もう少しできみを失うところだった」

彼は圧倒されていた。たったいま起きた出来事ばかりではなく、わきおこる強烈な感情に。マディーも同じ気持ちでいてくれるのだろうか。この深い結びつきを信じていいのだろうか。それともこれは、窮地からともに脱した安堵感にすぎないのだろうか。

ひょっとして、これが愛？

どきどきどきどき。デイヴィッドの心臓は激しく高鳴った。

ぎしぎしぎしぎし。鐘楼はきしみ音を鳴らした。

「まだ危機を脱したわけじゃなかったんだな……階段は崩れ落ちた。塔もじきに倒壊する。

下りる手立てはない」

マディーがさっと身を離し、デイヴィッドを見つめる。真の窮地から抜け出したわけではないと、初めて悟ったかのような表情だ。

デイヴィッドは膝をつき、壁につかまりながら立ち上がった。すると、さらなるがれきが頭上から降り注ぎ、塔は木馬のように揺れた。

「気をつけて」マディーが注意する。

アーチ窓の端から向こうを見やる。「いや、ひとつだけあるな」

視線が絡まる。彼は表情を固くした。

「海ね……」

彼はうなずいた。「飛び下りるんだ。できるか？」

「水が怖いの。キャシーの事故以来ずっと」

「ほかにチャンスはない。違う選択肢があれば、こんなこと言わないよ」

マディーは立ち上がり、塔の揺れにぐらりとよろめきながら彼の横に立った。片側に視線をやると、とがった岩が海面から突き出していた。そちらに飛び下りるのはありえない。つづけて反対側に視線をやった。

「浅瀬だったらどうなるの？」マディーは息をのんだ。

「死ぬだろうな」

「一緒に？」

「ああ」

「浅瀬じゃなかったら？　もしもわたしが溺れたら？」

「大丈夫。おれがついてる」デイヴィッドはぶっきらぼうに言った。

マディーは右手で彼の左手をつかんだ。「あなたを信じるわ」

デイヴィッドにとってそれは、最上級の敬意だった。

「その信頼に応えてみせるよ」

「ものすごい勇気がいるのよ」

「わかってる」

「怖いわ」

「おれだって」

「一緒よね？」

「おれがきみを裏切ったことがあったか？」デイヴィッドは優しく言い、じっと彼女を見つめた。

彼女の瞳に心の奥深くをのぞかれる気がした。こんなふうに深く見つめられるのは初めてだ。

壁や天井がさらに崩れ、音をたてて床に落ちる。塔は間もなく崩壊する。ぐずぐずしていたら手遅れになる。

「覚悟はできた？」デイヴィッドはささやくように言った。

マディーは深呼吸をし、こっくりとうなずいた。

ふたりは並んで窓の桟ぎりぎりまで進んだ。

「できるだけ遠くに飛べ。飛んだら、膝を抱えて体を丸めろ。飛び込みスタイルとしては美しくないが、生き延びるにはそれが一番だ」

「わかったわ」

マディーが隣に立ち、身構える。下をのぞきこむ。「やっぱりできない」

「下を見るんじゃない。おれを見るんだ」つないだ手に力をこめる。

彼女が海面から視線を引きはがし、ふたたびこちらを見つめる。きみは最高に度胸のある女だよ！　彼女の勇敢さに打たれ、胸がぎゅっと締めつけられた。

「いい子だ。一歩踏み出すだけでいい。散歩に行くと思え。ただの散歩だって。ちっとも難しくなんかない。きみならできる」

「ええ、デイヴィッド……」

25

爆弾が仕掛けられていると通報したのち、キャシーはフロントに電話をかけ、シュライバーのつけで館内のギフトショップで服を買ってくるようコンシェルジェに依頼した。シックな黒のパンツに真っ白なウールのセーター、地味なローファーという組み合わせはまるでマディーだが、気にしないことにした。好き嫌いを言っていられる状況ではないのだ。

それにここ数日は、以前よりもずっと責任感が強くなり、冷静さも増して、しっかり者になった気がする。だからかっこうもそれらしいほうがいいかもしれない。新しい服に身を包むと、贋作を二組用意したあとにベッドのマットレスの下に隠しておいた本物のエル・グレコとセザンヌを取り出した。キャンバスを丸めて段ボールの筒に入れ、ホテル・インターナショナルに向かった。そしてマディーのふりをして、部屋の鍵をなくしてしまったとフロントに告げた。部屋に入ると、備え付けの金庫に絵をしまいこみ——デイヴィッドが金庫を使っていなくてよかった——暗証番号を設定して鍵をかけ、意気揚揚とおもてに出た。

任務完了。これでもう、誰からもシュライバーの共犯者と責められる心配はない。キャシーはホテル・ヴィヴァルディに急いだ。あちらはいったいどうなっていることやら。

到着したときにはちょうど、レヴィとフィルポットが手錠を掛けられホテルから連行されるところだった。

ふたりに見つかってはまずいので、いったん彫像の背後に隠れ、コレクターたちがやはり手錠を掛けられ連行されるのを見届けてからおもむろに館内に忍びこんだ。興奮に胸が高鳴る。

シュライバーも逮捕されただろうか。いまごろはもう警察の拘束下だろうか。それとも、あの神出鬼没の大泥棒はまんまと逃げおおせただろうか。

館内は右往左往する警官と報道陣とホテルのスタッフで混沌状態だった。この大騒動を引き起こしたのは、このわたし。

キャシーはにやりとし、人目を引かぬようこっそりと、六一七号室につづく廊下を進んだ。これまでのところは順調だ。

もうすぐ現場に到着する。わずかに扉が開いた清掃用具室の前を素早く通りすぎる。がっしりした体格の警備員が入口に立つ六一七号室を、首を伸ばしてのぞきこむ。

そのときだった。キャシーは誰かに口をふさがれ、腰に腕をまわされ、清掃用具室に引きずりこまれた。

ぷかり、ぷかり。ゆったりと波に押し流される。自分が冷たい水に浮いているのがわかる。でもなぜか、凍るような冷たさは感じない。それに、顔が水につかっているのにパニックにもならない。

まぶたは閉じている。開けたくなかった。開けて、見たくなかった。この軽やかに漂う感覚にただ包まれていたい。こうしていれば急ぐ必要も、危険を身近に感じることもなく、現実さえもない。

わたしは死んだの？　倒壊しかかった塔の上から飛び下りて命を落としたの？

ふうむ。死もそれほど悪くない。

でもひとつだけ心残りがある。たったひとつの小さな後悔が、この穏やかなたゆたいを邪魔している。わたしは死んだ。死ぬ前にデイヴィッドに愛していると伝えられなかった。

心底悔やまれる。

尻込みしたばつだ。真の愛を得るチャンスだったのに、自らそれをふいにした。

いままでの自分の言動を思い返してみた。いつも尻込みしていた。リスクを負うことを、傷つくことを、信じることを恐れたりするんじゃなかった。

いまになってやっと、死なんてちっとも怖くないんだとわかった。最悪のシナリオを実体験したいま、胸の内にあるのは、チャンスを逃すんじゃなかったという後悔ばかりだ。挑戦もしなかったことが彼女にはたくさんある。

オリンピックで全力を出しきればよかった。ずっと昔に、妹の尻ぬぐいに奔走するのはやめて自分の人生を歩みだすべきだった。

人生をやり直せるなら、こうしてやっと悟ったことを糧に、まったく違う道を歩むだろう。

髪だってパンクロッカーみたいに真っ赤に染めて、どんな感じになるか見てみたい。たまにはドーナツだって食べたい。夏の嵐の最中には、裏庭ではだかになって踊りたい。

もう一度生きるチャンスをもらえたら！

それからマディーは、二度とできないあれこれを思った。自分の足で人生を歩む邪魔をしてごめんねと、キャシーに謝ることもできない。父が家族を置いて出ていったとき、どんなに傷ついたか伝えることも。最後に一目、母に会うことも。エアロビクスのクラスでもう一度レッスンをすることも。陽射しを顔いっぱいに浴びながら庭を歩くことも。赤ちゃんを産んで子守唄を歌ってあげることも。子どもたちの入学式の朝に、ぎゅっと抱きしめ、手を振って送り出すことも。子どもたちが運転免許を取った日に、門限を過ぎてるじゃないのと心配することも。

途端に胸が張り裂けそうになった。赤ちゃんを産むということは、結婚するということで、結婚するということは、誰かを愛するということで、誰かを愛するということは、デイヴィッドと一緒にいるということだ……。

愛してると、彼に伝えることはもうできないのだ。

そのことに思い至り、マディーはなんともいえない焼けつくような痛みを覚えた。先ほどまでの心の平穏はどこかに消えてしまった。死にたくなかった。死んではいけなかった。生きてやるべきことが、たくさんあったのに。

「マディー！　マディー！」

わたしを呼ぶのは誰？　キャシーなの？　マディーは眉根を寄せた。少なくとも、自分ではそうしたつもりだった。実際にどうだったかはわからない。そもそも、死んだ人間にそんなことができるのだろうか。

今度は体をぐいぐい引っ張られる感じがした。

やめて！　人の髪を引っ張るのはいったい誰？

厳粛なる死なんてもうたくさん。

水をやっつけ、生を求めて戦おうともがいたが、手が妙に重たくて自由に動かせない。わたし、本当に死んでいるの？　それとも……？　身動きもまぶたを開くこともできないけれど、ずっと誰かが大声で名前を呼んでいる。恐怖の入り混じった、荒々しく男らしい声が。

デイヴィッド。あれはデイヴィッドの声だ。

彼女はばかみたいに胸を高鳴らせ、この体から抜け出せれば彼の顔が見られるのにと思った。

「おれを置いていくな、マディー」デイヴィッドがどなる。「息をするんだよ。くそっ、息をしろったら」

まるで怒られているみたい。マディーは言われたとおり息をしようとした。でも肺が空気を取りこむのをいやがっている。ゆったりと心地よい波のベッドはどこかに消え、背中の下に硬いものが感じられる。もしかして、これは地面？

「きみを裏切らないと約束しただろう」デイヴィッドはぶつぶつ言っている。「それにおれは約束は破らない。絶対に。だから死んだりするな。目を覚ませ。死ぬんじゃない。おれを見捨てるつもりか？　戦え。がんばれ。生きるんだよ」

彼の手がうなじに添えられた気がする。感覚が麻痺していて断言はできない。

「息をしろ」今度は頬を撫でられる感じ。「息をしてくれ」

唇になにかが押しつけられる。冷たい唇に熱が伝わってくる。水の中では穏やかさに満ちていた肺が、いまは焼けつくほど痛い。音が聞こえてくる。かもめの鳴く声に、魚が水面をはねる音、ヘリコプターが飛ぶ音。

狭い気道にデイヴィッドの息が無理やり押し入ってきて、命を吹きこもうとする。胃がむかつく。吐きそうだ。

出し抜けにうっとうめき、マディーは身を起こした。デイヴィッドに横向きに寝かせられ、優しく抱かれながら、海水を吐き出した。

「いい子だ」デイヴィッドはなだめる口調で言いながら、そっと髪をかきあげ、額を撫でてくれた。「全部吐き出してしまうんだ」

目を開けて、彼の顔を見る。

死んでなかったんだ。死にかけてもいなかったんだ。胸が張り裂けるほど求めた尊い二度目のチャンスを、デイヴィッドが与えてくれた。彼女は生まれ変わったのだ。

「デイヴィッド」しわがれ声で呼んだ。

デイヴィッドは彼女をしっかりと胸に抱き、前後に揺らした。ヘリコプターが頭上にやってくる。旋回する回転翼に砂やごみが舞い上がる。幸いシーツはびっしょり濡れて脚に絡みついており、旋風にめくられる心配はなかった。

見上げるとそれは警察のヘリコプターだった。アンリがドアから半身を乗り出し、ふたりに向かって手を振った。

「援軍到着ね」マディーはささやいた。

「例のごとく一足遅れでね」デイヴィッドはつぶやいた。

「ジョッコは？」

「さあ。あんなやつどうでもいいさ。いまはきみのことで頭がいっぱいだ」と言う彼の瞳がきらめき、それが本心だと告げる。その言葉と、ハンサムな顔を曇らせる心配げな表情に、マディーはいままで感じたことがないくらい胸の中が温かくなるのを覚えた。

ヘリコプターが着陸した。アンリと地元警官が飛び降り、腰をかがめてこちらに走ってくる。

「大丈夫ですか？」アンリはヘリコプターの轟音に負けじと大声を出した。

デイヴィッドがうなずいてみせる。

アンリが鐘楼の残骸を指さす。デイヴィッドに海中から助け出されてから初めて、マディーはさっきまで自分たちがいた場所を振り返って見た。崩壊した塔を目にするなり、横面をはたかれる思いがした。あのとき飛び下りなかったら、ふたりとも死んでいただろう。あのがれきに埋まって助かる人間がいるわけがない。ハッと息をのむと、抱きしめるデイヴィッドの腕に力がこめられるのがわかった。

「上空から、男がひとりがれきの間から這い出るのが見えたんですけどね」とアンリが言った。

「ジョッコだな」とデイヴィッド。

アンリが彼の肩に手を置く。「ご安心ください、モナミ。ここはわれわれに任せて」

「すまないな」

アンリと警官がジョッコを捜しに行ってしまうと、ヘリコプターの操縦士が毛布を持ってきてくれた。デイヴィッドは赤ん坊にするみたいにマディーの体を毛布でくるみ、彼女が抵抗しても、折れた手首などどうでもいい、ヘリコプターまで抱いて運ぶと言ってきかなかった。彼女は両脚をデイヴィッドの腰に絡め、子どもみたいに抱いて運ばれるがままにした。

「機内に着替えがありますよ」と操縦士がひどくなまった英語で言いながら、ふたりの濡れそぼった服に視線をやった。「今朝、女房と一緒にカーニバルで着た衣装なんです。貸衣装屋に返すつもりだったんですけど、時間がなくて。だからどうぞ使ってください。着替えの間、外で待ってますから」

「ありがとう」とデイヴィッドが言った。

衣装を探し、濡れた服をもがくように脱いで着替えた。

「ジェーン・オースティンみたい」マディーは言った。

「まだましだよ。こっちは相当怪しげだ」

ふたりは互いの姿に目をしばたたいた。どちらも英国摂政時代の衣装だった。思い描いていた夢物語みたい。マディーは息が詰まった。あのばかげた夢物語。

「カーニバルの最中でよかったわね。誰にも見とがめられずに済むわ」

「ああ」と応じたデイヴィッドのハスキーな声に、彼もわたしと同じことを考えているのかしらと思わずにいられない。「びしょ濡れよりはましだろう」

アンリと警官が、足を引きずるジョッコを支えながら戻ってくる。ふたりはジョッコをデイヴィッドが乗ってきた警察のボートに乗せた。警官がそのボートを操縦して本土に戻る。アンリはマディーたちとともにヘリコプターに乗りこんだ。

「よくお似合いですよ」乗りこみながら、アンリはデイヴィッドに笑顔を向けた。「ワルツでもいかが？」

デイヴィッドが髪をかきあげると、シャツの袖が頬を撫でた。一九世紀の男の中の男が、こんなめめしいかっこうをしていたわけがないのに。そういえばマディーは以前、愛する男性からこういう間抜けなかっこうでプロポーズされるのが夢だと言っていた。まったく女ってやつは。なにを考えているのかさっぱりわからない。

「ご協力に感謝するよ、アンリ」デイヴィッドは唸るように言った。「だからいまのコメントは聞かなかったことにしてやる」

「おや、そんなに冷たくするとばちがあたりますよ。せっかくお知らせすることがあるのに」

「お知らせすること?」緊張の面持ちで身を乗り出した。「いい知らせか、それとも悪い知らせ?」

「妹のこと?」すかさずマディーが口を挟む。

デイヴィッドは彼女をにらんだ。カーニバルのドレス姿がこんなにかわいくなければ、口出しされて腹を立てていただろう。摂政時代の衣装は、彼女にはとてもよく似合っていた。特にカットがスタイルのよさを際立たせている。

アンリがうなずく。「妹さんから、ホテル・ヴィヴァルディに爆弾が仕掛けられているとの通報がありましてね。いえ、おそらく彼女だろうという意味ですけど。逆探知したところ、ホテル・ポロのシュライバーの部屋からだったもので」

マディーはうめき、両手で頭を抱えた。「どうしてそんな電話を」

「ホテル・ヴィヴァルディに警官隊を送り、シュライバーのオークションを阻止するためだろう」デイヴィッドは指摘した。

「どういうことです? キャシー・クーパーはシュライバーの共犯者なんですか? それともFBIのスパイ?」

「われわれにもわからない」デイヴィッドは陰気に答えた。「それで、オークションは阻止できたのか?」

「ええ、もちろん」アンリが請け合う。

「シュライバーは逮捕したのか?」こぶしを握り、腹がよじれるような感覚に耐える。これがそうなのか？　これが一〇年間におよぶ捜査人生の集大成なのか？　ついに夢がかなうのか？　思わず手が震える。ついに、ついにこの戦いに勝てるのだと思うと、手も震えようというものだ。

だがアンリは首を横に振った。「シュライバーは消えました」

デイヴィッドは悪態をついた。あの野郎、またか！

「それで、妹は？　あの子はどこに行ったの？」

「爆破予告の電話のあと、街中に警戒体制を敷きました。いまのところ行方はわかっていません」

「少なくとも、レヴィとフィルポットは逮捕したんだろうな？」デイヴィッドはかみつかんばかりの勢いで問いただした。

アンリはほほ笑んだ。「見くびってもらっちゃ困りますね」

「ほほう？」

「レヴィとフィルポット以外にも、一〇人を超えるコレクターを逮捕しました。それから、盗品の絵画を七点ほど回収しましたよ。あなたの伯母さんのレンブラントを含めて」

「嘘だろう？　キャロライン伯母さんのレンブラントを回収した？」デイヴィッドは座席の背にどっかりともたれこんだ。少なくとも収穫はあったのだ。レンブラントをふたたび手にした伯母の嬉しそうな顔を想像すると、えもいわれぬ高揚感に包まれた。とはいえ、まだすべてが終わったわけではない。シュライバーも逮捕しなければ。

「レヴィが処分するつもりでオークション会場に持ってきていましてね。われわれの追跡がよほどこたえていたんでしょう。さっさと売り払ってしまいたかったようですよ」

「ご苦労だったな」デイヴィッドはアンリとハイファイブを交わそうと左手を上げた。

「アメリカ式の勝利の祝い方ですね」アンリはにやりとして手のひらを合わせた。

「長い道のりだったからな。軽く勝利のダンスを踊ってもいいくらいだ」

「ちょっと気が早いんじゃないですか、モナミ。実は、よくない知らせもあるんですよ」

「なんだ?」

「セザンヌとエル・グレコが見つかっていません。ホテル・ヴィヴァルディのオークション会場で発見されたのは偽物でした」

デイヴィッドは深く息をついた。まったく、キャシーときたら余計なことを。「本物はどこだ?」

「あなたのボスも、それが知りたいんじゃないですかね」

デイヴィッドはぎょっとした。「まさか、バーンズに知らせたのか?」

「いいえ。あなたの電報を受けてベニスに来たそうですよ」

「電報など打っていない」

アンリは肩をすくめた。「じゃあ、誰かが打ったんでしょう。あなたの名前で。本物は金庫にしまってあるという内容だったそうですけど」

「なんだと? おれはそんなもの持ってないぞ!」デイヴィッドはパニック状態になった。

落ち着け。頭を冷やせ。どういうことか考えるんだ。じきに事件は解決する。焦るんじゃない。「おれの名前でバーンズに電報を打てる人間は誰だ？　どうしてそいつは……ああ、そうか、くそっ」

マディーと目が合う。ふたりは同時に叫んでいた。「キャシーだ！」

アンリは地元警察のジョッコ逮捕を監督するため、船着場に向かった。「行ってください」彼はデイヴィッドに言った。「シュライバーを捜すんでしょう？　これはあなたの事件ですからね。一〇年間の集大成に、勝利をものにする権利がある」

アンリを残して、デイヴィッドとマディーはベニスの街を走った。まるで頭のおかしくなった『高慢と偏見』のミスター・ダーシーとエリザベス・ベネットだ。こんなにキャシーが心配でなければ、マディーはいまの状況をおもしろがることができただろう。けれども現実には、ハートの片割れのネックレスがないのが不安でならなかった。スペインであれをなくしてから、事態は劇的にひどい方向に転がるばかりだ。

カーニバルの群衆の脇を全速力で駆け抜け、水位が上がったために間に合わせの通路として板が敷かれたサンマルコ広場を、板を踏み鳴らしながら突っ走った。シュライバーとキャシーが宿泊していたホテル・ポロに到着した。インターポールの捜査チームと、デイヴィッドの上司のジム・バーンズが、証拠を求めて室内をくまなく捜索しているところだった。

「マーシャル」戸口にデイヴィッドの姿を確認するなり、バーンズは吠えるように言った。

デイヴィッドの肩に緊張が走り、ぎゅっと歯を食いしばるのがわかる。「イエス、サー」

「ひどいありさまだな」白髪交じりの頭をクルーカットにしたバーンズは、年齢は五〇代なかばというところ。ブルドッグ顔に、ずんぐりした体格をしている。

「ちょっとした面倒に巻きこまれました」

「やられっぱなしだったわけじゃあるまいな？」

「心配ご無用です、サー」

「で、なにをそんなにめかしこんでる？」バーンズは顔をしかめた。

「カーニバルの最中なので、目立たないようにするためです」

こんなデイヴィッドは初めて見る。お行儀のいい優等生のデイヴィッド。現場での無軌道ぶりとは大違い。外面だけはよくしているんだわ。本心は誰にも指図を受けたくないのに、上司に嫌われたら困るから。

バーンズがポケットから電報を取り出しデイヴィッドに手渡す。「どういうことか説明しろ」

マディーはデイヴィッドの後ろで廊下に突っ立ったまま、彼の顔をじっと観察した。真実を話すつもりだろうか。シュライバーのスパイとしてキャシーを雇った、そのキャシーが偽物を用意し、本物をどこかに隠したと。

規則を破った責任を負い、処罰を受けるつもりだろうか。それとも、キャシーの手柄を自分のものにし、彼女を見捨てるつもりだろうか。

「セザンヌとエル・グレコの本物を持っているのか？」

マディーは一瞬、目を閉じた。お願い、デイヴィッド。お願いだから。本当のことを言って。

「はい」その一言で、ふたりの未来への希望はすべて打ち砕かれた。

嘘つき！　そう言おうとしてマディーは口を開いた。妹の弁護をしなければと思ったのに、言葉は出てこなかった。あまりの驚きにしゃべることもできなかったのだ。デイヴィッドは勝利を手に入れるためならなんでもする、どんな犠牲を払うことになってもかまわないのだ——そのことに気づいて、頭の中が真っ白になった。マディーはきびすを返し、ぎこちない足取りでその場を立ち去った。

「よくやったな」バーンズはデイヴィッドの背中をたたいた。「あとはシュライバーとキャシー・クーパーを逮捕すれば、昇進間違いなしだ」

「マディー」デイヴィッドは大声で呼んだ。「待ってくれ。話があるんだ」

だがマディーは言い訳など聞きたくなかった。

「マディー！」デイヴィッドがどなる。「そこで止まれ」

おあいにくさま。わたしだけは、あなたなんかに負けないんだから。彼女はうつむいて走りだした。泣いたりするもんですか。失恋の痛手に泣いて、彼を満足させてやるもんですか。

「マディー、そこで止まらないと承知しないぞ」

マディーは彼に向かって中指を突き立て、非常口を走り抜けて階段を駆け下りた。

「すみません――」デイヴィッドはバーンズに向き直った。「すぐに行かなければ。あの女性を愛しているんです。誤解を解かなければなりません。彼女は、わたしの意図を誤解している」

「それがそんなに大層な問題か？　いいかげんにしろ、マーシャル。きみの目下の任務は絵のありかを明かすことだ」

「いまの時点ではわからないのです」

「いまはわからないとはどういう意味だ？　この電報はきみが打ったんじゃないのか？」

「違います」

「では誰が打ったんだ？」バーンズは険しい表情になった。

「キャシー・クーパーです」

「シュライバーの恋人の？　いったいどういうことになってる？」

デイヴィッドは大きく息をついた。バーンズは怒ると手がつけられなくなる。だが、いまはそんなことにかまっていられない。マディーが信じようが信じまいが、キャシーを見捨てるつもりはない。「彼女はシュライバーの恋人ではありません」

「どういう意味だ？」

「最初からずっと、わたしの下で働いていました」そうだ。おれがよくわかっていなかっただけで、彼女はずっとおれの味方だった。

「爆破予告の通報も、きみがしろと言ったのか？」

「シュライバーを阻止するためなら、なにをしてもいいと言いました」

「つまりきみは、上司に隠れて彼女を雇ったのだな？　あれだけだめだと言われたにもかかわらず」

「はい、わたしが雇いました。実際、計画はうまくいっていました」そう、ジョッコがあらわれて邪魔をするまでは。「彼女と組んでレヴィとフィルポットとシュライバーを逮捕し、盗まれた絵画を回収する計画でした」

「それで、エル・グレコはどこにあるんだ？　セザンヌは？」

「キャシーが安全な場所に隠したはずです」

「どうしてわかる？」バーンズが鼻の穴を大きく広げてにらみつけてくる。

「とにかくわかるんです」

「彼女がおまえの下で働いていたのなら、いまはいったいどこにいる？　シュライバーはどこだ？」

「現時点では、わかりません」

「彼女に騙されていたのではないと言いきれるのか、マーシャル？　きみはカモにされたんじゃないのか？」

「そんなんじゃありません」

「シュライバーを逮捕し、絵を取り戻せ、マーシャル。いますぐだ。さもないと、きみはおしまいだ」

「首ってことですか?」

「さっきの女性のあとを追うならな。わたしももう我慢の限界なのだよ。上司に隠れて勝手ばかりしおって。さあ、決めるんだ。昇進か、首か」

デイヴィッドは歯ぎしりした。まったく異なるふたつの選択肢の間で揺れていた。一方は仕事。それも単なる仕事ではない。人生を賭けた仕事だ。自分が自分でいるために欠かせないものだ。かつては、昇進だけがすべてだったこともある。

だが、いまはマディーがいる。

大運河では花火が始まっていた。光のパレードが水面に映っている。目を見張る船団。マディーは運河に沿って細い道を走った。行く当てはなかったし、そもそも行き先など気にしていなかった。ただひたすら、デイヴィッドから、そして張り裂けるような胸の痛みから逃れたかった。

脇腹が痛み、息ができなくなるまで走りつづけた。信じた人に裏切られた。デイヴィッドは、絵画は自分が持っているなどと真っ赤な嘘をついて、キャシーの手柄を奪った。マディーのこともキャシーのこともなんとも思っていないのだ。大切なのは勝つことだけなのだ。

胃がむかむかしてくる。打ち上げ花火が頭上でカラフルな光のリボンとなる。群衆がオーッとかワーッとか歓声をあげる。

橋の上に並んだ人びとの脇を通り、角を曲がって丸石敷きの歩道へと入った。顔を上げると、意外にもそこはホテル・ヴィヴァルディの正面階段だった。シュライバーが闇オークションを開き、キャシーが爆弾が仕掛けられていると警察に通報した場所。警官の姿はなかった。すでに現場の捜索は済んだのだろうか。

群衆が動きだす。運河を進むパレードを見物しながら、ホテルからどんどん遠ざかっていく。数分後には、あたりは人っ子ひとりいなくなり、静寂に包まれた。

そのときマディーは、側道でなにかの影が動くのを視界の片隅でとらえた。男女が争っているらしい。

あなたには関係がないでしょう、マディー。放っておきなさい。

また打ち上げ花火が夜空を照らす。

争う男女がその明かりに照らしだされる。男は手に銃を持っていた。

マディーは心臓が口から飛び出そうになるほど驚いた。

それは、キャシーとシュライバーだった。

幼いころから研ぎ澄ましてきた妹への保護本能で、マディーは全速力でそちらへ向かった。立ち止まってどうするべきか考えることすらしなかった。頭の中にはひとつの思いしかない。この一八年間、彼女の心を決して離れなかった思いだ——キャシーを助けなくちゃ、あの子を、妹を助けなくちゃ。

「妹から離れなさい！」マディーは叫び、全体重をかけて敵に飛びかかるレスラーよろしくシュライバーに突進した。

敵は運河に落っこちた。

「なにするのよ?」キャシーが金切り声をあげ、シュライバーが漆黒の水の中へと消えていく。

マディーはくるりと振り返って妹と向きあった。「大丈夫、キャシー?」

「なにが大丈夫、よ。余計なことして、なにもかも台無しにしておいて」

「なんですって? 危ないところを助けてあげたのに、どうして怒られるの?

「いつになったらそうやって邪魔するのをやめてくれるの?」キャシーは怒りに瞳をめらめらと燃やし、両手を腰に当てた。

「助けようとしただけじゃない」

「だからそれをやめてって言ってるの! いつもいつも邪魔されて、もううんざり。まるで人を子ども扱いして。もう九歳のお子さまじゃないのよ。お守りしてもらう必要なんかない。わたしのことは放っておいて」

「でも、あなたを追ってヨーロッパまで来たのよ」

「誰も追ってくれなんて言ってないでしょ。そこが問題なのよ。マディーはいつも、妹を守るのが自分の役目なんだって勝手に思いこむ。言っておくけど、そんなことしなくていいの」

「だって、キャシーがトラブルに巻きこまれてばかりいるから」

「自分の行動の責任を、自分で取ることができなかったからじゃないの。わたしがドジを踏んでも、いつもマディーが後始末をしてくれる。どうしてただ見守っていてくれないの？　いいこと、マディー？　セクシーなだけでオツムが空っぽな女なんて、もういやなのよ。マディーみたいに、強く賢くデキる女になりたいの」

「でも……でも……」マディーは口ごもった。驚きのあまり言葉が出てこない。妹がそんなふうに思っていたなんて全然知らなかった。「キャシーを守りますって誓ったんだもの」

「誓い、誓い、誓いって。そうやって毎回あのときの誓いを持ち出されるのももうたくさん。わたしがあの誓いをどう思ってるか教えてあげようか？　あんな誓い、こうしちゃえばいいのよ！」キャシーは言うなり、首にかけたハートの片割れのネックレスを引きちぎり、運河に投げ捨てた。

「キャシー！」マディーは息をのみ、すぐに胸元に手をやった。自分のネックレスに触れようと思ったのに、それはそこになかった。

「見たでしょ？　あのネックレスはなくなったわ。誓いはもう消えたの。そもそもマディーが罪悪感を覚える必要なんてなかったのよ。わたしが池に落ちたのはあなたのせいじゃない。わたしがいけなかったの。全部わたしがいけなかったのよ。だから、殉教者みたいに生きるのはやめて、自分の人生をつかんで」

「わたしのこと、そんなふうに思っていたの？」呆然とマディーはたずねた。妹の尻ぬぐいなんてもうまっぴらと腹を立てている間、当の妹は尻ぬぐいされるのはもうまっぴらと腹を立てていたとは。

「さあさあ、お嬢さんがた」シュライバーの声が割って入った。運河の土留め壁をよじ上ったのだろう、すでにマディーの頭に銃口を突きつけていた。「けんかはおしまいだ。本物のセザンヌとエル・グレコを取りに行くとしようじゃないか」

「あんたなんか怖くないわ」マディーは言った。「こっちはふたり、あんたはひとり。それに、その銃は濡れている。たぶん使いものにならないわ」

「その銃は使いものにならないかもしれませんけど――」暗闇から、聞き覚えのある声が響いてくる。「わたしのはちゃんと使えますよ」

26

花火の水上パレードとともに移動するカラフルな衣装の群衆の流れに逆らい、デイヴィッドは運河の上流を目指した。マディーがどちらの方角に行ったのかはわからない。それに、シュライバーとキャシーと絵画の行方を、どこから探し始めればいいのかも。

振り出しに戻ったも同然だ。マディーには嫌われ、シュライバーには絵画と一緒に逃げられ。そして、キャシーの考えていることはさっぱりわからない。ジョッコとレヴィとフィルポットを鉄格子の向こうにぶちこみ、キャロライン伯母さんのレンブラントを警察の証拠保管室に収めるという成果を得られていなかったら、いまごろは完全な負け犬気分を味わっていただろう。

だが、まだ終わったわけじゃない。道は残されている。

閉店したブティックの入口前でいったん立ち止まり人波をやりすごしてから、警察署に電話をかけ、アンリはまだいるかとたずねた。電話口に出た警官は、彼ならホテル・ヴィヴァルディに向かいましたよと教えてくれた。シュライバーの行方の見当がつかなかったため、アンリに助言を乞うつもりだったのに。

だがいくら仕事に集中しようとしても、マディーのことを考えてしまう自分がいた。

あのときのショックの表情を見れば、絵画のありかについてバーンズに言った言葉をマディーが勘違いしたのは一目瞭然だ。もちろんデイヴィッドは、キャシーの手柄を横取りするつもりなどない。パートナーである彼女と、ふたりの手柄にするつもりだ。

けれどもマディーは早合点した。妹の殊勲を彼がわがものにしようとしていると誤解した。バーンズに訊かれたとき、どうしてあんな答え方をしてしまったのか自分でもよくわからない。あるいは心の奥底で、マディーの信頼を無意識に試す気持ちがあったのかもしれない。無残にも彼女はその試験に落ちた。

いいえ、もしかすると、そもそも彼女の信頼を試そうとしたあなたがしくじったのかもよ
――右肩から天使のささやき声が聞こえてくる。

天使の言うとおりだった。悪いのはマディーじゃない。自分だ。彼女を捜さなければ。謝らなければ。失いたくない。心を開いて、正直な気持ちを伝えなければ。彼女を信じることができずに、どうして彼女に信じてもらえるというのだ。

でも、いったいどこを捜せばいいのだろう。

ぶつぶつ言いながら、デイヴィッドはホテル・ヴィヴァルディのほうに歩きだした。

そういえばアンリから、どうしてシュライバーだけオークション会場から逃げおおせたのか聞いていなかった。それにしても逃げ足の速いやつだ。逮捕寸前のところでどういうわけかやつに裏をかかれた経験は、これまでにも数えきれないほどある。一〇年間追いつづけて

きた。一〇年間、捜査官として懸命に働いてきた。シュライバーのあの信じがたいほどの悪運の強さに、ほかの美術品窃盗犯は誰ひとりとして及ぶまい。

実際、シュライバーが捕まったのは過去にたった一度だ。あれはパリで起きた事件。やつが窃盗を始めたばかりのころ、キャロライン伯母さんのレンブラントを盗むずいぶん前の話だ。奇妙な偶然だが、そのときやつを逮捕したのがアンリだった。

その後、やつは刑務所に入れられた。刑期は短かったが、その間にいろいろ学んだのだろう。出所後は、以前より巧妙な手口を見せるようになった。普通の泥棒なら夢にしか見られないくらいセキュリティの厳重な場所に、巧みに忍びこむコツをつかんだようだった。あたかも第六感が働くかのように。あるいはまるで、内部事情に通じた人間からセキュリティ情報を得ているかのように。

それにしても、どうしてなのだろう。何度となく繰り返し、逮捕寸前のところで逃げおおせたのはいったいなぜだ。世界各地で、最新型のセキュリティシステムを突破できた理由はなんだ。たしかに、美術館の女性職員をたぶらかせば館内への出入りは可能になる。だがそれだけでは十分ではない。複雑なデジタルコードを入手し、仕掛け線の張られた場所と、ロック機構の作動タイミングと、赤外線センサーの設置場所を把握していなければならない。シュライバーはまるで、ＦＢＩやインターポールで美術品窃盗事件を担当する人間のごとく、世界中の美術館のセキュリティ設備に精通していた。

そしてデイヴィッドは、まるで雷に打たれたようにある事実に気づいた。はるか昔に気づいてしかるべきだった、ある事実に。

「アンリ？」マディーは口をあんぐりと開けたまま、銃を片手に暗闇からあらわれた男を凝視した。

「ウイ」アンリはすまなそうに小さくほほ笑んだ。「わたしです《セ・モア》」

「あなたたち、ぐるだったの？」マディーは目をしばたたいた。徐々に状況がのみこめてくる。

「今回は違います」アンリは寂しげに言ってから、シュライバーに向き直った。「本当に悪い子だ。わたしに計画を知らせないなんて。事前に聞いてもいないのに、どうやって手助けしろというんだい？」

「まだわからないのか？　ぼくはもうあんたの手助けなど必要としていない」シュライバーはアンリから目をそらさず、キッとなって言った。「うんざりなんだよ。いやになったんだ。違う人生を歩みたい。エル・グレコもセザンヌも、この関係を終わらせて新しい人生に旅立つための切符だったんだよ」

アンリは狂気じみた甲高い声で笑いだした。「なんだって？　あんな女のために、わたしと別れるっていうのかい？」キャシーのほうを指さした。「あんなオツムの軽い女が、わたしの代わりになると思っているのかい？」

「ちょっと！」キャシーは抗議した。

「ぼくが女性も好きなのは最初からわかっていたことだろう？」シュライバーが言い返す。

「でも、あんたと別れるのはキャシーのためじゃない。この仕事にうんざりしたからさ。あんたが椅子にふんぞり返ってインターポールの捜査官を演じている間、こっちは逃げまわっているなんて。それに、あんたのやきもちにもうんざりなんだ。うっとうしいんだよ」

「わたしがいなかったら、おまえなんかただの盗っ人にすぎないくせに」アンリはわめいた。「世界中に名を馳せる大泥棒になれたのは、わたしのおかげなんだよ。おまえひとりだったら美術館に忍びこむこともできやしなかった」

「あなたたち、恋人同士なの？」キャシーが悲鳴をあげる。

「あいつは真剣みたいだけどね」シュライバーが答えた。「ぼくはただ、美術品を盗むために話を合わせていただけ」

「ぼくも愛してるよって言ったくせに！」アンリが叫ぶ。

「嘘をついたんだ」シュライバーは肩をすくめた。

「ひどい！」アンリは言うなりシュライバーを撃った。

胸元を手でつかみながら、シュライバーが足元をよろめかせ、背中から運河に落ちる。

マディーとキャシーは悲鳴をあげて抱きあった。

アンリが銃をこちらに向けた。「次はあんたたちだよ。でもその前に、絵を隠してある場所に案内おし」

「そこまでだ、アンリ。銃を下ろせ」橋のほうからデイヴィッドの声が響いてきた。マディーがあわてて振り返ると、彼は身をかがめ、照準を定めていた。

「そうはいきませんよ、モナミ」アンリは言うなりマディーに突進し、首に腕をまわして銃口をこめかみに突きつけた。

驚愕のあまりマディーは目をしばたたくことしかできなかった。ありえない。一日に三回も銃を突きつけられるなんて。

「どうしてなんだ、アンリ。いったいどうして」デイヴィッドがたずねる。「あんなに優秀な捜査官のきみが」

「あなたには理解できないでしょう」アンリが言い、マディーは彼が泣いているのに気づいた。「ペイトンを愛していたんですよ。なにもかも彼のため。彼は華やかな人生を切望していた。わたしには、それを実現させてやる力があった」

「この何年間というもの、おれがシュライバーを捕まえそうになるたび、やつに警告していたんだな？」

「デイヴィッド、許してください。だって、彼を愛していたんですよ。マディーを手に入れたいまなら、あなたにもその気持ちがわかるでしょう？」

いまのはどういう意味だろう。もしかして、デイヴィッドもわたしを愛している？　マディーは胸を高鳴らせた。

「話し合おう、アンリ。彼女を放してやってくれ。銃を下ろして」

「いやだと言ったら？」

「そうしたら、おれはきみを殺さなくちゃならない」

「かまいませんよ。ペイトンなしでは、生きていく意味なんてありませんから」激しくむせび泣いているせいで、首にまわされたアンリの腕はゆるんでいる。

マディーは急いで考えを巡らせた。ほんの少し体の位置をずらせれば、柔道の要領でアンリを運河に投げ飛ばせる。

いまだ！　そう思ったちょうどそのとき、背後で激しい音が鳴り響き、アンリががっくりともたれかかってきた。鉛の袋を思わせる重さに耐えきれず、マディーは地面に倒れこんだ。「うぐうっ」肺から空気が抜けていき、彼女はうめいた。頭を丸石敷きの地面でしたたかに打った。

目の前を飛び交う星がようやく消えたころ、顔を上げると、アンリの体がうつ伏せ状態で上にのしかかっていた。さらにその上のほうには、割れたワインボトルを振りまわすキャシーの勝ち誇った顔。カーニバルで飲み騒いだ誰かがそのへんに置いていったものだろう。

「姉にちょっかいを出すとそういう目に遭うのよ」キャシーは得意になって言った。

「キャシー！」マディーは感嘆の声をあげた。「あなたがわたしを助けてくれたのね！」

「そうよ、大したもんでしょ」キャシーは誇らしげに胸を張った。

「これなら自分のお守りは自分でできるわね」マディーはニッと笑った。

デイヴィッドの姿が視界に入る。すっかり冷静さを失った様子で、息を荒らげ、身をかがめてこちらの顔をのぞきこんでいる。

「マディー、スイートハート」彼は叫びながら地面にひざまずき、朦朧とした状態のアンリに手錠を掛けて引き起こした。「大丈夫かい？」

「ええ。キャシーのおかげで」

デイヴィッドはキャシーに向かってほほ笑んだ。「よくやったな」

キャシーは頰を紅潮させた。

「あの――」マディーは言った。「シュライバーがどうなったか見たほうがいいんじゃない？」

キャシーが運河の端からのぞきこむ。「死んだわけじゃないみたい。というより、驚異の回復力を見せてるわ。見間違いじゃなければ、あそこで泳いでいるのがそうじゃない？」

「あの野郎。今度こそ逃がさないからな」

デイヴィッドはシュライバーを追った。横に並んだところで運河に飛びこんだ。シュライバーは反対方向に泳いで逃げようとしたが、もう体力の限界らしい。

デイヴィッドは彼を捕まえた。

彼はデイヴィッドの手にかみつき、何度も蹴りを入れた。

デイヴィッドはため息をつき、こぶしを思いっきり引くと、一発お見舞いした。「キャロライン伯母さんのかたきだ」

シュライバーの頭がのけぞる。失神したようだ。デイヴィッドは彼を運河から引きずり上げると手錠を掛けて堤防に転がし、すぐにマディーの様子を見に戻ってきた。

マディーとキャシーは、これまでのいきさつを話している最中だった。アンリは横たわったままだ。

「ペイトンは生きてるんですか？　わたしの一発で死ななかった？」

「生きてるよ」

「どうして？　心臓に命中したはずなのに」

「防弾チョッキだよ。嫉妬に燃えたきみに、なにかされると予期していたんだろう」

「よかった、死ななくて……」

デイヴィッドはあきれ顔でかぶりを振り、彼の横にしゃがみこんだ。「いったいどうしてこんなことをしたんだ？」

「愛ゆえ《アモール》ですよ、モナミ」アンリはため息をついた。「愛は人を狂わせるんです」

アンリの言うことにも一理あった。愛はたしかに、人を狂わせることがある。

とはいえデイヴィッドは、自分がこれからしようとしていることをおかしいとは思っていない。衝動的で、時期尚早で、タイミングも最悪だが、これほど理にかなっていて、良識のある、完璧に正しい選択はほかにない。

時刻は真夜中を少し過ぎたところ。マディーと一緒に警察署をあとにしたばかりだ。シュライバーとアンリは留置場に入れた。セザンヌとエル・グレコはキャシーがホテル・インターナショナルの部屋の金庫から回収し、バーンズのもとに届けた。いまだにデイヴィッドは、キャシーがいったいどうやってこれをやりのけたのかよくわからない。彼はめでたく昇進が決まった。キャロライン伯母さんに電話し、レンブラントのことを報告した。伯母さんの嬉し泣きで、この一〇年間抱きつづけてきた正義への欲求はようやく満たされた。求めていたものを、ついにすべて手に入れたのだ。

ただひとつのものを除いては。

求めていることすら気づかずにいたが、いまやなにがなんでも手に入れなければならないもの。

愛だ。

ふたりはまだ、ヘリコプターの操縦士に借りた摂政時代の衣装を着たままだった。ゴンドラの船着場のそばを通りすぎる。デイヴィッドはマディーの手を取った。「ゴンドラでホテルに帰る?」

マディーがじっと瞳をのぞきこんでくる。そんなふうに見つめられるだけで、デイヴィッドはわれを忘れてしまう。「いいわね」と彼女は言った。

ふたりはゴンドラに乗った。月がとても大きかった。こぎ手《ゴンドリエーレ》が有名なイタリアの愛の歌を歌ってくれた。こんなロマンティックな歌は聴いたことがないぞとデイヴィッドは思った。熱い思いが、胸の内で渦巻いた。

バッカみたい——左肩で悪魔が抗議する——マーシャル、あんたにはこんなおセンチは似合わないよ。

だったら――右肩の天使が助言する――これから慣れていけばいいんじゃない？

隣のシートでマディーが身を震わせた。

「寒いの？」

「いいえ。寒くないわ」

デイヴィッドは大きく息を吸った。

「あなただって震えているじゃない！」

「ああ」

「でも、あなたは濡れた服を着ているんだものね。寒くて当然だわ」

「たしかに寒いが、寒くて震えているわけじゃない」

「そうなの？」

デイヴィッドはその場に片膝をついた。

ふたりはじっと見つめあった。息もつけないまま。

「どうしたの？」

「最高のシチュエーションとは言えないし、おれのミスター・ダーシー風の衣装はちょっと濡れてるけど、次はいつ完璧なチャンスが訪れるかわからないから、いまここできみの夢見たプロポーズをしようと思う」

「まあ、デイヴィッド！」

マディーは胸に手を当てた。そうやって心臓を押さえておかないと、どこかに飛んでいってしまう気がしたのだ。

「知りあってからたったの一週間だし、きみが慎重なタイプなのはわかってる。一週間でいろいろあったし、追跡のスリルでおれが自分の気持ちを勘違いしているんじゃないかって、心配するのもわかるよ」

マディーは言葉が出なかった。ただうなずいた。

「心から相手を信頼するのを、お互いに難しく感じていたのもわかってる。でも、その問題は今夜解決できたんじゃないかと思う」

「ええ、ええ」

「すぐにどうこうしようって言ってるんじゃないんだ。なにかをしたいと思うとおれは、すぐに飛びついて、あとははったりで通そうとする癖がある。でもきみとの人生で、はったりはいやなんだ」

「そうなの？」

「きみの言ったとおりだよ。おれが勝利を求めるのは、主導権を握っていたいからだ。常に主導権を握っていないと、弱い自分を見せることになると勘違いしていた。でもいまでは、それが愚かな間違いだったとわかる。それに、絶えず勝利を追い求めるよりも、ずっと大切なことがたくさんあると学んだよ」

「本当に？」マディーはかぼそい声を出した。

「ロマンティックなんて柄じゃないけど、マディー、おれはきみを愛してる。きみと結婚したい。いくらでも待つよ。一年でも。五年でも。一〇年でも。誰がなんと言おうと、おれが本気だって言ったら本気なんだ」

絶対に手に入れられないと思っていたものを、デイヴィッドがわたしに……？　マディーは幼いころから、人を愛し、深くかかわりあうことを避けてきた。妹のお守りをするには、ほかの誰かと真剣に向きあっている暇などないと自分に言い聞かせてきた。でも本当は、妹を言い訳にしていただけだった。マディーにもやっとわかった。幼いころの誓いを盾に隠れていただけなのだ。失敗するのが怖くて。傷つくのが怖くて。愛に賭けるのが怖くて。

「ああ、デイヴィッド！　わたしも愛してる。とっても愛してるわ」幸せすぎて涙があふれ、喉の奥が詰まる。「それから、あなたとの結婚をそんなに長く待ちたくない。自分の人生を歩みだすまで、二七年も待ったのよ。わたしは慎重で、自分の殻にこもり、人を信じることを恐れていた。でも、もうなにも怖くない。あなたの本心がわからないときもあったけど、でもあなたは、決してわたしを裏切らなかった」

デイヴィッドの瞳が愛と月明かりできらめく。彼は最高の褒美を得たようにマディーを見つめた。「いまのはイエスっていう意味……？」

「イエス、デイヴィッド、イエス！」

デイヴィッドはマディーを両腕で抱きしめ、口づけた。まるで、ずっと昔からふたりはひとつだったかのように。

エピローグ

テキサス州中北部
一〇カ月後、クリスマス

その日は、マディー・クーパーの二八年間の人生で最高の一日となった。

第一の理由は、この世で一番セクシーで自信家のFBI捜査官と結婚するから。生意気な一卵性双生児の妹キャシーはその後、犯罪史上に残る美術品窃盗犯逮捕劇の陰の立役者として、メディアの寵児となった。この日は、事件後に得た『アート・ワールド・トゥディ』誌のPRディレクターという新しいポジションでなんとか休みをやりくりし、姉の花嫁付添い人役を果たす予定。母と義父はベリーズから飛行機で、父はサンアントニオから車で駆けつけてくれた。キャロライン伯母さんも、この特別な日をともに祝うためニューヨークから到着している。

そして第二の理由は、デイヴィッドとふたり、ヨーロッパにハネムーンに向かう予定だから。最初の旅では訪れることができなかったさまざまな名所を見物するつもりだ。さらにデイヴィッドは、ヨーロッパ滞在中、引退したアスリートを何人も復帰させている名コーチに会ってみてはどうかと勧めてくれた。マディーはもう一度、オリンピックに挑戦するつもりだ。今回は、きっと全力を出しきってみせる。

彼女はいま、教会の司祭館で摂政時代風のウエディングドレスに身を包み、鏡の前に立っている。ずっと夢見てきたあらゆるものをついに手に入れられるのだと思うと、胸がどきどきした。

「シーッ」

マディーは戸口のほうに振り返った。「デイヴィッド？」

「そうだよ」

「お式の前にドレスを見ちゃだめよ。悪運を呼ぶんですって」

「目を閉じてるから大丈夫。入れて」

「不正行為は許しません」

「二、三のルールを破るのは、別に不正行為じゃないよ」デイヴィッドが笑い声をあげる。

「まったくもう」ドアを開けると、彼はぎゅっと目をつぶったまま、転びそうになりながら室内に入ってきた。「どうしたの？」

「プレゼントがあるんだ」デイヴィッドはにんまりとした。「マディー、どこ？」

「ここにいるわ」マディーは彼の肩をぽんぽんとたたいた。「あとじゃだめなの？」

「だめ」彼はそう言って細長い宝石箱を差し出した。

「いったいなあに？」

「開ければわかる」

マディーは包装紙をはがした。宝石箱の中からあらわれたのは、ゴールドのハートのネックレスだった。

「デイヴィッド……」

「スペインでなくしたやつの代わりにならないのはわかってる。ハートの片割れのデザインは見つけられなかったんだ。でも、そのほうがいい。おれのハートは全部きみのものだから」

「ロマンティックなのは苦手だって言ったくせに」

「おいで、マディー」デイヴィッドはぎゅっと目をつぶったまま手を伸ばした。

彼は長く深く口づけながら、ドレスの中へと両手を忍ばせた。ふたりの全身を情熱が包みこむ。次の瞬間には窓下の長椅子に横たわり、あらゆるルールを破っていた。

数分後、ふたりは息を荒らげながら、満たされた思いで抱きあい横たわっていた。ふたつの心臓の音がきれいなハーモニーを奏でる。デイヴィッドは約束どおり、まだ目をつぶったままだ。

「愛してるよ、マディー・クーパー……」

「もうすぐマディー・クーパー・マーシャルよ……わたしも愛してる」

「いや、オリンピック金メダル選手のマディー・クーパー・マーシャルだ。さあ、式を挙げに行こう」

それから一〇分後、神と愛する人たちの前で、マディーとデイヴィッドは愛と慈しみを誓いあった。ふたりにとってそれは、いつまでも永遠に守りつづける、幸福の誓いだった。

訳者あとがき

米国テキサス州からパリ、マドリード、モナコ、そしてベニス。地球をほぼ横断しながら、世界に名を馳せる美術品窃盗犯を追うヒーローとヒロインの、出会いと恋の行方を描いたローリ・ワイルドの『世界の果てまで　きみと一緒に（原題〝Charmed and Dangerous〟）』をお届けします。前作『恋って』につづき、たっぷりのユーモアとスピーディーな展開、軽妙な会話が楽しめるエンターテインメント作品です。

ヒロインのマディー・クーパーは元オリンピック選手のスポーツジム経営者。彼女には一卵性双生児の妹、キャシーがいます。幼いころの事故がきっかけで、マディーはこれまでずっと妹を守るために生きてきました。そんなマディーがあるとき、ＦＢＩ捜査官のデイヴィッド・マーシャルと出会います。デイヴィッドは一〇年来の宿敵である美術品窃盗犯ペイトン・シュライバーのおとり捜査中。シュライバーは美術館で働く女性を騙して所蔵品を盗み出すという手口を得意としており、今回もまた同じ手口で、テキサス州にあるキンベル美術館から著名な収蔵品を盗み出そうとします。ひょんなきっかけで、シュライバーと収蔵品の行方を一緒に追うことになるマディーとデイヴィッド。テキサスからヨーロッパへと追跡の舞台を移しつつ、物語は収蔵品の行方と恋の行方を追います。

双子の兄弟・姉妹には言動や考えることが一致してしまう不思議な同調性（シンクロニゼーション）がある、というのは有名な話です。最近ではテレビでも、双子のタレントがその同調性をときおり見せてくれますね。本作でも、マディーとキャシーが双子ならではのシンクロぶりを発揮します。とはいえこのふたり、まったく正反対の性格といっても過言ではありません。それはプロローグから明白なのですが、テキサス州からベニスまでの追跡の旅の間中、そこかしこでみごとな双子っぷりを示します。一見すると正反対なふたり。でもやっぱり双子。なんとなくお互いを疎ましく思いつつ、心の底ではお互いのことを思いやっている、そんな姉妹愛もさりげなく描かれています。

そうした同調性は、心から愛し合う男女にも不思議と見られるもの。当初は反目しあうマディーとデイヴィッドですが、お互いに心を開いていくにつれ、言動がだんだん似てくるのだからおもしろいものです。

デイヴィッドはFBIの凄腕捜査官とあって、一見すると非情な雰囲気をたたえた無骨な男性です。言葉づかいも乱暴で、初対面で親近感を持つのは難しい感じ。ところが物語が進むにつれ、その本当の性格がだんだん明らかになってきます。これがまた、「かわいい」と言っていいくらい素直で、優しく思いやり深い男性なのです。そんなデイヴィッドの思いやり深さがよくあらわれているのが、冒頭からラストまで何度となく繰り返されるあるシーンです。好きな人と手をつなぐと、胸がどきどきして、なんだか幸せな気持ちになりますよね。「手をつなぐ」というたったそれだけの行為なのに不思議なものです。本作には、デイヴィッドとマディーが手をつなぐシーンが何度も出てきます。手をつなぐたびにふたりが深く心を通わせていくさまが、なんともロマンティックです。

最後に、ローリ・ワイルドの作品を初めて読まれる読者のために、簡単に著者の紹介をしておきましょう。邦訳書はこれが二作目となるワイルドは、幼いころから作家になることを夢見、ついにそれを実現させた努力家。夢をかなえるまでには、短編の習作六〇作を書き上げ、出版社から断りの手紙を六〇通受け取ったという逸話を持ちます。その後、アドバイスに従って長編小説に転向したことがきっかけとなり、一九九四年、現在とは別名義ですがついにデビューを果たしました。これだけ苦労をしながら、夢をかなえることができて、その夢を読者と分かち合うことができて、「最高に幸せ」と語る生まれついての小説家です。

本作は主人公の周りを固める脇役陣も個性的です。デイヴィッドの捜査に協力するインターポールのアンリ・ゴールト捜査官は、いかにもフランス人らしい言動で物語の緊張感をゆるめてくれます。スキンヘッドにいれずみのジョッコ・ブランコは、凶悪犯なのにどこか抜けているのが憎めません。著者ワイルドのこうしたキャラクター設定のうまさも堪能していただければと思います。

ライムブックス

世界の果てまで きみと一緒に

著　者　ローリ・ワイルド
訳　者　平林《ひらばやし》 祥《しょう》

2008年5月20日　初版第一刷発行

発行人　成瀬雅人
発行所　株式会社原書房
〒160-0022東京都新宿区新宿1-25-13
電話・代表03-3354-0685　http://www.harashobo.co.jp
振替・00150-6-151594
ブックデザイン　川島進（スタジオ・ギブ）
印刷所　中央精版印刷株式会社

落丁・乱丁本はお取り替えいたします。
定価は、カバーに表示してあります。
 ISBN978-4-562-04341-5　Printed in Japan

ライムブックスの好評既刊 *rhymebooks*

ローリ・ワイルドの好評既刊

恋って

織原あおい訳

ハンサムに弱い探偵のチャーリーと美男子のメイソンは大金とともに姿を消した彼らの祖父母の行方を追う！ アクシデントに見舞われながら「危険なドライブ」を続ける2人の恋は!? 930円

実力派作家陣が描く、コンテンポラリー・ロマンス

そばにいるだけで

エリン・マッカーシー 立石ゆかり訳

研修医のジョージーとヒューストン医師。同じ職場で惹かれあっていることを知った2人は、ある取り決めをする。ところが…！ 860円

恋におちる確率

ジェニファー・クルージー 平林 祥訳

RITA賞受賞作！　恋人にフラれた直後ハンサムなキャルから食事に誘われたミネルヴァ。偶然の再会を重ねて次第に惹かれあう2人は…。1000円

恋に危険は

スーザン・イーノック 数佐尚美訳

プロの女泥棒サムは億万長者リックの邸宅で爆発事件に遭遇。容疑者にされたサムはリックと2人で事件の謎を探るうちに…。 980円

ダークカラーな夜もあれば

ジェイン・アン・クレンツ 岡本千晶訳

元恋人同士のジャックとエリザベスの2人が社運を賭けた新商品と担当者の行方を追う。事件の真相と彼らの恋の行方は!? 900円

価格は税込